能人

冯骥才 著

天津出版传媒集团
天津人民出版社

只 为 优 质 阅 读

关于《能人》

一个人总会受到自己一方水土“集体无意识”的影响。我在天津生、天津长、天津活，活了一辈子。我身上带着海河的基因。不仅一举手一投足，思维方式与心中好恶亦然。

天津是个码头，码头上的人争强好胜，自然是谁有本事佩服谁。这种心理衍及社会各行各业，都是钦佩能人。所谓能人是真有本事的人，技高一筹的人，身怀绝技的人。于是人们口口相传是这种人，啧啧赞赏是这种人，我笔下的小说自然也会请他们当主角，有声有色地表演一番。

如果读者能够从中认识到天津人，了解到天津人的个性，便使我欣然并由衷感谢。

冯骥才

2019.11

目录

目录

大回

大回姓回，人高马大，手大脚大嘴大耳朵大，人叫他大回。叫惯了大回，反倒没人知道他的名字。

大回是能人，专攻垂钓。手里一根竹竿子，就是钓鱼竿；一个使针敲成的钩，就是鱼钩；一根纳鞋底子用的上了蜡的细线绳，就是鱼线；还有一片鸽子的羽毛拴在线绳上，就是鱼漂。只凭这几样再普通不过的东西，他蹲在坑边，顶多七天，能把坑里的鱼钓光了。连鱼秧子也逃不掉。

甭管水里的鱼多杂，他想要哪种鱼就专上哪种鱼；他还能钓完公鱼钓母鱼，一对对地往上钓。他钓的大鱼比他还沉，钓的小鱼比鱼钩还小。

人说钓鱼凭的是运气，他凭的全是能耐。

钓鲫鱼用的红虫子，又小又细，好赛线头，而且只有一层薄皮儿，里边一兜儿血红的水。要想把鱼钩穿进去，那可不易；弄不好钩尖一斜，一股红水出来，单剩下一层皮儿了。可人家大回把红虫子全放在嘴里，在腮帮子那里存着。用的时候，手指捏着鱼钩，张开嘴把钩往里边一挂，保管把那小红虫漂漂亮亮穿在鱼钩上。就这手活，谁会？

他无论钓什么都有绝法，比方钓王八。

钓鱼时钩到王八，都是竿儿弯，线不动，很容易疑惑是钩上了水下边的石块。心里急，一使劲儿，线断了！大回不急，稳稳绷住。停了会儿，见线一走，认准那是王八在爬，就更不急着提竿。尤其大王八，被鱼钩钩住之后，便用两只前爪子抓住水草。假若用力提竿，竿不折线断。每到这时候，大回便从腰间摸出一个铜环，从鱼竿的底把套进去，穿过鱼竿一松手，铜环便顺着鱼线溜下去。水底下的王八正吃着劲儿，忽见一个锃亮的东西直朝自己的脑袋飞来，不知是嘛，扬起前爪子一挡，这便松开下边的草。嘿，就势把它舒舒服服地提上来！

这招这法，还在哪儿见过？

天津卫人过年有个风俗，便是放生。就是把一条活鲤鱼放到河里去。为的是行善，求好报。放鱼时，要在鱼的背鳍上拴一根红绳，做个记号。倘若第二年把这鱼打上来，就再拴一根红绳。第三年照样还拴一根。据说这种背上拴着三根红绳的鲤鱼，放到河里，可以跳龙门。一切人间的福禄寿财，就全招来了。

可是鲤鱼到处有，拴红绳的鱼无处弄到。鱼要是给鱼钩钩过一次，就变得又灵又贼。拴一根红绳的鲤鱼在鱼市上偶尔还能看见，拴两根红绳的鲤鱼看不见，拴三根红绳的连撒网打鱼的也没瞧见过。你想花大价钱买，他会笑着说："你有本事把河淘干了，我就有本事把它弄上来。"

怎么办？找大回。天津卫八大家都是一进腊月，就跟大回订这种三根红绳的鲤鱼了。

大回站在河边，看好鱼道。鱼道就是鱼在水里常走的路，大回有双神眼，能一眼看到水里。他瞧准鲤鱼常待的地界，把一个面团扔下去。这面团比栗子大，小鱼吃不进嘴，大鱼一口一个。但这面团里边决不下钩，纯粹是扔到河里喂鱼，一天扔一个。开头，那贼乎乎的大鱼冒着危险试着吃，一吃没事，第二天再来一个，胆儿便渐渐大起来，最后见了面团张嘴就吞。半个月二十天后，大回心想差不多了，用鱼钩钩个面团扔下去。错不了——一条拴红绳的大鲤鱼就结结实实绷住了。

可是这法子最多只能钓到拴两根红绳的鲤鱼。三根红绳的鲤鱼决不上钩。这三根绳的鲤鱼已经给钓到三次，就是吃屎也不敢再吃面团了。使嘛法子？就用小孩的屁屁做鱼食！大回不是把鱼琢磨透了？

南门外那些水坑，哪个坑里有嘛鱼，哪个坑里的鱼的大小，哪个坑的鱼有多少条，他心里全一清二楚。他能把坑里的鱼全钓绝了，但他也决不把任何一个坑里的鱼钓绝了。钓绝了，他玩嘛？故而，小鱼不钓，等它长大；母鱼不钓，等它产子。远近钓者都称他"鱼绝后"。这可不是骂他，是夸他。

这外号并不好——

民国三年，夏至后转一天。大回钓一天鱼，人困力乏。多半辈子，整天站在坑边河边，风吹日晒，身子里的油耗得差不多了。他在鼓楼北的聚合成饭庄，吃饱肚子喝足酒，提着一篓子鱼摇摇晃晃回家。走不动就靠墙睡会儿。他家在北城根，这一段路不近，他走走停停直到午夜，迷迷糊糊就趴在大街上了。这时街上走过来一辆拉东西的马车，赶车人在车上睡着了。但就是醒着也瞧不见他——凑巧这段路的几盏街灯给风吹灭了。这真是该活死不了，该死活不了。马车从他身上轧过去时，车夫那老家伙睡得太死，居然也没觉出来。转天天亮才叫人发现，大回给车轧成一个片儿了，跟张纸赛的贴在地面上。奇怪的是，人轧瘪了，鱼篓子却没轧着，里边的鱼还都活着。等巡警一追查，更奇怪的是，那车上拉的东西，竟然是一车鱼！这事叫人听了一怔一惊，脖子后边冒出凉气来。

有人说，这事坏就坏在他那个外号上了，“鱼绝后”就是叫“鱼”把他“绝后”了。但也有人说，这是上天的报应，他一辈子钓的鱼实在太多了，龙王爷叫他去以命抵命。可事情传到东城里的文人裴文锦——裴五爷那里，人家念书的人说的话就另一个味儿了。人家说：

“能人全都死在能耐上。”

酒婆

酒馆也分三六九等。首善街那家小酒馆得算顶末尾的一等。不插幌子，不挂字号，屋里连座位也没有；柜台上不卖菜，单摆一缸酒。来喝酒的，都是扛活拉车卖苦力的底层人。有的手捏一块酱肠头，有的衣兜里装着一把五香花生，进门要上二三两，倚着墙角窗台独饮。逢到人挤人，便端着酒碗到门外边，靠树一站，把酒一点点儿倒进嘴里，这才叫过瘾解馋其乐无穷呢！

这酒馆只卖一种酒，使山芋干造的，价钱贱，酒味大。首善街养的猫从来不丢，跑迷了路，也会循着酒味找回来。这酒不讲余味，只讲冲劲儿，进嘴赛镪水，非得赶紧咽，不然烧烂了舌头嘴巴牙花嗓子眼儿。可一落进肚里，跟手一股劲儿“腾”地蹿上来，直撞脑袋，晕晕乎乎，劲头很猛。好赛大年夜里放的那种炮仗“炮打灯”，点着一炸，红灯蹿天。这酒就叫作“炮打灯”。好酒应是温厚绵长，绝不上头。但穷汉子们挣一天命，筋酸骨乏，心里憋闷，不就为了花钱不多，马上来劲儿，晕头涨脑地洒脱洒脱、放纵放纵吗？

要说最洒脱，还得数酒婆。天天下晌，这老婆子一准来到小酒馆，衣衫破烂，赛叫花子；头发乱，脸色黯，没人说清她嘛长相，更没人知道她姓嘛叫嘛，却都知道她是这小酒馆的头号酒鬼，尊称酒婆。她一进门，照例打怀里掏出个四四方方小布包，打开布包，里头是个报纸包，报纸有时新有时旧；打开报纸包，又是个绵纸包，好赛里头包着一个翡翠别针；再打开这绵纸包，原来只是两角钱！她拿钱撂在柜台上，老板照例把多半碗“炮打灯”递过去，她接过酒碗，举手仰脖，碗底一翻，酒便直落肚中，好赛倒进酒桶。待这婆子两脚一出门槛，就赛在地上画天书了。

她一路东倒西歪向北去，走出一百多步远的地界，是个十字路口，车来车往，常常出事。您还甭为这婆子揪心，瞧她烂醉如泥，可每次将到路口，一准是“噔”的一下，醒过来了！竟赛常人一般，不带半点儿醉意，好端端地穿街而过。她天天这样，从无闪失。首善街上人家，最爱瞧酒婆这醉醺醺的几步扭——上摆下摇，左歪右斜，悠悠旋转乐陶陶，看似风摆荷叶一般；逢到雨天，雨点淋身，便赛一张慢慢旋动的大伞了……但是为嘛酒婆一到路口就醉意全消呢？是因为“炮打灯”就这么一点儿劲头，还是酒婆有超人的能耐说醉就醉、说醒就醒？

酒的诀窍，还是在酒缸里。老板人奸，往酒里掺水。酒鬼们对眼睛里的世界一片模糊，对肚子里的酒却一清二楚，但谁也不肯把这层纸捅破，喝美了也就算了。老板缺德，必得报应，人近六十，没儿没女，八成要绝后。可一日，老板娘爱酸爱辣，居然有喜了！老板给佛爷叩头时，动了良心，发誓今后老实做人，诚实卖酒，再不往酒里掺水作假了。

就是这日，酒婆来到这家小酒馆，进门照例还是掏出包儿来，层层打开，花钱买酒，举手仰脖，把改假为真的“炮打灯”倒进肚里……真货就有真货色。这次酒婆还没出屋，人就转悠起来了。而且今儿她一路上摇晃得分外好看，上身左摇，下身右摇，愈转愈疾，初时赛风中的大鹏鸟，后来竟赛一个黑黑的大旋涡！首善街的人看得惊奇，也看得纳闷，不等多想，酒婆已到路口，竟然没有酒醒，破天荒头一遭转悠到大马路上，下边的惨事就甭提了……

自此，酒婆在这条街上绝了迹。小酒馆里的人们却不时念叨起她来。说她才算真正够格的酒鬼。她喝酒不就菜，向例一饮而尽，不贪解馋，只求酒劲。在酒馆既不多事，也无闲话，交钱喝酒，喝完就走，从来没赊过账。真正的酒鬼，都是自得其乐，不搅和别人。

老板听着，忽然想到，酒婆出事那日，不正是自己不往酒里掺假的那天吗？原来祸根竟在自己身上！他便别扭开了，心想这人间的道理真是说不清道不明了。到底骗人不对，还是诚实不对？不然为嘛几十年拿假酒骗人，却相安无事，都喝得挺美，可一旦认真起来反倒毁了？

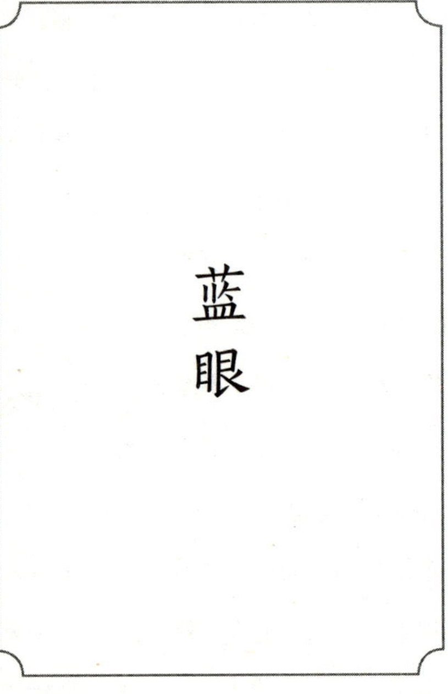

蓝眼

古玩行中有对天敌，就是造假画的和看假画的。造假画的，费尽心机，用尽绝招，为的是骗过看假画的那双又尖又刁的眼；看假画的，却凭这双眼识破天机，看破诡计，捏着这造假的家伙没藏好的尾巴尖儿，打一堆画里把它抻出来，晾在光天化日底下。

这看假画的名叫蓝眼。在锅店街裕成公古玩铺做事，专看画。蓝眼不姓蓝，他姓江，原名在棠，蓝眼是他的外号。天津人好起外号，一为好叫，二为好记。这蓝眼来源于他的近视镜，镜片厚得赛瓶底，颜色发蓝，看上去真赛一双蓝眼。而这蓝眼的关键还是在他的眼上。据说他关灯看画，也能看出真假；话虽有点儿玄，能耐不掺假。他这蓝眼看画时还真的大有神道——看假画，双眼无神；看真画，一道蓝光。

这天，有个念书打扮的人来到铺子里，手拿一轴画。外边的题签上写着“大涤子湖天春色图”。蓝眼看似没看，他知道这题签上无论写嘛，全不算数，真假还得看画。他“唰”地一拉，疾如闪电，露出半尺画心。这便是蓝眼出名的“半尺活”，他看画无论大小，只看半尺。是真是假，全拿这半尺画说话，绝不多看一寸一分。蓝眼面对半尺画，眼镜片“唰”地闪过一道蓝光，他抬起头问来者：

“你打算卖多少钱？”

来者没急着要价，而是说：

“听说西头的黄三爷也临摹过这幅画。”

黄三爷是津门造假画的第一高手。古玩铺里的人全怕他。没想到蓝眼听赛没听，又说一遍：

“我眼里从来没有什么黄三爷。你说你这画打算卖多少钱吧？”

“两条。”来者说。这两条是二十两黄金。

要价不低，也不算太高，两边稍稍地你抬我压，十八两便成交了。

打这天起，津门的古玩铺都说锅店街的裕成公买到一轴大涤子石涛的山水，水墨浅绛，苍润至极，上边还有大段题跋，尤其难得。有人说这件东西是打北京某某王府流落出来的。来卖画的人不大在行，蓝眼却抓个正着。花钱不少，东西更好。这么精的大涤子，十年内天津的古玩行就没出现过。那时没有报纸，嘴巴就是媒体，愈说愈神，愈传愈广。接二连三总有人来看画，裕成公都快成了绸缎庄了。

世上的事，说足了这头，便开始说那头。大约事过三个月，开始有人说裕成公那幅大涤子靠不住。初看挺唬人，可看上几遍就稀汤寡水，没了精神。真假画的分别是，真画经得住看，假画受不住瞧。这话传开之后，就有新闻冒出来——有人说这画是西头黄三爷一手造的赝品！

这话不是等于拿盆脏水往人家蓝眼的袍子上泼吗？

蓝眼有根，理也不理。愈是不理，传得愈玄。后来就说得有鼻子有眼儿了。说是有人在针市街一个人家里，看到了这轴画的真品。于是，又是接二连三，不间断有人去裕成公古玩铺看画，但这回是想瞧瞧黄三爷用嘛能耐把蓝眼的眼蒙住的。向来看能人栽跟斗都最来神儿！

裕成公的老板佟五爷心里有点儿发毛，便对蓝眼说：“我信您的眼力，可我架不住外头的闲话，扰得咱铺子整天乱哄哄的。咱是不是找个人打听打听那画在哪儿。要真有张一模一样的画，就想法把它亮出来，分清楚真假，更显得咱高。”

蓝眼听出来老板没底，可是流言闲语谁也没辙，除非就照老板的话办，真假一齐亮出来。人家在暗处闹，自己在明处赢。

佟老板找来尤小五。尤小五是天津卫的一只地老鼠，到处乱钻，嘛事都能叫他拿耳朵摸到。他们派尤小五去打听，转天有了消息。原来还真的另有一幅大涤子，也叫《湖天春色图》，而且真的就在针市街一个姓崔的人家！佟老板和蓝眼都不知道这崔家是谁。佟老板便叫尤小五引着蓝眼去看。蓝眼不能不去，待到了那家一看，眼镜片“唰唰”闪过两道蓝光，傻了！

真画原来是这幅。铺子里那幅是假造的！这两幅画的大小、成色、画面，全都一样，连图章也是仿刻的。可就是神气不同——瞧，这幅真的是嘛神气！

他当初怎么打的眼，已经全然不知。此时面对这画，真恨不得钻进地里去。他二十年没错看过一幅。他蓝眼简直成了古玩行里的神。他说真必真，说假准假，没人不信。可这回一走眼，传了出去，那可毁了。看真假画这行，看对一辈子全是应该的，看错一幅就一跟斗栽到底。

他没出声。回到店铺跟老板讲了实话。裕成公和蓝眼是连在一块的，要栽全栽。佟老板想了一夜，有了主意，决定把崔家那轴大涤子买过来，花大价钱也在所不惜。两幅画都攥在手里，哪真哪假就全由自己说了。但办这事他们决不能露面，便另外花钱请个人，假装买主，跟随尤小五到崔家去买那轴画。谁料人家姓崔的开口就是天价，不然就自己留着不卖了。买东西就怕一边非买，一边非不卖。可是去装买主这人心里有底，因为来时佟老板对他有话："就是砸了我铺子，你也得把画给我买来。"这便一再让步，最后竟花了七条金子才买到手，花了先前买的那轴三倍的钱还多。

待把这轴画拿到裕成公，佟老板舒口大气，虽然心疼钱，却保住了裕成公的牌子。他叫伙计们把两轴画并排挂在墙上，彻底看个心明眼亮。等画挂好，蓝眼上前一瞧，眼镜片"唰唰唰"闪过三道光。人竟赛根棍子立在那里。天下的怪事就在眼前——原来还是先前那幅是真的，刚买回来的这幅反倒是假的！

真假不放在一起比一比，根本分不出真假——这才是人家造假画的本事，也是最高超的本事！

可是蓝眼长的一双是嘛眼？肚脐眼？

蓝眼差点儿一口气闭过去。转过三天，他把前前后后的事情捋了一遍，这才明白，原来这一切都是黄三爷在暗处做的圈套。一步步叫你钻进来。人家真画卖得不吃亏，假画卖得比天高。他忽然想起，最早来卖画的那个书生打扮的人，不是对他说过“黄三爷也临摹过这幅画”吗？人家有话在先，早就说明白这幅画有真有假。再看打了眼怨谁？看来，这位黄三爷不单是冲着钱来的，干脆就是冲着自己来的。人家叫你手里攥着真画，再去买他造的假画。多绝！等到他明白了这一层，才算明白到家，认栽到底！打这儿起，蓝眼卷起被袱卷儿离开了裕成公。自此不单天津古玩行没他这号，天津地面也瞧不见他的影子。有人说他得一场大病，从此躺下，再没起来。栽得真是太惨了！

再想想看，他还有更惨的——他败给人家黄三爷，却只见到黄三爷的手笔，人家的面也没叫他见过呢！

所幸的是，他最后总算想到黄三爷的这一手。死得明明白白。

死鸟

天津卫的人好戏谑，故而人多有外号。有人的外号当面叫，有人的外号只能背后说，这要看外号是怎么来的。凡有外号，必有一个好笑的故事；但故事和故事不同，有的故事可以随便当笑话说，有的故事人却不能乱讲；比方贺道台这个各色的雅号——死鸟。

贺道台相貌普通，赛个猪崽。但真人不露相，能耐暗中藏。他的能耐有两样，一是伺候头儿，一是伺候鸟儿。

伺候上司的事是挺特别的一功。整天跟在上司的屁股后边，跟慢跟紧全都不成。跟得太慢，遇事上不去，叫上司着急；跟得太紧，弄不好一脚踩在上司的后脚跟上，反而惹恼了上司。而且光是赛条小狗那样跟在后边也不成，还得善于察言观色，摸透上司脾气，知道嘛时候该说嘛，嘛时候不该说嘛；挨训时俯首帖耳，挨骂时点头称是。上司骂人，不一定是你的不是，有时不过是上司发发威和舒舒气罢了。你要是耐不住性子，皱眉撇嘴，露出烦恼，那就叫上司记住了。从此，官儿不是愈做愈大，而是愈做愈小——就这种不是人干的事，贺道台却得心应手，做得从容自然。人说，贺道台这些能耐都出自他的天性。说他天生是上司的撒气篓子，一条顺毛驴，三脚踹不出个屁来，对吗？

说完他伺候头儿，再说他伺候鸟儿。

伺候鸟儿的事也是另外一功。别以为把鸟儿关在笼子里，放点儿米，给点儿虫，再加点儿水，就能又蹦又跳。一种鸟儿有一种鸟儿的习惯，差一点儿就闭眼戗毛，耷拉翅膀；一只鸟儿有一只鸟儿的性子，不依着它就不唱不叫，动也不动，活的赛死的差不多。人说贺道台上辈子准是鸟儿。他对鸟儿们的事全懂，无论嘛鸟儿，经他那双小胖手一摆弄，毛儿鲜亮，活蹦乱跳，嗓子个个赛得过在天福茶园里那个唱落子的一毛旦。

过年立夏转天，在常关做事的一位林先生，打江苏常州老家歇假回来，带给他一只八哥。这八哥个大肚圆，腿粗爪硬，通身乌黑，嘴儿金黄；叫起来，站在大街上也听得清清楚楚。贺道台心里欢喜说："公鸡的嗓门也没它大。"

林先生笑道："就是学人说话还差点儿。它总不好好学。怎么教也不会，可有时不留神的话，却给它学去了。不过，到您手里一调理，保准有出息。"

贺道台也笑了，说道："过三个月，我叫它能说快板书。"

然而，这八哥好比烈马，一时极难驯服。贺道台用尽法子，它也学不会。贺道台骂它一句："笨鸟。"第二天它却叫了一天"笨鸟"。叫它停嘴，它偏不停。前院后院都听得清清楚楚，午觉也没法儿睡。贺道台用罩子把笼子严严实实罩了多半天，它才不叫。到了傍晚，太太怕把它闷死，叫丫鬟把罩子摘去，它一露面，竟对太太说："太太起痱子了吧？"把太太吓了一跳。再一想，这不是前几天老爷对她说的话吗，不留神竟给它学去了。逗得太太咯咯笑半天。待贺道台回来，对老爷说了。没等她去叫八哥再说一遍，八哥自己又说："太太起痱子了吧？"

贺道台给逗得咧嘴直笑，还说："这东西，连声音也学我。"

太太说："没想到这坏东西竟这么聪明。"

自此，贺道台分外仔细照料它。日子一长，它倒是学会了几句什么"给大人请安""请您坐上座""您走好了"之类的话，只是不好好说。可是，它抽冷子蹦出几句老爷太太平时说的"起痱子"那类的话，反倒把客人逗得大笑，直笑得前仰后合。

知府大人说："贺大人，从它身上就知道您有多聪明了。"

贺道台得意这鸟儿，更得意自己。这话就暂且按下不提。

九月初九那天，东城外的玉皇阁"攒九"，津门百姓照例都去登阁，俗称"九九登高"。此时，天高气爽，登高一望，心头舒畅，块垒皆无。这天直隶总督裕禄也来到了玉皇阁，兴致非常好，顺着那又窄又陡的楼梯，一口气直爬到顶上的清虚阁。随同来的文武官员全都跑前跑后，哄他高兴。贺道台自然也在其中。他指着三岔河口上的往来帆影，说些提兴致的话，直叫裕禄大人心头赛开了花。从阁上下来，贺道台便说，自己的家就在不远，希望大人赏脸，到他家去坐坐。裕大人平日决不肯屈尊到属下家中做客。但今日兴致高，竟答应了。贺道台的轿子便在前面开道，其余官员跟随左右，骑龙驾虎一般去了。

贺道台的八哥笼子就挂在客厅窗前，裕大人一进门，它就叫："给大人请安。"声音嘹亮，一直送进裕禄的耳朵里。

裕大人越发兴高采烈。说道："这东西竟然比人还灵。"

贺道台应声便说："还不是因为大人来了。平时怎么叫它说，它也不肯说。"

待端茶上来，八哥忽又叫道："这茶是明前茶。"

裕大人一怔，扭头对那笼子里的八哥说："这是你的错了。现在什么时候了，哪还有明前茶？"

上司打趣，下司拾笑。笑声灌满客厅。并一齐讪笑八哥是个傻瓜。

贺道台说："大人真是一句切中了要害。其实这话并不是我教的，这东西总是时不时蹦出来一句，不知哪来的话。"

知府笑道："还不是平日里说者无意，听者有心。想必贺大人总喝好茶，它把茶名全记住了！"

裕禄笑道："有什么好茶，也请裕禄我尝尝。"

大家又笑起来。但八哥听到了"裕禄"两字，忽然翅膀一抖，跟着全身黑毛全奓起来，好赛发怒，声音又高又亮地叫道："裕禄那王八蛋！"

满厅的人全怔住。其实这一句众人全听到了，就在惊呆的一刻，这八哥又说一遍：“裕禄那王八蛋！”说得又清楚又干脆。裕禄忽地手一甩，把桌上的茶碗全抽在地上，怒喝一声：“太放肆了！”

贺道台慌忙趴在地上，声音抖得快听不见：“这不是我教给它的——”话到这里，不觉卡住了。他想到，八哥的这句话，正是他每每在裕禄那里受了窝囊气后回来说的。怎么偏偏给它记住了？这不是要他的命吗？他浑身全是凉气。

等他明白过来，裕禄和众官员已经离去。只他一个人还趴在客厅地上。他突然跳起来，朝那八哥冲去，一边吼着：“你毁了我！我撕了你，你这死鸟！”

他两手抓着笼子一扯，用力太大，笼子扯散，鸟儿飞出来，一把没有抓住。这八哥穿窗飞出，落在树上。居然把贺道台刚刚说的这话学会了，朝他叫道：“死鸟！”

贺道台叫仆人们用杆子打，用砖头砍，爬上树抓，八哥在树顶上来回蹦了一会儿。还不住地叫：“死鸟！死鸟！死鸟！”最后才展翅飞去，很快就无影无踪了。

自此，贺道台就得了“死鸟”的外号。而且人们传这外号的时候，还总附带着这个故事。

冯五爷

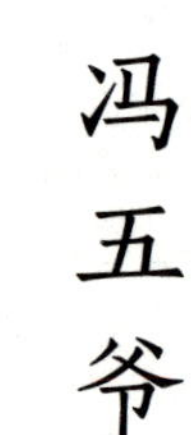

冯五爷是浙江宁波人。冯家出两种人，一经商，一念书。冯家人聪明，脑袋瓜赛粤人翁伍章雕刻的象牙球，一层套一层，每层一花样。所以冯家人经商的成巨富，念书的当文豪做大官。冯五爷这一辈五男二女，他排行末尾，几位兄长远在上海天津开厂经商，早早地成家立业，站住脚跟。唯独冯五爷在家啃书本。他人长得赛条江鲫，骨细如鱼刺，肉嫩如鱼肚，不是赚钱发财的长相，倒是舞文弄墨的材料。凡他念过的书，你读上句，他背下句，这能耐据说只有宋朝的王安石才有。至于他出口成章，落笔生花，无人不服。都说这一辈冯家的出息都在这五爷身上了。

冯五爷二十五，父母入土，他卖房卖地，携家带口来到天津卫，为的是投兄靠友，谋一条通天路。

他心气高，可天津卫是商埠，毛笔是用来记账的，没人看书，自然也没人瞧得起念书的。比方说，地上有黄金也有书本，您捡哪样？别人发财，冯五爷眼热，脑筋一歪，决意下海做买卖。但此道他一窍不通，干哪行呢？

中国人想赚钱，第一个念头便是开饭馆。民以食为天，民为食花钱；一天三顿饭，不吃腿就软，钱都给了饭馆老板。天津的钱又都在商人手里，商界的往来大半在饭桌上。再说，天津产盐，吃菜口重，宁波菜咸，正合口味。于是冯五爷拿定主意，开个宁波风味的馆子，便在马家口的闹市里，选址盖房，取名“状元楼”。择个吉日，升匾挂彩，燃鞭放炮，饭馆开张了。冯五爷身穿藏蓝暗花大褂，胸前晃着一条纯金表链，中印分头，满头抹油，地道的老板打扮，站在大厅迎宾迎客，应付八方。念书的人，讲究礼节，谈吐又好，很得人缘。再说，状元楼是天津卫独一家宁波馆，海鱼河虾都是天津人解馋的食品，在宁波厨子手里一做，比活鱼活虾还鲜。故此开张以来，天天坐满堂，晚上一顿还得“翻台”，上两拨客人。眼瞅着金河银河，往钱匣子里流，冯五爷心花怒放。可日子一长，赚钱并不多。冯五爷纳闷，天天一把把银钱，赛一群群鸟飞进来，都落到哪儿去了？往后再一瞧账，哟，反倒出了赤字！

一日，一个打宁波来帮工的小伙计，抖着胆子告诉他，厨房里的鸡鸭鱼肉，进到客人嘴里的有限，大多给厨子伙计们截墙扔出去了，外边有人接应。状元楼有多少钱经得住天天往外扔？

冯五爷盛怒之后，心想自己嘛脑袋，《二十四史》背得滚瓜烂熟，能拿这帮端盘子炒菜的没辙？这就开刀了。除去那个打宁波老家带来的胖厨子没动，其余伙计全轰走，斩草除根换一拨人，还有后院墙头安装电网，以为从此相安无事，可账上仍是赤字，怎么回事？

又一日，住在状元楼邻近一位婆子，咬耳朵对他说，每天后晌，垃圾车一到，一摇铃铛，打状元楼里抬出的七八个土箱子，只有上边薄薄一层是垃圾，下边全是铁皮罐头、整袋咸鱼、好酒好烟。原来内外勾结，用这法儿把东西弄走。这不等于拿土箱子每天往外抬钱吗？冯五爷赶在一个后晌倒垃圾的时候，上前一查，果然如此。大怒之下，再换一拨人。人是换了，但账本上的赤字还是没有换掉。

冯五爷不信自己无能。天天到馆子瞪大眼珠，内内外外巡视一番，却看不出半点儿毛病。文人靠想象过日子，真落到生活的万花筒里，便是“自作聪明真傻瓜”。状元楼就赛破皮球，撒气漏风，眼瞅着败落下来。买卖赛人，靠一股气儿活着，气儿泄了，谁也没辙。愈少客人，客人愈少；油水没油，伙计散伙。饭厅有时只开半边灯了。

冯五爷心里只剩下一点儿不服。

再一日，身边使唤的小童对他说，外头风传，状元楼里最大的偷儿不是别人，就是那个打老家带来的胖厨子。据说他偷瘾极大，无日不偷，无时不偷，无物不偷，每晚回家必偷一样东西走，而且偷术极高，绝对查看不出。冯五爷不肯相信，这胖厨子当年给自己父亲做饭，胖厨子的父亲给自己爷爷做饭，他家的根早扎在冯家了。倘若他是贼，谁还会不是贼？

但是，冯五爷究竟干了两年的买卖，看到的假笑比真笑多，听到的假话比真话多，心里也多了一个心眼儿了。当日晚上，状元楼该关灯闭门时候，冯五爷带着小童到饭馆前厅，搬一把藤椅，撂在通风处，仰面一躺，说是歇凉，实是捉贼。

等了不久，胖厨子封上炉火，打后头厨房出来，正要回家。他光着脑袋一身肉，下边只穿一条大白裤衩，趿拉一双破布鞋，肩上搭一条汗巾，手提一盏纸灯笼。他瞅见老板，并不急着脱身离去，而是站着说话。那模样赛是说：您就放开眼瞧吧！

冯五爷嘴里搭讪，一双文人的锐目利眼却上上下下打量他，心中一边揣度——这光头光身，往哪儿藏掖？破鞋里也塞不了一盒烟呵！灯笼通明雪亮，里头放点儿嘛也全能照出来。裤衩虽大，但给大厅里来回来去的风一吹，大腿屁股的轮廓都看得清清楚楚，还能有嘛？是不是搭在肩上那条擦汗的手巾里裹着点儿什么？心刚生疑，不等他说，胖厨子已把汗巾从肩上拿下，甩手扔给小童，说道："外边都凉了，我带这条大毛巾做什么，烦你给搭在后院的晾衣绳上吧！"说完辞过冯五爷，手提灯笼，大摇大摆走了。

冯五爷叫小童打开毛巾，里头嘛也没有，差点儿冤枉好人。

可是转天，这小童打听到，胖厨子昨晚使的花活，在那灯笼上。原来插洋蜡的灯座不是木头的，而是拿一块冻肉旋的，这块肉足有二斤沉！可人家居然就在冯五爷眼皮子底下，使灯照着，大模大样提走了，真叫绝了！

冯五爷听罢，三天没说话，第四天就把状元楼关了。有人劝他重返文苑，接着念书，他摇头叹息。念书得信书。他连念书的人能耐还是不念书的人能耐都弄不清，哪还会有念书的心思？

刘道元活出殡

天津卫的买卖家多如牛毛。两家之间只要纠纷一起，立时就有一种人钻进来，挑词架讼，把事闹大，一边代写状子，一边去拉拢官府，四处奔忙，借机搂钱。这种人便是文混混儿。

混混儿是天津卫土产的痞子，历来分文武两种。武混混儿讲打讲闹，动辄断臂开瓢，血战一场；文混混儿却只凭手中一支笔，专替吃官司的买卖家代理讼事。别看笔毛是软的，可文混混儿的毛笔里藏着一把尖刀；白纸黑字，照样要人命。这文混混儿之中，拔尖的要数刘道元。

买卖家打官司，谁使刘道元的状子谁准赢，没跑。人说，他手里的笔就是判官笔，他本人就是本地人间的判官，谁死谁活，全看他笔下的一撇一捺了。可是他决不管小店小铺的事，只给大买卖写状子。大买卖有钱，要多少给多少。他要是缺钱，也用不着去借，只要到大买卖门前，往门框上一靠，掌柜的立时就包一包钱，笑嘻嘻送上来。那些武混混儿来要钱，都是用爬头钉打嘴里把自己的嘴巴钉在门框上，不给钱不算完。那模样龇牙咧嘴，鲜血直流，真把人吓死。但人家文混混儿刘道元决不这么干，他倚在门框上的神气，好赛闲着没事晒太阳。只要钱一到手，扭身就走，决不多事。这便是文混混儿的这个“文”字了。

刘道元有钱，不买房置地，不耍钱，不逛窑子，连仆婢也一概不用。光棍一个人，一直住在西门外掩骨会北边的一个院子，由两个徒弟金三和马四伺候着。赚来的钱，吃用之外，全都使在义气上了。他走在路上，只要听到谁家在屋里哭哭啼啼，说穷道苦，或者穷得打架，便一撩窗子，一把钱哗哗啦扔进去。掩骨会那一带，不少人家受过他的恩惠。可谁也不敢当面谢他；你谢他，他不认账，还翻脸骂你。

要论混混儿的性子，不管文武，全一个混样。

一天，他忽把两徒弟金三和马四叫到跟前说：“师傅我今年五十六，人间的事看遍了，阴间的事一点儿也不知道。近来我总琢磨着，这人死后到底嘛样？我今儿有个好主意，我装死，活着出一次殡，我呢，就躲在棺材里，好好开开眼。可我人在棺材里，外边事不能料理，就全交给你们俩了。听着！你们俩王八蛋别心一黑，把我钉死在棺材里！”

金三灵又快，马四笨又慢。金三说：“哪能呢，师傅要是完了，我俩还不如一对丧家犬呢。师傅！您的主意虽好，可人家死人，都得累七作斋，至少也得七天。您哪能天天躲在棺材里？那里边又黑又窄又闷，您受得住？再说您要是急着吃东西、急着拉屎怎么办？我的意思，棺材摆在灵堂上是空的，您人藏在后院那间堆东西的小屋里。后院绝对不准人去。吃喝一切，我俩天天照样伺候您。等到出殡那天，您再往棺材里一钻。至于那棺材盖儿，哪能钉呀，您还得掀开一点儿往外瞧呢！”

刘道元笑了，说：“你这王八蛋还真灵，就这么办吧！”

跟着，天津卫全知道大文混混儿刘道元死了，还知道他是半夜得暴病死的。于是刘家门外贴出讣告，家内设了灵堂，放棺材，摆牌位，还供上那支大名鼎鼎的判官笔，再请来和尚，吹吹打打，作斋七天。来吊唁的人真不少，门口排成长龙，好赛大年夜下家开粥厂。

刘道元藏在后院小屋里，有吃有喝，还有个盆，能够拉尿，倒蛮舒服。金三一直在前边盯着应酬，马四不时跑来向师傅送个消息。开头，刘道元很是得意。心想自己活着时威风八面，人“死”后一样神气十分。可是两天过后，一寻思，有点儿不对。那些给他打赢官司的大掌柜，怎么一个没来；没名没姓的人倒是蜂拥而至。是不是来看热闹的？这些人平时走过他家门口，连扭头朝里边瞥上一眼都不敢，此刻居然能登堂入室，把他这个大混混儿日常的活法，看个明白。马四说，头年里叫他一纸状子告得几乎倾家荡产的福顺成洋货店的贺老板，这次也来了。他大模大样走上灵堂，非但不行礼，却“呸”地把一口大黏痰留在地上。随后，任嘛稀奇古怪的事全来了。

作斋的第四天，一条大汉破门而入，居然还牵着一条狼狗进了灵堂。进门就骂：“姓刘的，你一死，借我那十条金子，叫我找谁要去？

你不还我钱，我就坐在这儿不起来。”他真的就坐在堂屋中央一动不动，占着地界，叫别人没法进来行礼。金三、马四从来没见过这汉子，知道是找碴儿讹钱来的。上去连说带劝也没用，只好动手去拉，谁料这汉子劲儿奇大，一拳一个，把金三、马四打得各一个元宝大翻身。金三、马四都是文混混儿，下笔千斤，手中无力，拿他没辙，干瞪眼等着。直到后晌，他闹得没劲儿，才起身离去。临出门时说十天后要来收这几间屋子顶债。他牵来那只大狼狗一蹿，把摆在桌上用来施舍给孤魂野鬼的大白馒头叼走一个。

马四人实，把这些事全都照实说了。刘道元一听，火冒三丈，气得直叫：“哪个王八蛋敢来坑我！我刘道元跟谁借过钱？我不死啦！我看看这个王八蛋是谁？”这就要到前边去。

马四顶不住，赶紧把金三找来。金三说：“您一出去，还不是诈尸了？咱的戏可就没法往下演了。师傅您先压压火，一切都等着出完大殡再说。您不也正好能看看这些人都是嘛变的吗？”

金三最后这句话管用，眼瞧着刘道元的火下去了。自此，马四不再对师傅学舌前边的事。刘道元忍不住时，向他打听平时那些熟人，哪个来哪个没来。马四明白，师傅心里问的是另一个文混混儿，大名叫一枝花。那家伙整天往他们这儿跑，跟刘道元称兄道弟，两人好得穿一条裤子，可是打刘道元一“死”，他也跟死了一样，一面不露。马四哪敢把这情形对师傅说？马四愈不说，他心里愈明白，脸就愈拉愈长，好赛下巴上挂个秤砣。后来干脆眼一闭，不闻不问了，看上去真跟死人差不多。

这天下晌，院里忽有响动，不像是金三、马四。侧耳朵再听，原来是邻居那个卖开水的乔二龙，还有他儿子狗子，翻过墙头，来到他的后院。隔窗只听狗子说："爹，金三、马四一来，咱再翻墙跑可就来不及了。"乔二龙说："怕嘛？脓包！金三、马四连苍蝇都打不死，你还怕他们。这刘家无后，东西没主，咱不拿别人也拿！跟我来——"

刘道元肺快气炸了。心想，我"活"着的时候给你们钱，你们拿我当爷爷；我"死"了就来抄我的家！你们还要干嘛？扒我的皮做拨浪鼓吗？

他想砸开门出去，但不行，不能为这两个王八蛋把事坏了。心里一急，不知哪来的主意，竟装出一个女人腔，拿着嗓子细声尖叫："快来人呀！有坏人呀！"这一喊，竟把乔家父子吓得赛两个瞎驴，连跑带蹿，噼里啪啦翻墙跑了。幸好，前边念经的和尚们鼓乐正欢，没听到他这边的叫声。可马四再来时，却见他一桌子吃的东西，全扔在地上了。

过了一七，总算没出太大差错，万事大吉。金三把供桌上的判官笔放进棺材，对人说这支判官笔必须给师傅陪葬；还说，这支笔是支金笔，华世奎那支笔只是支草笔，这支金笔只配他师傅一个人使。然后，他悄悄去请师傅，乘人不注意，赶紧入棺，起灵出殡。刘道元骂一句："真他妈不知是活够了，还是死够了。"便一头钻进了棺材。

棺材里，金三给他一切准备得舒舒服服。盖是活的，想开就开；里边照旧有吃有喝，还有个枕头可以睡觉。他哪有空儿睡觉，好不容易“死”一次，也得“死”得再明白些。

棺材抬起，往灵车上摆放的时候，就听到金三和马四一左一右哭起来。金三灵，说哭就哭，声音就赛撕肝扯肺一般。刘道元想，还是金三好，马四这王八蛋连假哭也不会。可是金三的假哭却长不了，闹一会儿就没声了。这才听出马四这边也有哭声。马四来得慢，声音不大，可动了真格的，呜呜哭了一路，好赛死了亲爹。这没完没了的哭，反而扰得刘道元心烦，愈听愈丧气。刘道元已经弄不明白，到底是真的好还是假的好了。

走着走着，刘道元忽听，外边乱糟糟，声音挺大，好赛出了嘛事。跟着灵车也停住了。他心里奇怪，两手托住棺材盖，使劲举开一条缝，朝外一瞧，只见纸人纸马，纸车纸轿，黑白无常，银幡雪柳，白花花一片。街两旁却黑压压，站满瞧出殡的人。到底嘛事叫出殡的队伍停住了？他透过旗杆再一瞧，竟看见一些人伸拳伸腿挡在前面，原来是会友脚行的滕黑子那帮武混混儿。他心想这帮人平日跟他一向讲礼讲面，怎么也翻脸了，想干嘛？这时他突然瞧见，他那弟兄一枝花也站在那帮人中间。只听一枝花在叫喊着：“那支判官笔本来就该归我，他算个屁！死了还想把笔带走？没门！不交给我，甭想过去！”

刘道元的脑袋“轰”的一下——但这次没急，反倒豁朗了。心里说：

“原来人死了是这么回事，老子全明白了！”双手发力一推棺材盖，“哐啷”一响，他站了起来。

这一下，不但把出殡的和看热闹的全吓得“叽哇”喊叫，连劫道的那帮混混儿也四散而逃。

刘道元站在灵车上大笑不绝。

马二

真的不难，以假乱真才难。比方人家马连良张嘴一唱，当然就是马连良唱，难吗？可要是你唱，让人听了说是马连良在唱，那就难死了。所以天津人最服的是以假乱真。称呼这种人时，不提“以假”，只夸他“乱真”。乱真是种大能耐。

民国年间天津老城这边出了位能乱真的能人，叫马二。马二的爹是干脚行出身，在运河边有自己的水陆码头，脚夫上百号。有了钱便折腾南货，赚了钱发了财，这便在老城租界两边都买了宅子，都开了铺子，上上下下都有人脉。可是，天津卫脑袋一个比一个大，后戳一个比一个硬，若是不小心得罪了更厉害的人，一定会遭人算计，弄得家败。马二他爹就是从这个坡上栽下来的，这就不多说了，只说马二。

马二打小娇生惯养任嘛能耐没有，可是破家值万贯，用不着去做苦力，整天闲玩闲逛，出酒馆进茶馆，游手好闲。人没大聪明，但有小聪明，最大的本事是学谁像谁。从市长、要人、富贾、名流，至少七八位都给马二学得活灵活现，尤其再配上这些名人要人一两个段子，一走一站一笑一招手一龇牙，学谁像谁学谁是谁，能够乱真。乱真这玩意儿是种笑料，乱到妙处，保你笑得下气儿接不到上气儿来，比常连安[①]还逗乐儿。

马二学得最像的人，是租界那边一位管教育的官员管四爷。马二和管四爷除去脸蛋刷白有点儿像，别的都不像。管四爷是位正经八百的政府要员，马二游手好闲；管四爷出门有车，马二离不开自己的两条腿；管四爷油头粉面，马二灰头土脸；管四爷格格正正一身制服，马二从来没扣齐过褂子上的扣子；管四爷咳嗽的时候拿西洋的手绢捂嘴，马二咳嗽的时候往地上吐黏痰。可是别看这样，他要学起管四爷——乱真！

马二常往租界去，管四爷是出头露面的人，见他不难。老城这边的一般人不常去租界，至少一半人没见过管四爷，不管马二学得像几成，只是觉得他学得好玩罢了。可是一次管四爷来到城北边的总商会做“文明讲演”，不少人跑去一看，大吃一惊，马二绝了！事后再看马二一学，更吃一惊，马二真是太绝了！

从此，马二扬名老城。人们见他干脆就戏称他“管四爷”。马二聪明，他知道要人名人都不好惹，不管人怎么称呼他，他却从来不说自己是管四爷。

---

① 常连安（1899—1966），相声大师，擅长单口相声。

这一来，在天津世面上，他也算一号。到哪儿都受欢迎，都爱看他乱真的能耐。

天津是商埠，事事都能找出机会找到好处。自打马二乱真成名，时不时有人请他吃餐赴宴，有的人根本不认得管四爷，请他去就是为了逗逗乐，给饭局助兴。他也不在乎，反正白吃白喝，省钱就是赚钱。这一来，连人家娶媳妇、儿子百日宴、老人做寿和买卖开张，也给他送帖子了。

天津不大，老城这边马二的事，渐渐就传到租界那边管四爷的耳朵里。管四爷不是凡辈，表面不作声，暗中派随从葛石头到老城这边来刺探虚实，摸摸马二这个人，是否真能把自己学成另一个自己。

葛石头运气不错，到了老城就赶上一个机会，估衣街上的太平笔庄成立一甲子，在大胡同的状元楼设宴庆贺，据说请了马二。葛石头找人弄到一个席位，那天到了状元楼，很快就从人群里认出马二。乍一看这马二的脸真有点儿像管四爷，但除去这点儿就哪儿也不像了。管四爷是嘛派头，这家伙嘛样？活赛一条狗。

可是宴会开了不久，有人喊了一声："请咱管四爷讲两句！"众人齐声呼好。马二从那边桌子前一站起来，可就赛换了个人。虽然还是那身行头，但那股子劲儿变了。只见他左手往后腰上一撑——管四爷讲话时就一准这么单手撑腰；同时小肚子往前一鼓一挺——管四爷撑腰时肚子就这么一鼓一挺。还没说话就赢得满堂彩，有人叫道："管四爷附体了，绝啦！”

马二乘兴说：“今儿太平笔庄甲子大庆，诸位爷给咱朱老板面子，大家也是难得一聚，大家自管吃喝痛快，钱——记在我局里的账上！”

葛石头傻了。听这两句话的声音和腔调，就像管四爷在那边说话呢。

再瞧，马二正举杯说：“干了！”举手时胳膊伸得笔直，赛根杆子——管四爷就这么举杯！

葛石头在这边瞪圆眼珠子看；马二那边连吃带喝，说说笑笑，举手投足，活活一个管四爷，引得同桌和邻桌众宾客阵阵大笑。葛石头非但瞧不出破绽，反倒觉得他愈来愈入化境。到了后来，马二有点儿醉了，连摇身晃脑都像，已经难瞧出是在“学”管四爷了，就像每次教育局请客管四爷坐在那边吃吃喝喝的样子。

可是葛石头却看出他一边“乱真”，一边没忘了吃喝。桌上的鸡腿鱼肚虾腰肉块叫他择着拣着撂在嘴里，吞在肚里。心想这小子，一边用管四爷的“名儿”白吃白喝，一边拿着管四爷开涮给大伙找乐，真是太损太缺了。

正热闹着，马二起身弯腰使筷子去夹远处碟子里一块肥嘟嘟的大海参时，没料到腰一用劲儿，放个响屁，这屁真响——真臭。坐在他身边的一位立时说：“四爷的屁——扣屎盆子了！”大伙大笑。马二用管四爷的声调说：“不臭叫屁？”大伙又大笑。一直笑到席散。

葛石头回到租界那边，把自己耳闻眼见照实禀告管四爷，然后说：

"咱拿他还真没办法，马二嘴里从来没说过他是在学您，说您名字的都是别人。"

葛石头原以为管四爷会大发雷霆，谁料管四爷嘛话没说，只是一笑。

没过几天，老城这边就传出一个说法：人家管四爷是租界里有身份的文明人，从来不会当着人放屁。马二学管四爷，学得再像也不该有放屁这段。马二是小混混儿，没见识，这下子彻底穿帮了！还有一句比广告还厉害的话：一个屁崩飞了马二的饭碗子。

商场里没有比传言更管事的。码头的人又爱说笑话，爱找乐子。从此各种饭局没人再请马二，反而拿马二放屁的事当作饭桌上的笑料。

钓鸡

民国十六年入冬,天津卫地面上冒出来一位奇人,这人谁也没见过。姓嘛叫嘛,长得嘛样,也就没人能说清楚。既然是奇人,就得有出奇的地方。这人是位钓客,但不是钓鱼,是钓鸡。鸡怎么钓?我说您听——别急。

那时,天津家家户户都养鸡养狗养猫。养鸡吃蛋,养狗看门,养猫抓耗子。狗在院里猫在屋里,鸡不圈着,院里院外随便跑,后晌该进窝的时候,站在门口一吆喝,或敲敲食盆食罐,就全颠颠跑回家了,绝丢不了。可是到了民国十六年天津人开始丢鸡,开始以为闹黄鼠狼,黄鼠狼抓鸡总留下点儿鸡毛,可是丢鸡的地方没人见过鸡毛;后来认为是有人抓鸡,可是抓鸡的地方总能听见鸡嘎嘎叫,怪的是——没人听过鸡叫。

不多时候,家住粮店后街的一位姓刘的老江湖,瞧出了门道。他发现丢鸡不总在一个地方,今儿河东,过两天河北,再几天杨庄子。丢鸡的地界都不大,不过几条胡同,一两条街,几十只鸡,好似给一阵风刮走，不留半点儿痕迹。黄鼠狼绝没这种心计，只有人才干得出来。这叫打一枪换一个地方。这偷鸡的人真够聪明。可他用嘛法子，不声不响，鸡也不叫，不大工夫，就把一个地界满地跑的几十只鸡全敛去了？

老刘开始到处走，留神用耳朵摸，只听到哪儿哪儿丢鸡的传闻，却没人说偷鸡的人给逮着了，只听到一个绰号叫“活时迁”——叫得挺响。嘿，人没见，号先有了。

二十天后一个小痞子告他这个“活时迁”的事，叫他大吃一惊。

据说这“活时迁”抓鸡不用手抓，用线钓。他先把一颗黄豆，中间打个眼儿，用一根细线绳穿过去，将黄豆拴在线绳一头；再使一个铜笔帽，削去帽尖，露出个眼儿，穿在线绳另一头上，铜笔帽像串珠那样可在线上任意滑动，然后将黄豆、线绳、铜笔帽全攥在手里，偷鸡的家伙就算全预备好了。

“活时迁”看到一个有鸡的地界，蹲在一个墙角，抽着旱烟，假装晒太阳。待鸡一来，先将黄豆带着线抛出去，笔帽留在手中。鸡上来吞进黄豆，等黄豆下肚，一拽线，把线拉直，就劲儿把铜笔帽往前一推，笔帽穿在线中，顺线飞快而下，直奔鸡嘴，正好把嘴套住。鸡愈挣，线愈紧，为嘛？豆子卡在鸡嘴里边，笔帽套在鸡嘴外边，两股劲儿正好把鸡嘴摽得牢牢的，而且鸡的嘴套着笔帽张不开，叫不出声。“活时迁”两下就把鸡拉到跟前。

小痞子说，“活时迁”多在入冬钓鸡，冬天穿一件黑棉大衣，抓了鸡，塞进怀里，谁也看不出来，更因为谁也想不到他用这法子偷鸡。小痞子还说，他一天吃三只鸡，吃不了拿到就近的集市上卖了。

老刘问他这话当真？小痞子说他前些天在挂甲寺一带亲眼见的。

老刘在家里寻思一天一夜，想出一招。他想，他住这粮店后街，养鸡的人家多，地势杂，“活时迁”迟早会来这儿偷鸡。他家也养鸡，他便守在家候着“活时迁”。他说：他钓鸡，我钓他。

入了腊月，他的鸡和隔墙陈三家的鸡忽然没了十几只，光光的一只没剩下。老刘说：“行了，上钩了。”

老刘知道在哪儿能找到“活时迁”。他去到附近一带几个卖活禽的集市上转，转来看去，瞧见一个胖子，脸色红，皮肤光，小眼赛一对琉璃珠黑又亮，身穿大棉袍蹲着，旁边一个竹编的罩笼，扣着五六只活鸡。老刘过去对这胖子说：“鸡吃得不少呀，嘴巴都流油了。”

胖子一听一惊，坐个屁股蹲儿。老刘心想这就是“活时迁”了。

“活时迁”手一撑地，又蹲回来，朝老刘笑道：“这么肥的鸡哪有福气吃？”

老刘一听他说话的口音不是当地人，却不和他多废话，指着鸡笼子说：“你把那白公鸡拿出来瞧瞧。”

“活时迁”应声伸手从“叽哇”乱叫的几只鸡中间，把白公鸡抓出来，递给老刘。白毛红冠，雄姿勃勃。“活时迁”说：“这公鸡起码十斤，还是当年鸡，肉多又嫩，煮着炒着怎么吃都成。”

老刘拿着鸡问他："多少钱？"

"活时迁"说："不便宜也不贵，十个铜子儿。"

老刘说："好，你就给我十个铜子儿吧，还有笼里那五只，总共六十个铜子儿。"

"活时迁"说："别打岔了，你吃我鸡还要我给钱。"

老刘说："谁打岔了，你抓我鸡还要我给钱。"

"活时迁"觉得话茬不对，把脸一撂，说："好，你可得说明白，这鸡怎么是你的？"

老刘笑了，说："你说这鸡是你的，可有记号？"

"活时迁"有点儿发急："鸡不是你抱来的，是在我笼子里的。我没记号，你有记号？"

老刘说："肚子上有个红圈儿。"

"活时迁"抓过鸡，翻过来，拿给围观的大伙看，叫着："大伙瞧呵，哪来的红圈儿。"没有红圈儿，只有一肚子厚厚的白绒毛。

老刘冷冷一笑，左手把鸡抓过来，右手将肚子上的白毛一把把揪下，果然一红圈儿，用漆画在鸡皮上。他说："我早在它换毛时就把这红圈儿画上去了。"

"活时迁"心想：这回要玩儿完，人家早早画个圈儿，等着自己往里跳呢。这才叫魔高一尺，道高一丈。码头人真厉害。自己只有叫爹叫爷，求饶了。

人家老刘是江湖。真正的江湖都厚道，得饶人处且饶人。他叫“活时迁”把笼子里的鸡腿拴在一起，头朝下提在手里。只朝“活时迁”说了一句：“小能耐，指着它活不了一辈子，弄不好只活半辈子。打住吧。”

打这天起，天津没听说谁再丢鸡，却都知道粮店后街有位姓刘的汉子，叫“赛时迁”。

洋相

自打洋人开埠，立了租界，来了洋人，新鲜事就入了天津卫。“租界”这俩字过去没听说过，黄毛绿眼的洋人没见过，于是老城这边对租界那边就好奇上了。

开头，天一擦黑，人们就到马家口看电灯，那真叫天津人开了眼。洋人在马家口教堂外立根杆子，上面挂个空心的玻璃球，球上边还罩个铁盘子，用来遮雨。围观的人不管大人小孩全仰着脑袋，张着嘴儿，盯着那个神奇的玻璃球，等着瞧洋人的戏法。天一暗下来，那玻璃球忽地亮了，亮得出奇，直把下边每张脸全都照亮，周围一片也照得像大太阳地，人们全都“哎哟”一声，好像瞧见神仙显灵了。洋人用嘛鬼花活儿叫这个玻璃球一下变亮的？

再一样，就是冬天里去南门外瞧洋人滑冰。南门外全是水塘河道，天一上冻，结上光溜溜的冰，那些大胡子、小胡子和没胡子的洋人就打租界里跑来，在鞋底绑上快刀，到冰上滑来滑去，转来转去，得意至极。他们见中国人聚在河堤上看他们，更是得意，原地打起旋儿来，好比陀螺。有时玩不好，一个趔趄摔屁股蹲儿，或者大仰八叉躺在冰上，引来众人齐声大笑。当时有位文人的一首诗就是写这情景：

脚缚快刀如飞龙，
舒心活血造化功，
跌倒人前成一笑，
头南脚北手西东。

不久，就有些小子去到租界那边弄洋货，再拿回到老城这边显摆。一天，一个小子搬了个自鸣钟到东北角大胡同的玉生春茶楼上，摆在桌上，上了弦，这就招了一帮人围着看，等着听它打点。到点打钟，钟声悦耳，这玩意儿把天津人镇住了，茶楼上一天到晚都坐满了人，把玉生春的老板美得嘴都闭不上了，说要管那个抱钟来的小子免费喝茶吃东西。没过十天，玉生春又来个中年人，穿戴得体，端着一个讲究的锦缎包，先撂在桌上，再打开包，露出一个挺花哨的镏金的洋盒子，谁也不知干嘛用的。只见他也拧了弦，可不打点，盒里边居然叮叮当当奏出音乐，好听得要死。人称这小魔盒为“八音盒子”。这一来，来玉生春喝茶看热闹的人又多一倍，连站着喝茶的也有了。

不多时候，老城东门里大街忽然出现一个怪人，像洋人，又不像洋人，中等个，三十边儿上，穿卡腰洋褂子，里边小洋坎肩，领口有只黑绸子缝的蝴蝶，足蹬高筒小洋靴，头顶宽檐小洋帽，一副深色茶镜遮着脸，瞧不出是嘛人。看长相，像洋人，可是再看鼻子小了点儿。洋人鼻子又高又大前边带钩，俗称“鹰钩鼻子”；这人鼻子小，圆圆好赛小蒜头。

这怪人在街头站了一会儿，忽然打腰里掏出一个小纸盒，从里边抽出一根一寸多长的小细木棍儿，棍儿一头顶着个白头。他举起小木棍儿，从上向下一划，白头一蹭衣褂，“嚓”地生出火来，把木棍儿引着，令街上的众人一大惊，不知怪人这小棍儿是嘛奇物。怪人待手里的小木棍儿烧到多半，扔在地上，跟着从小盒再抽一根，再划，再生火，再烧，再扔。就这么一连划了十多根，表演完了，嘛话没说，扬长而去。

从此天津人称怪人这种“一划就着”的玩意儿叫“自来火”。

怪人走后十天，又来到东门里大街上，换了穿戴，领口那蝴蝶换只金色的。他又掏出自来火，划着；可这次没扔，而是打口袋又掏出一个纸盒来，这纸盒比自来火那纸盒大一号，上边花花绿绿印了一些外国字；他从盒里抽出一根，这根不是木棍儿，而是小拇指粗细大小白色的纸棍儿，他插在嘴上，使自来火点着，街两边的人吓得捂耳朵，以为要放炮。谁料他点着后不冒火，只冒烟；他嘬了两口，张嘴吐出的也是烟。人们不知他干嘛，站在近处的却闻出一股烟叶味，还有股子异香。去过租界的人知道这是洋人抽的烟。原来洋人不抽烟袋，抽这种纸卷的怪烟，烟不放在腰间，藏在衣兜里。

从此天津人称这种洋烟叫“衣兜烟卷”。

这一阵子老城东门里大街上天天聚着一些人，有的人就是等着看这怪人和怪玩意儿。可是他不常露面，一露面就惹得满城风雨。一天，他牵来一只狗。这狗白底黑花，体大精瘦，两耳过肩，长舌垂地，双眼赛凶魔，它从街上一过，连街上的野狗不单吓得一声不出，一连几天都不敢露头。

人要出头出名，就该有人琢磨了。这怪人到底是谁，是真洋人还是冒牌货？不久就有两样说法截然相反。一说，他家在西头，父亲卖盐，花钱不愁，近些年父亲总在南边跑买卖，没人管他，他特迷洋人，整天泡在租界里，举手投足都学洋人。另一说，这怪人是地道洋人，刚到租界才一年，觉得老城新鲜，过来逛逛而已，听说还会说一句半句中国话。进而有人说这怪人是英吉利人，叫巴皮。

那时候，天津卫闹新潮，常有人演讲。讲新风，反旧习，倡文明。演讲的地方在估衣街谦祥益对面的总商会，主办是广智馆。一天，总商会又有演讲会，先上来一位先生站在台前，向台下听众介绍一位来自租界的贵宾。跟着怪人出现了，还是那身穿戴，脖子上的蝴蝶又换成了白底绿格的了。他上来弯下腰手一撇，行个洋礼，说几句洋话。

下边一个学生说：“他说的是哪国话？不像英文。我可是学英文的。”

这下人们就议论开了。

下边忽有人叫道：“你是叫巴皮吗？”

这怪人好似生怕给别人认错，马上说："我就是巴皮。"

下边人接着问："你打哪儿学的中国话，怎么还是天津味儿的？"

这话问过，众人一寻思，怪人刚刚说的话还真有点儿天津口音。

怪人一怔，不好答。下边人又问："你爹是谁？"

怪人又一怔，马上把话跟上说："米斯特·巴皮。"

没想到下边问话这人放大嗓门说："小子，睁大眼看看我是谁？我才是你爹！我刚打广东回来。巴皮？巴嘛皮？快把这身洋皮给我扒下来回家！别在这儿出洋相了。"

自打这天，天津人管学洋人装洋人的叫作"出洋相"。

现在人说的"出洋相"，这典故就是从这件事来的。

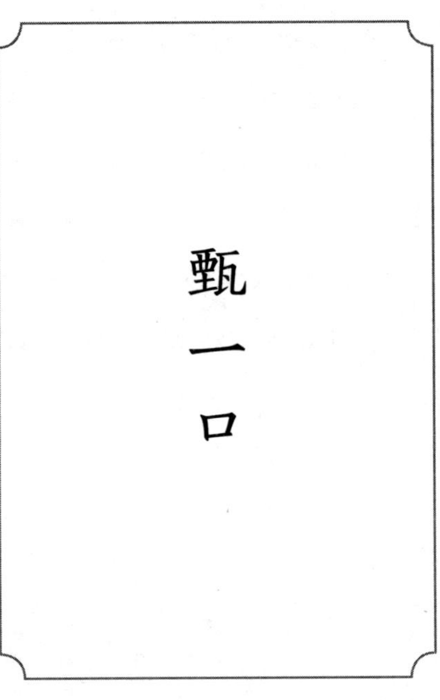

甄一口

要说喝酒，谁也喝不过“甄一口”。

酒量，没边儿；各种酒杂着喝，没事儿；喝急酒，多急多猛多凶都不含糊。他喝啤酒时仰着脑袋，把酒瓶倒立在嘴上，手不扶瓶子，口对口，不用去喝，一瓶酒一下倒进胃里，只过食管，绝不进气管，要呛早呛死了，还有谁能这么喝？他能一晚上两箱啤酒，二十四瓶，全这么下去。“甄一口”的大号就这么来的。

有人不服，说他是县长，喝酒不花自己的钱，敞开喝，想喝多少喝多少，这么喝狗也能练出来。可是，本事是练出来的，海量不醉是人家天生的。甄一口从来就没醉过。甄一口说：“我娘说过，我要真醉就醒不过来了。”

别人只当笑话，可是老娘的话绝不能当假。这话先撂在这儿。

有人问，几十瓶酒进身子里，都放哪儿了？这话问到关口，也问到喝酒的门道上了。人喝酒，酒进身子，但不能只进不出；肚子有多大，能装二三十瓶酒？身子里的酒必得排出去，俗话叫“出酒”。能喝酒的人必能出酒，出酒的地方各不相同。有的尿，从下边排出来；有的倒，从上边吐出来；有的冒汗，从浑身汗毛眼儿发出来。纳税局一位局长上酒桌，必带一块毛巾擦汗，喝完酒，毛巾赛从酒缸里捞出来的。

甄一口都不是，他另有一绝——从脚上出来。

他不喝酒时，脚是旱脚；喝酒时，脚是汗脚。

打脚上冒出来的可不是汗，是酒。上边的嘴进的酒多，下边的脚出的酒就多。每次赴宴，决不穿丝袜和皮鞋，必穿线袜布鞋，皮鞋憋酒，布鞋吸酒。他的随从还要事先在他座位前落脚的地方，放一小块厚毛毯，为了好吸酒。每每酒终人散，他两只脚像从酒河里蹚过来的。回到家第一件事是热水泡脚，把脚上的残酒泡去，要不就成醉鸡醉鸭了。因此，甄一口两只脚从不生脚气，光滑白嫩，好似一双妇人足。

某日，甄一口去上司那里开会，会后正要返回，被一位上司留下吃饭谈事，这上司是他的"现管"，自己升迁的梯子在人家手里，不能谢绝，只好说好。随行却对他说："县长您今天喝酒可得悠着点儿，您没穿布鞋，小毯子也没带着。"甄一口说："我有根。"可是上了饭桌上了酒，就另一码事了。开头，甄一口压着量，推推挡挡；可是这位领导馋酒，就不好硬推硬挡。偏偏上司七八盅下去就上头，上兴，来劲儿；再七八盅下去，就较上劲儿了。冲他叫着："都说你大名甄一口，喝啤酒时嘴和瓶子口对口，眼见为实，今儿我得亲眼看看，不然就是瞧不起我。"

甄一口被降住了，不能不喝也不敢不喝，一箱啤酒就搬上来，开箱开盖；两人说好，甄一口啤酒一瓶上司白酒一盅。上司的酒多半趁乱倒掉，甄一口却货真价实。他把一瓶啤酒举上头顶，脑袋朝后一仰，就势手腕一翻，瓶口立在嘴上，嘴巴没动，脖子笔直，顷刻满满一瓶酒灌进肚里，再一翻腕，空酒瓶放在桌上；这种喝法，天下无二。

上司看得高兴，大呼“人才难得”，随手又操起一瓶啤酒“哐”地放在甄一口面前，喝道：“再来！”既是赞许又是命令，更想大开眼界。这就一瓶一瓶干下去了。

不一会儿，甄一口就觉脚热，脚烫，两只脚呱唧呱唧不舒服。心想不好，自己的脚出酒了，皮鞋不透水，怎么办？没等他想明白，脑袋已经想不了事了。

事后甄一口的随从说，他给县长脱下皮鞋时，每只鞋窝里足有一瓶酒。

甄一口到头来，还真的应上他娘的那句话：要是真醉就再醒不过来了。

可是他娘是怎么知道的？

泥人张

手艺道上的人，捏泥人的“泥人张”排第一。而且有第一，没第二，第三差着十万八千里。

泥人张大名叫张明山。咸丰年间常去的地方有两处。一是东北城角的戏院大观楼，一是北关口的饭馆天庆馆。坐在那儿，为了瞧各样的人，也为捏各样的人。去大观楼要看戏台上的各种角色，去天庆馆要看人世间的各种角色。这后一种的样儿更多。

那天下雨，他一个人坐在天庆馆里饮酒，一边留神四下里吃客们的模样。这当儿，打外边进来三个人。中间一位穿得阔绰，大脑袋，中溜个子，挺着肚子，架势挺牛，横冲直撞往里走。站在迎门桌子上的“嘹高的”一瞅，赶紧吆喝着：“益照临的张五爷可是稀客，贵客，张五爷这儿总共三位——里边请！”

一听这喊话，吃饭的人都停住嘴巴，甚至放下筷子瞧瞧这位大名鼎鼎的张五爷。当下，城里城外气最冲的要算这位靠着贩盐赚下金山的张锦文。他当年由于为盛京将军海仁卖过命，被海大人收为义子，排行老五，所以又有“海张五”一称。但人家当面叫他张五爷，背后叫他海张五。天津卫是做买卖的地界，谁有钱谁横，官儿也怵三分。可是手艺人除外。手艺人靠手吃饭，求谁？怵谁？故此，泥人张只管饮酒，吃菜，西瞧东看，全然没把海张五当个人物。

但是不一会儿，就听海张五那边议论起他来。有个细嗓门的说：“人家台下一边看戏，一边手在袖子里捏泥人。捏完拿出来一瞧，台上的嘛样，他捏的嘛样。”跟着就是海张五的大粗嗓门说：“在哪儿捏？在袖子里捏？在裤裆里捏吧！”随后一阵笑，拿泥人张找乐子。

这些话天庆馆里的人全都听见了。人们等着瞧艺高胆大的泥人张怎么“回报”海张五。一个泥团儿砍过去？

只见人家泥人张听赛没听，左手伸到桌子下边，打鞋底下抠下一块泥巴。右手依然端杯饮酒，眼睛也只瞅着桌上的酒菜，这左手便摆弄起这团泥巴来；几个手指飞快捏弄，比变戏法的刘秃子的手还灵巧。海张五那边还在不停地找乐子，泥人张这边肯定把那些话在他手里这团泥上全找回来了。随后手一停，他把这泥团往桌上“叭”地一戳，起身去柜台结账。

吃饭的人伸脖一瞧，这泥人真捏绝了！就赛把海张五的脑袋割下来放在桌上一般。瓢似的脑袋，小鼓眼，一脸狂气，比海张五还像海张五。只是只有核桃大小。

海张五在那边，隔着两丈远就看出捏的是他。他朝着正走出门的泥人张的背影叫道："这破手艺也想赚钱，贱卖都没人要。"

泥人张头都没回，撑开伞走了。但天津卫的事没有这样完的——

第二天，北门外估衣街的几个小杂货摊上，摆出来一排排海张五这个泥像，还加了个身子，大模大样坐在那里。而且是翻模子扣的，成批生产，足有一二百个。摊上还都贴着个白纸条，上边使墨笔写着：

贱卖海张五

估衣街上来来往往的人，谁看谁乐。乐完找熟人来看，再一块乐。

三天后，海张五派人花了大价钱，才把这些泥人全买走，据说连泥模子也买走了。泥人是没了，可"贱卖海张五"这事却传了一百多年，直到今儿个。

奇人管万斤

一

船舷离着岸边还有六七尺远，柳眉儿把气一提，脚掌离开船板，张开双臂在空中款款扇两下，轻轻落到湿乎乎的泥岸上。几十斤重的半大小子，跳在这软泥上，脚尖居然没有陷进去。姿态美妙，活像一只雏鹰降落。引得在岸边歇脚的脚夫们一阵喝好。这小子身上有能耐！

柳眉儿回头望去，师父站在船首笑吟吟带着几分赞赏地瞧着自己。他忙朝师父点头打招呼，意思叫师父也飞身上岸，露出更漂亮的身段，让岸上那群傻老爷们儿见识见识。但师父弯腰拿起一柄刀和一杆枪说：

“连家伙也不要，都当了船钱，留在船上了？”

岸上的脚夫们呵呵笑了。柳眉儿以为这群傻老爷们儿笑话自己，有意再亮出身手镇一镇他们，一拧身子就往船上蹿，谁料这软泥地吃不上劲儿，足尖一用力劲儿泄去一半，可是身子已经腾起，离着船板还有两尺远就落下来，眼瞧着要落到水里去。他心里一慌，刚要呼喊师父，那船板居然“唰”地过来跑到他脚下，使他正落在上边。抬头一瞧，正瞧着师父下巴的乱胡楂子，师父见他跳不上船来，顺手用铁枪当篙竿一撑，船板迎上来，刚好接住了他。这时，岸上的脚夫们大声叫起好来，他们虽没见师父的能耐，但师父这股子随机应变的机灵劲儿就够服人的！

师徒俩下船上岸，来到天津卫。天津卫可是个大地方。那时行旅不便，河北一带闭塞的乡民，心里就有两个大地方，一是北京城，一是天津卫。靠着一些见过世面的人传说，印象中，京城里住着皇上、太后、一二三品头顶花翎的大官，宫墙高得鸟儿都飞不过去；天津卫住的净是黄毛蓝眼的洋人，还有黄金多得比黄土还多的大买卖人，吃穿讲究，满街都是大铺子。今儿，柳眉儿随师父打城北估衣街上一走，这天津卫可比他听的和想的还要大得多，花哨得多，阔气得多。说那临街铺子里千奇百怪的东西见也没见过，单是门脸那些各色各样、五花八门的幌子，就叫他一双大眼不够用的。从大街两旁的饭铺里还冒出各种香味，争着抢着往他鼻眼儿钻，可惜他只有两个鼻眼儿，来不及分出每一种勾馋虫、引口水的香味儿。

虽说柳眉儿是乡下孩子，头次进城，又是来到天津卫这个花花世界，但他没一点儿怵劲儿，心气儿反倒挺高。自打师父说要带他下一趟卫，卖武赚钱，他就憋足劲儿要到这大地方显显威风。此时，他瞧着大街上走来走去的人，全是不中用的废物。有的太胖，一身累赘肉，大概都是整天卧在酒海肉山里，不活动，蹲膘儿，身子重得离不开地面。只要他晃几下，保管他们蒙头转向；还有的太瘦，甭说他发一掌，苍蝇也能把他们撞倒；总是这大地方，玩意儿多，专糟害人。再有那些不胖不瘦的，一看就知身架子没功夫。他心想，别看我和师父旧衣破裤，身上没一样像样的东西。只要把功夫往外一使，嘿嘿，嘿嘿……

师徒二人来到东北城角。这地界，真豁亮。城角正对着河口，几条河远远流来，汇成一条又宽又急的大河。河上的桅杆像高粱地的高粱秆子那么密。这边的空场子上，挤着许多小摊，卖吃的、用的、穿的，还有修理雨伞、锅盆、眼镜、烟袋、帽翅，以及缝衣和补鞋的。靠城根的河沟子边，还有些撂地摆摊的，算卦、卖药、鬻字、剃头拔牙变戏法，再有便是打把式卖艺的了。柳眉儿到几处卖武艺的一看，嘴一撇，更想马上就喊两声："看呀，真本事的在这儿啊！"耍一套拳脚和刀枪，显示显示。尤其他想亲眼看着自己最钦佩的师父在这里一鸣惊人。

柳眉儿见左边古柳下有块场地，空空的，只有一个人蹲在那儿，一条胳膊从头顶弯向后背，将手从领口伸出去，像在抓痒捉跳蚤。柳眉儿奇怪，左右都摆满小摊，为啥这里没人，难道专为他们师徒预备的。他对师父说："咱就在这儿打个场子吧！"说着过去对那个人说，"哎，劳驾闪开点儿，我们在这儿练练。"

这人一抬头，吓了柳眉儿一跳。倒不是模样长得多么狰狞，而是一张瘦得只剩下皮包骨的青巴脸上，一双小眼睛里射出的凶光，就像碎玻璃碴儿闪出的，尖利刺人。要是叫一般十二三岁的孩子看见，保管吓尿了裤。但柳眉儿哪是一般孩子，凭着自小练武，身上有功夫，更有武功盖世的师父在身边，没他怕的。

瘦子拿眼瞅着柳眉儿，伸向后背的手抽出来，又撩开前襟抓肚皮，分明没把柳眉儿当回事。柳眉儿走上一步才要说知，师父一旁早全瞧在眼里。拦住柳眉儿，对这瘦子抱着拳拱拱手说："这位大哥借点儿光给我们爷俩。我们好歹练练，赚几个子儿，还得填肚子呢。您听，这肚子直叫呢！"说完朝瘦子又呵呵笑。谁料这瘦子听了，并不动，反对师父说："我肚子也叫，也指着在这地界赚两个钱。"然后扭头看别处，根本不搭理师父了。

柳眉儿恼起来，师父却对这瘦子说："这么办吧，你把这地界先借我们用用。只要我们赚了钱，分你一份，我们吃饱，也不叫你饿着成吧！"

那瘦子尖利的目光把师父从上到下打量两遍，冷冷地说："这还是句话。"站起来，趿拉着鞋，走到柳树底下蹲着去。

柳眉儿说："师父，您干嘛对他这么客气？不给他点儿样子瞧瞧。"

师父忽然板着脸对柳眉儿说："临出来时，我怎么嘱咐的你？天津这地界不比咱乡下，成帮结伙，藏龙卧虎。咱是到这儿弄口饭吃，不是招事惹麻烦来的。你别小看这瘦子，从他眼睛看，身上功夫还不错。"

柳眉儿见师父不高兴，不敢多嘴，心里却很不服气。心想师父怎么进了天津就见傻？在乡下，方圆百里，练功夫的人不少，谁对师父都恭恭敬敬。连前年从德州来的戏班子，那个扮蒋平和刘利华的武丑刘九奎，跟斗翻得让人叫绝，出手像闪电那么快，同师父交一交手，没过几招，就说："可着德州那一片，没见过这种身手。"今儿师父居然说这瘦子有本事，怪！瞧他那无赖相，和前村那个小无赖孙三多像！

这时，师父拿着铁枪走了一大圈，就用枪尖在黄土地上画了一个大圈圈儿。然后把枪往地上一剁，脱下外边的褂子往枪上一挂，不用吆喝，立时有些看热闹的人就围上了。柳眉儿见这么多人围上来，高兴起来。师父叫他练一套，他应了"好"，立即跳到场子中央，干净利索打了一套形意拳。他师父所传的拳法，尤为注重形体姿态，举手投足，如同写字的钩撇点捺，翩然有致，比戏台上武生打得还好看。柳眉儿初次在外乡当众演拳，要好的心很盛，打得颇卖力气，每一拳，都送到头，不肯半点儿疏懒。打完这套拳，收式站稳，立刻招来四周一片喝彩声。轮到他师父耍了一趟单刀，那一招一式，真比画的还好看。刀光人影，上下翻飞，里外包裹，一会儿刀光裹人影，一会儿人影裹刀光，周围看热闹的人的喝好声已是不住地叫喊。叫喊声招来更多的人，人多喊声越发大。柳眉儿忽见刚才那瘦子仍旧蹲在那里，根本不抬头看。似乎只等着分钱呢！不觉一股气涌上心头，心想我们师徒卖力气，你想白拿，哪有这好事，等着瞧吧！

天津卫到底是大地方，会看玩意儿。人们见师父耍过刀，不等他张口，就往场子里扔钱，柳眉儿忙摘下瓜皮小帽。师父不住向四周看客道谢。待柳眉儿把地上的铜子拾净，居然煌煌盖住帽里。这时，忽然一只手重重撂在柳眉儿的肩上，说：“小子，咱们可说好赚了钱大伙儿分。你们别像放屁，放完了就算完了！”原来那瘦子站在面前，神气分外凶横。

柳眉儿早跟瘦子怄气，见他反来找上自己，就要反唇争辩，师父忙抢上来说：“这位兄弟，我们乡下人讲实的，说话不能不算。你看着拿，剩下的归我爷儿俩，只要给我爷儿俩留下买几个烧饼的钱就行。”

瘦子哈哈一笑。手一撩，“啪”地把瓜皮帽打上半空，帽子里的铜子也闪闪发光飞上去，又哗哗落在地上。“这几个臭子儿还不够你七爷塞牙缝的呢！再说，你七爷还有一帮兄弟，打昨儿晌午就没吃饭，你看怎么办？”说着，从圈外走进几个青衣皂褂的汉子，高矮胖瘦都有，有的把小辫盘在顶上，有的垂在脖子后边，个个模样都不善。

柳眉儿没见过这阵势，师父可是听说过，这些都是天津卫出名的土混儿，绝对不能招惹的，便强压着胸中的火气，脸上掬着笑说：“这位大爷，您先别生气，我们是静海那边人，头次下卫，这里的规矩全不懂得，有哪点儿冒犯您，您自管说，怎么说我怎么做。”师父已经改口称“你”为“您”了。

瘦子听了，结冰似的一张脸，没有半点儿开冻的意思，冷言道：“我一看就知道你俩是一对土鳖！但你们为嘛不先打听这块地皮是谁的？是你黄七把——黄七爷的！你不但不问明白了，来了就先撵我，还拿着枪尖在我的地皮上乱画圈。这就是往我脸上画。成心戳我的脸吧！好！你不说怎么办吗？你们俩先趴下，伸出舌头给我把这土地上画的线舔去！”

这几句横竖不说理的话，就把师父的火全勾了出来，忍不住说：“您这不是想糟蹋我们爷儿俩？”也分明显出不服气的样子。

这话刚说出来，瘦子便叫道：“好啊，就凭你这架子花，也想在天津卫的码头上站住脚，今儿给你开开眼！”说着两手抓住左右襟向两边“唰”地一扯，先把外边的青布褂子扯下来，露出一件白洋绸小褂。他把两手往后一背，两脚已经摆个“丁”字，拿出打架的架势。要看现在这股神气，可跟刚才蹲在那里抓跳蚤的无赖相全然不一样了。师父要教训他一下子，脸一沉，拱拱手，说：“请吧！”侧过身子两臂自相用力一撞，加倍显出精神来。瘦子并不先动手，而是倒背双手，拿话激师父：“你有种，就先来！”师父气了，猛然一箭步跨上去，瘦子还不动劲儿，师父的手刚刚够到瘦子的前胸。这一招柳眉儿看得真切，叫作“黑虎掏心”。动作雄美而凌厉，快如迅风。眼瞧着瘦子要吃亏，这一手只要掏上，至少连皮带肉要抓下来一块。可是瘦子一晃身子，两个人影立即混在一起。“嘭！”不知谁撞了谁，一个人重重摔在地上。柳眉儿一看，呀，摔在地上的竟是师父！瘦子居然还倒背着手，大模大样站着，好像什么事也没有，在闲逛大街。瘦子那一伙人可大喊大叫，为瘦子喝彩助威。

只见师父在地上双膝往上屈，膝盖几乎顶着下巴，只翻一个身，脸朝上，腿就松下来，再一蹬，不再动劲儿。待柳眉儿扑上去，师父的鼻孔和嘴角都溢出鲜血，紧闭着眼，竟然断了气！柳眉儿不明白以师父这高超的武艺，何以刚过一招就丧了命。瘦子始终倒背着手，他怎么将师父打死的？肯定暗下了毒手！柳眉儿跳起来大叫："瘦鬼！你使唤暗器害死我师父，我和你决一雌雄！"

瘦子干笑两声说："你师父那点儿样子活，还用得着使唤家伙。你没瞧我捆着两只手，他就完了？"

柳眉儿听他辱没师父的武艺，比害死师父更令他愤怒。他叫声："接招，瘦鬼！"漂漂亮亮给瘦子当胸一拳，瘦子把胸一挺，拳结结实实打在瘦子胸口上，跟着第二拳，第三拳……连珠炮一般打去，他把胸中的怒火泄在瘦子身上。

他只顾打，也没见瘦子倒下。捶了一阵，耳边只听瘦子的声音："我让了你七七四十九拳，该叫你尝我这'阎王腿'了！"

忽然柳眉儿觉得一阵风，也觉得一团影子从左边扑来，但这绝不是瘦子打来的，瘦子在对面，这劲儿来自左面。是不是瘦子那帮人从旁下手？没等看清，他的腰被一股力量托起，整个身子也托起来，又好像落在什么高高的、又软又硬的东西上。跟着就一下子离开原处，身子像鸟儿一样快速飞去。他并不感到哪儿挨了一下，也不疼，定神瞧，只见自己早和瘦子及那群人飞快分开。瘦子朝他叫着："追，别叫他们跑了！”这时，他才明白有人救他。在瘦子朝他下手前的一瞬，把他抄起来扛在肩上救出来。是谁？谁有这样奇异超绝的本领？他觉得这人轻功极好，力量奇大。他耳边只有风响，眼前一片虚影掠过，如同腾云驾雾，悬空飞行一般。他怀疑自己在做梦。

“你要把我弄到哪儿去？我要为师父报仇！我不想活，我要拼命！”柳眉儿在这人的肩上叫着。

任他怎么叫，怎么闹，怎么恳求，这人也不理他。他就用力挣脱，待他闹得厉害，这人在他腋下戳一下，只觉浑身酸麻，没力量喊叫了，只好任这人扛着走。走了许久，不知这人往何处一跃，他眼前立刻变得一片漆黑，只闻得一股浓重的腥味。原来，是一只小渔船的船舱。他被放下来，船里黑暗，一时看不清救他的人的模样，黑乎乎只当是一个大汉子。他又叫起来：“你放我回去，我不能撇下师父。”那人怔了一下，忽然扑上来把他按倒，将一团布塞进他口中，又用根精麻绳把他的双手双脚全部绑上。虽然他有功夫，但在这人手里没半点儿用途。刚一动招，给那人随手化解，跟个没功夫的普通人一样。

这人捆好他，撩开舱帘就走了。他真不知这人是救他还是害他。如果救他，把他弄到这里反要捆他干什么？莫非是个人贩子，还是在乡里就听说过，天津卫专门有挖孩子的眼珠和心肝给洋人去做洋药的。他不能等死，要死不如和师父一块死。他想到师父刚才惨死的情景和多年来养他成人、传授武功的种种亲切往事，就决不能在这儿像要活宰的牲口一样被人捆着。他叫都叫不出来，挥拳也丝毫挥舞不动。急得他胸中有团火乱撞，一下子撞上脑袋，登时脑袋一热，眼一黑，就没有知觉了。

二

这屋子好静。柳眉儿醒来时，真像死而复生那样。他睁开眼，先看见黄黄的松木的房檩和草笆，闪着稻草皮亮光的平光光的土墙，糊着白毛边纸的窗子。窗子给一根树枝子支着，一缕暖烘烘的阳光射进来，正晒着他的脸颊。他的脸又热又舒服。看这房子，他真以为又回到老家,回到师父那房子。师父那房子却没有这么整洁干净。这是哪儿？一下子他想到昏倒之前所有的事。这事却像相隔半个月那么远，又像在眼前一样死死压在他心上。他翻身坐起来，只见一个庄稼人打扮的、四十来岁的汉子坐在他对面，抽着烟袋瞅着他，见他醒来就深深吐一口气，不再瞅他，“啪啪”磕了烟灰，又往里装烟丝。

“你是谁？”柳眉儿问他。

这人轻淡地说：“救命恩人，你不认得？”

柳眉儿见这人眉目清浅，面色发黄，双手纤细，身子也不健壮，不像救他的大汉，他哪有那么大力气把他扛起来如飞一般地行走？他在船舱见过的大汉也不像这样。可是他在黑乎乎的船舱里并没有看清楚呀……这人瞥他一眼，这一眼仿佛把他的疑惑看穿。便说："你不信我这相貌平常的人，有能耐把你救出来？这我可就知道你的眼力一般了。怪不得我那师兄……不，你那师父死在黄七把的手里呢！"

"你这是什么话？"柳眉儿顿时说，"别看你救了我，我并不谢你。你把我扛来，叫我把师父撇下。在这儿，你还对我师父不敬，别怪我用话伤你！"

"小子，我挺喜欢你的脾气。咱爷儿俩把话挑明，如果我和你师父没交情，也不会把你弄到这儿来。"

"怎么，你认识我师父？我不信。这是什么地方？你叫什么？"

"你问我叫什么，先不能告诉你。你问这是什么地方，离你家可不算近。你家在天津卫南边静海县的双堂，我这儿在天津卫西边霸县的煎茶铺。我怎不认得你师父？你师父姓于，名叫宝鼎，属虎，腊月祭灶那天生日，对不对？他太极、武当、少林各派功夫无所不知，十八般武器——矛、锤、弓、弩、铳、鞭、锏、剑、链、挝、斧、钺、戈、戟、牌、棒、枪、扒，无所不通。招招都有根有据，有本有源，静海人称他是'万宝箱'，对不对？"

"不错！"柳眉儿听人用称赞的口气，把他师父的本事说得如此齐全，煞是高兴。

这人见柳眉儿得意的表情，不可捉摸地淡淡一笑，接着说："这些事许多人都知道，不算什么。我说你和你师父的私事。你师父中年丧妻，膝下无子。七年前，你六岁，静海县发大水，夜里你家的房子被洪水冲倒。你全家——你爹你娘和两个妹妹都给淹死了。当时，你娘把你放在一个瓦缸里。但水流太急，瓦缸被冲翻，你师父站在自家房顶上见了，冒死泅水救了你。他怜惜你无家可归，孤单可怜，就收你为徒，实为养父。你师徒就和亲父子一样无异……”

柳眉儿听了泪如雨下，哽咽着说：“我怎么能撇下师父……你到底是谁？你要真是师父的朋友，就该带我去找师父，把他的尸首埋了，再为他报仇。”

这人忽然站起来说：“你随我来。”就带着柳眉儿走出屋子，穿过一片田地，走上草深石多的山坡，绕过一座破败不堪、断了香火的土地庙，走进一片静静的松树林子。一路上这人没和柳眉儿说一个字儿。一棵参天的大松树下，他指着一堆青草和松枝说：“你和他见一面吧，咱就在这儿把他埋了。”

柳眉儿忙扒开青草和松树枝，下面正是师父的尸体。柳眉儿大哭起来，紧紧抱住不能复生的师父不放。那人连劝带拉，总算把他拉开。然后将旁边的一些松枝搬开，那里早掘好一个土坑，他把师父埋了。

柳眉儿跪在坟前说：“待我把那瘦鬼宰了，再给师父祭坟来！”

那人在一旁鞠三个躬说：“师兄，你就放心吧，我一定叫侄儿亲自给你报了这仇。”

柳眉儿听了一怔，忽问他：“我两次听你称师父为师兄，我怎么不知道师父有你这个师兄弟。”

这人道：“不知道的事，未必没有。”

“你说，你什么时候与我师父做师兄弟的？”

这人道：“你想知道，我未必想告诉你。”

柳眉儿看这人的神情，不可捉摸，又似乎不可怀疑。他想了想又问：“你既然和我师父是师兄弟，那天见我师父失手，为啥不出手相救？”

这人说：“我迟了一步。我看见时，你师父正遭毒手，谁知他才过了一招就失手了！”

“那你为啥不为师父报仇？”

这人瞅了他两眼，说：“你哪里懂得……这我将来会告诉你的。你说吧，你想不想为你师父报仇？”

柳眉儿说：“当下就去？”

这人摇摇头：“谈何容易，你师父都不是他的对手，何况你？”

“那是瘦鬼使了暗器！”柳眉儿说。

“谁说的？你看见的吗？”

“那么，凭我师父的本事，他哪里是对手？”

这人又瞅了瞅柳眉儿带着孩子气的小脸，叹了口气说：“孩子，你是你师父的义子，也就是我的义子。我不能看你去送死，那黄七把武功你还未必能看懂。天下不是歹人就没本事，也不是自己敬重的人就能耐顶强。你要是真心为你师父报仇，就跟我练三年。三年后我保你打败黄七把，不然你只能是给你师父的冤魂做伴罢了。你想想，我听你的……”

这人把利害都一清二楚摆在柳眉儿面前。柳眉儿冷静一想，自知不是那瘦子的对手，便说：“你先告我，你的称呼，你怎么和我师父为师兄弟的，我不能对你没称呼。”

这人说：“等你为师父报了仇，我再告诉你我和你师父的关系。我名叫管万斤，你称不称师叔都行。”

柳眉儿：“你保我打死仇人？”

管万斤点头不语。

柳眉儿双腿一屈，扑通跪下，叫道：“师叔！”

管万斤没有点头，也没有摇头，沉吟片刻，忽然用十分强硬的口气说：“别看我和你师父是师兄弟，传法可不一样，你必须按我的法子练，错一点儿也不行！”

柳眉儿练武向来不怕苦，却没想到师叔用这种奇怪的教法。

三

管万斤的办法很简单，每天就练三样。早上在墙上挂一叠四寸厚的毛头纸，叫柳眉儿一拳拳往上打，直打到中午；晌后就在地上挖一个半尺深小坑，叫柳眉儿站在坑里往地面上跳。晚上让柳眉儿端一个瓦盆，绕着圈儿在院里走，胳膊必须伸直，不准打弯儿。

开始柳眉儿觉得新鲜，三个月后就有点儿腻烦了。那叠毛头纸表层打破后，就打里边一张，毛头纸愈少就愈接近墙皮，打起来也就稍稍硬一些，不如开始时像打棉褥子那样舒服。晌后跳坑，每天师叔拿块碎碗片儿把坑底刮下一层土，刮得很薄，虽然不显，三个月过去，土坑已有二尺深了。夜晚端盆，每隔一个月换一个大一号的，现在已是养金鱼的大瓦盆了。

但柳眉儿一边练，一边心想自己师父就不这么教武艺，上手就是一招一式，练得蛮有兴趣，也能学到像样的武艺。这么练，哪叫练武？

一年过去。柳眉儿把墙上的毛头纸打得不剩一张，天天打墙，打肿了手，师叔就用药汤给他泡洗；这时，他脚下的土坑已有四尺多深，由于一天天加深，蹦上来并不觉难。至于端盆，早换成缸了。他虽然觉得自己力气增大，却不认为师叔教了什么真本事。也怕这样下去把师父原先教的功夫都荒废了，夜间便偷偷拿着刀到松林里师父坟前，练习当年师父教的套路和招数。若是忘了这些，将来与瘦鬼交手靠什么？

一天他问管万斤："师叔啥时教我点儿真功夫？"

管万斤没答话。其实，柳眉儿天天夜里跑到松林里练武，他都看见了，也明白这小子心里怎么想的。

柳眉儿见师叔不答，暗想多半这师叔只有些力气，没什么真本事吧，要不师父怎么一直没提过他呢？再说那天他见师父被害为啥不肯与黄七把较量一番。往好处想，大概这师叔怕死不敢去，也怕自己送死，就用学武的办法把自己困住三年，消磨自己复仇的欲望。想到这儿，他真想逃掉，到天津去找瘦鬼，哪怕死在仇人手下，也不苟且偷生。于是，练功也就松懈下来。有时假装肚子和胳膊疼就不练了，暗地里却照样去松树林子偷练过去学到的那些刀招拳法。

管万斤当然都知道。

这一天傍晚，柳眉儿无心练功，端着缸转两圈，放下来，坐在缸沿上，忽然有人敲门，原来是个精瘦老头。庄稼人打扮，却斜背着一个小包袱，说是来拜访管万斤的。师叔拿眼瞅一下这老头，便笑了，请老头坐在当院的木头墩子上，中间的石板桌上放了烟茶。两人扯了扯客气话，老头叫柳眉儿拿两块干净平整的砖来。柳眉儿不知要砖干啥，拿来递给老头，就借着他们说话，溜出去又到松林里练武。天黑时回来，只见师叔与那老头仍面对面坐着，却一句话不说，也不动劲儿。他挺奇怪，走过去一瞧，原来各伸出右手，互相对着手掌，手掌中间夹着那两块砖，臂肘支在石板桌面上。柳眉儿不明白这是干什么，比武？他从没见过这么比武的！两人都在暗用劲儿，时间很长了，师叔微闭双眼，表情虽然平静，月光下，太阳穴上青筋鼓胀，已经渗出汗来，闪闪发亮；这老头儿微蹙眉尖，一缕山羊胡须微微有些抖颤。柳眉儿感到他们身上都有股山崩海涌般的力量凝聚在各自的右手上。稍有疏忽，就会肝破胆裂，骨折筋断。他屏声敛息，不敢动一动。忽听一阵沙沙响，原来老头儿这边的砖块已经开裂，一些碎渣粉末纷纷撒下。在石板桌上落了一层。柳眉儿惊异得很。师叔说：“请收掌力！”

两人同时撤掌。师叔这边砖块完好，老头一边已经粉碎。老头拱拱手说：“管师父的内力，中原一带无敌手。老汉服了，一生的修炼到此为止了。”

管万斤忙说：“老师父更有万钧之力，已经传到晚辈身上，晚辈深愧不如。”

老头儿直摇头，仿佛很悲伤，径自告别走了。

柳眉儿平生头一次看到这惊心动魄的本领。这一比，自己那些拳脚不是好比女人绣花那样，都是一些花样？他觉得师叔身上有股神奇的力量，把自己完完全全笼罩起来。从此他一声不吭，按照师叔的嘱咐练功，但师叔仍旧没教他什么拳脚招数。三年过去，他却能够像打棉门帘一样打墙了，能够从一丈多深的土坑轻轻一纵就飞上来，还能端着一口刚刚能抱住的大水缸，装满水，一端就离开地面，不费劲儿地在院里绕着走三圈。这时，师叔脸上才露出一点儿明亮的笑意。

四

在埋下师父整整三年那天，师叔领着柳眉儿到松林里给师父行了礼，就带他去天津给师父报仇去了。爷儿俩划船下卫，就像当年和师父一同进津差不多。所不同的，不仅仅这次是含恨报仇来的，另外上一次他对自己的功夫很自信，一心要惊动天津卫；这次反而暗暗嘀咕，他不知跟着师叔这样练了三年，虽是有些本事，但打起来到底顶不顶用?

他俩到了东北城根，拿眼一瞅，那瘦鬼还在那里，正和一个提鸟笼子的大肚子站着聊天。柳眉儿一见他，仇恨顿起，就要上去打。师叔抓住他胳膊说:“别急，他已经在你手里了！”然后俯在柳眉儿耳边说了些话，随后又叮嘱两句，“你小心他那膝盖砸你小肚子底下，那是男人的要害处。你师父就叫他这么磕死的。这便是他说的‘阎王腿’！你跟他动上手，别忘了听我的招呼！”

柳眉儿恍然大悟，师父还真是死在功夫上。他把师叔的话又思量一遍，便扯着嗓子叫道:“练把式的在这儿呢！今儿就练一套，不看这辈子可看不着了！”

这一喊，立时就有闲人围上来。

柳眉儿把三年前在这里耍过的一套形意拳重演一遍。有人喝彩，有人朝他扔钱。忽然一个瘦子从人圈钻进来，这真比下食钓鱼还灵，果然是那瘦鬼黄七把。瘦人不易变样，还和三年前一模一样，但柳眉儿大变样子。当年只是十三岁的孩子，现在十六岁，样子像十八九强壮的后生。黄七把一点儿也没认出来。

周围看热闹的、胆小的都溜了，谁不怕黄七把！

黄七把指着柳眉儿说："小子，你知道这块地是谁家的吗？"

"黄家的坟地。"柳眉儿说。

黄七把小眼一翻，说："好小子，朝我来的？好，算你有点胆子，可你的功夫不行。你这套拳谁教的？要是上台演戏还差不离儿！"

柳眉儿说："凭你这副骨头架子，也敢糟蹋我的拳法。你敢试试？"

黄七把又像当年那样把胸一挺，想硬硬接柳眉儿一拳。柳眉儿只听师叔的声音："打墙！"就一拳打去，真像在师叔家打墙皮那样，"嘭！"但这一下比打墙容易多了。自己没料到这瘦子这样不经打，像箩筐一样轻飘飘飞出去，掉到六七尺远的地方。柳眉儿自己也给这一拳惊呆了，没想到师叔这一手如此厉害！

周围的人"噢"的一声。但没人敢喝好。

瘦子给这一拳打急了。当众栽了面子，胸口像塞一团火，辣辣地疼。他翻身起来，"唰"地把外边的褂子扯下来，露出那件白洋绸小褂，一双脚还是丁字样摆着，双手还是倒背着。一切都是当年那架势。然后朝柳眉儿说："来，进招吧！"

柳眉儿心里记着师叔的叮嘱，看了看瘦子那双要了师父命的"阎王腿"，没有先进招，而是围着瘦子转了两转，不知如何下手。瘦子得意极了，叫着："傻小子，你的手没了？"

柳眉儿转到瘦子背后，只听师叔叫："端缸！"

柳眉儿习惯地一伸双手，正搭在瘦子的双肩上，稍一用劲儿，就把瘦子端起来。瘦子背着身子，“阎王腿”使不上，两只脚往回钩。柳眉儿的大拇指用上力，把他撅起来，肚皮朝天，叫他胳膊大腿都用不上，也回不了头。瘦子便叫起来：“你是谁？报个名儿有话好说！”分明有哀求的意思。

柳眉儿不吭声，端着他绕着圈儿走。

黄七把说：“你到底要干嘛？”

柳眉儿一看周围这些人，这几棵古柳，登时想起师父被这人打死的惨状，不由自主地当众说起自己的身世：家里怎样发大水，师父怎样救他，收养他，怎样到天津卖武遇上这黄七把，受他屈辱，又怎样给他用“阎王腿”害死。边说边流泪，真情感动了众人，有人带头一叫：“摔死他！”立时就有不少人应声叫起来：“摔！摔！摔！”

柳眉儿说到愤慨之情不可遏制的时候，手上的劲儿便不知不觉地用在这瘦子身上了。

忽然一阵喝呼，周围的人一哄而散。黄七把这帮人来了，对柳眉儿叫道：“把七爷放下来！”

柳眉儿只把瘦子往地上一撂，并没用多少劲儿，他就气绝了，实际上端在半空中就已经完了。那帮人“呼啦”一下把柳眉儿围起来，要捉他见官。柳眉儿刚要动，只听师叔叫道：“走！眉儿！”

柳眉儿给人团团围住，不觉说：“怎么走？”

师叔的声音："跳坑！"

柳眉儿不自主腾身跃起，这可比在师叔家跳坑轻松多了。那坑有一丈多深，一人才多高？一纵身就从包围中飞出，跳到外边，脚一沾地，后背就让师叔用手掌一托，又像当年那样飞也似的去了。

他俩站在船板上，船行水上。柳眉儿问师叔："我始终不明白。你本领这么大，为啥当初您不上手结果了黄七把？"

师叔笑道："为了成全你。"

柳眉儿这才明白师叔的一番苦心，不由得屈下腿来给恩师跪下。一边说："您现在该告诉我，您和我师父何时成的师兄弟……"

他等着管万斤答应，却不得回答，不由得抬头一瞧，管万斤不见了，船板上，舱内空空无有。四外寂寥得很，流水无声，两岸朦朦胧胧罩着一片发亮的白雾，只有长嘴"水呱呱"在雾里飞来飞去，时隐时现……

炮打双灯

一

都说静海县西南那边，地里不是土，全是火药面子。把那干结在地皮上白花花的火硝刮下来，掺上硫磺木炭，就是炸药。再加上盐碱，土里的火性太大、太强、太壮，庄稼不生，野草长不到三寸就枯死；逢到大旱时节，烈日暴晒，大开洼地无缘无故自个儿会冒起黑烟来……可有一种灌木状丛生的碱蓬，俗称红柳，却成片成片硬活下来，有时候不知为什么，一下子全死了，死时变得通红通红，像一团团热辣辣的火苗。在夕照里望去，静静的，亮亮的，好像地里的火药全都狂烧起来。老百姓靠山吃山，靠水吃水，靠火药吃火药，自来不少村子，家家户户都是制造鞭炮烟花的小作坊，屋里院里总放着一点就炸的火药盆子，一不留神就屋顶上天、血肉横飞；土匪、游勇、杂牌军常窜到这里来，不抢粮食，专抢火药，弄不对劲儿就药炸人亡。那么此地人的性子又是怎样？是急是缓是韧是烈？拿人们常用的话说便是：点着一根药芯子瞧瞧。

牛宝，人称“卖缸鱼的牛宝”，今年二十三，陈官屯人。他祖宗神道，名字起得像算命一般准，“牛宝”二字就是他的一切。先说“牛”，他浑身牛一般壮实的肉，一双总睁得圆圆、似乎眨也不眨的牛眼，还有股牛劲儿，牛脾气，头上没角却好顶牛，舌头比牛舌还硬，不会巧说话；再说“宝”，他天生一双宝手，虽长得短粗厚硬，手掌像肉饼子，却从杨柳青外婆家学来一手好画，专画大年贴在水缸上求福求贵的缸鱼：一条肥鲤扬头摆尾，配上莲蓬荷花，连年有余呀！那红鱼绿水，金莲粉荷，一看照眼，图样出得富态，版线刻得活泛，颜色上得亮堂，画缸鱼的人多的是，可这喜庆兴旺的劲儿谁也学不来。年年腊月大集上，不少人专等着“卖缸鱼”的牛宝来。一露面，全出手，腊月里攒的钱，够一年四季零花。真像是手里捏个宝，想什么变什么。

腊月十四这天，静海县城的大集已经很有年味了。牛宝肩扛三百张缸鱼到集上，找一块人流往返的地界，站不多时候，卖个干净，别无他事，便轻轻爽爽去往顶西边的炮市看热闹。

这里的炮市，天下少有。原本是条河，年年秋后河水干涸，三九天河泥冻硬，这河床便成了卖鞭炮的集市。牛宝最爱看这阵势，远近各村赶来一车车鞭炮，都停在两岸河堤上，车上鞭炮用大红棉被蒙盖严实，怕引上火。牲口的眼睛一律使红布遮住，耳朵使红布堵上，怕给炮声吓惊。为什么使红色的布？造鞭炮的都是铤身走险，灾祸四伏，据说红色辟邪。人们拿着自家制造的鞭炮，走下堤坡，到河床上去放，相互争强斗胜，哪家的鞭炮出众，自然招引很多人来买。这一截子差不多二里长的河床里，浓烟裹眼，烟硝呛鼻，连天炮响震得耳朵生疼。这股子火爆凶猛的劲儿，叫牛宝看得快活，不觉下了堤坡，但还没到鞭炮阵的中央，满脑袋就全是鞭炮屑儿了。

把事情挑出头来的是这女人。这女人一下子跳进牛宝的眼睛里。怎么能说是这女人跳进他眼里？她还离着远呢！可世上好看的女子，都不是你瞧见的，而是她自己招灾惹事活灵灵跳到你眼里来的。她顶大二十出头，头上扎块大红布头巾，两鬓各耷拉下一片黑发，像是乌鸦的翅膀，把她那张有红有白鲜活透亮的小鼓脸儿夹在当中。她人在那么远，牛宝怎么能看得这般清楚？魂儿给勾了去呗！渐会儿，才看明白，北边堤坡一棵歪脖老柳树下，停着一辆驴车，她坐在蒙着大红棉被满满一车鞭炮上。倚车站着两个小子，一个大，一个小，各执一根放鞭用的长竹竿子，这两个小子什么模样，牛宝满没瞧见。

他像驾了云，双脚由得也由不得自己，幻幻糊糊一步步朝那女人走去。看这女人像看花，愈近愈好看，那眉眼五官，画也画不出这般美，而且清清楚楚，白处雪白，黑处乌黑，红处鲜红，像羊肠子汤那样又鲜又冲……忽然，一杆竹竿横在他身前，牛宝怔住才看清，原来就是站在那女人车前的小子，年龄较大的一个，估摸十八九年岁，圆头圆脑，四方厚嘴，肥嘟嘟的嘴巴冻得像唱戏打脸涂了胭脂，倒是虎虎实实样子，只可惜长了一双单眼皮。这圆头小子问道：“你是买炮的，还是卖炮的？”口气很不客气。

牛宝正要回话的当口，从这小子肩头刚好与那女人眼对眼，只觉得两个深幽幽、晃着天光的井眼对着自己，弄不好就要一头栽进去。心里一恍惚，说出的话便岔出道儿去。

“卖炮的，干啥？”

他哪卖过炮，为什么偏偏这样说？这话一错，可就把自己送上绝路了。

圆头小子说：“这边是俺们蔡家卖鞭炮的地界。你要来买炮，俺不拦你；你要卖炮，对不住！你先放一挂叫俺们瞧瞧，要是比俺们强，这地界就归你了。”说罢，嘴唇朝天噘，不信天下还有老大，也不信还有老二。

牛宝涌上来一股劲儿。说不清是叫这小子的傲气激的，还是叫那女人的美色挤的。反正他顶上牛。听完圆头小子的话，拨头就走，到那边炮市中央，在呛鼻震耳的浓烟烈炮中转了两圈，寻到一家卖鞭的，个大，贼响，掏钱买了四挂，都是千头大查鞭，还高价把人家放鞭使的大竹竿也买下来，返回到这圆头小子面前，闲话不会讲，剥开大红包纸，挑起一挂就放，一阵火闪烟腾，声如炸雷，噼噼啪啪连珠般响起来，真是好鞭！惹得不少人围上来并纷纷喝彩叫好。可这挂鞭放完，圆头小子站在原地并没动，嘴仍噘着，一脸不屑的神气。牛宝一瞅他绕在竿子上的一挂鞭，差点儿没笑出声来：这挂硬纸卷的小钢鞭，分外细小，像是豆芽菜，而自己的大查鞭却同小指头粗，摆在一起，只怕那小钢鞭像一堆耗子屎啦。想必是这圆头小子心虚不敢比试，故作高傲，再不端端架子还不倒下来？明摆着对方叫自己比趴下了！抬眼瞧那女人，越发兴奋起来，把余下三挂大查鞭扎成一束，使竿子高高挑起，拿火一点，三挂齐响，声音翻番，成百上千小爆竹喷火刺烟，纷纷炸落下来，好似一阵恣肆的弹雨。牛宝不懂放鞭炮的门道，竿子举得过直，许多爆竹就落到他头上肩上手上，还有几个从领口掉进衣服，在前胸后背炸了，这一炸，尤其透过火光硝烟看见那女人正在笑他，立时撒起欢来，粗声吆喊，尖声欢叫，似唱非唱，腿又蹦，肩又摆，手中的竹竿子像是醉汉的腰，东摇西晃，甩得爆竹四下散落，逼得围观的人叫着笑着往后退，有人认出卖缸鱼的牛宝，不知他遇上喜还是撞上邪，跑到这里来瞎闹，耍活宝。

就这时候，空中“啪”一声！清脆至极，像是清晨车把式将那带露水的鞭子，在凛冽的空气里麻利地一抖。

牛宝没弄明白这声音打哪儿来，跟着就听这鞭子在半空中“啪啪”抽打起来，愈打愈紧愈密，声音毫不粘连，每一响都异常清晰、干脆、刚烈，上下左右，响在何处都一清二楚。牛宝这才瞅见，原来是圆头小子把他那挂小钢鞭点响了。奇了！他这鞭怎么声声都像是钻到耳朵里炸，直要把耳膜炸裂？这炸声还把三挂大查鞭的响声从耳朵里赶了出来，赶到外边，变得像拍打棉袄或吹破猪尿泡的那种闷响，完全成了圆头小子那小钢鞭的陪衬了。真奇了！他豆芽菜似的小鞭，哪来如此大的炸劲儿？当两人竿子上的鞭炮全放净，对面站着，牛宝瞪大眼发傻，圆头小子指指地面，牛宝一瞅更是惊讶。圆头小子身周一片炸得粉粉碎的鞭炮屑儿，像是箩过，细如粉末，足见炸药的劲力；自己四周却有许多爆竹根本没炸开，到处是烧净了火药黑乎乎的纸筒子，围观的人给他起哄，喝倒彩，这算栽到家了。他抬头硬叫自己向歪脖柳树下边望去，那女人也在嘿嘿笑话他。这笑比任何人嘲弄挖苦都叫他难堪。他要是土行孙，当即就扎进地里。羞恼之下，把竹竿子一扔，朝圆头小子说：

“十八号大集，咱再到这儿见！”

“干啥等到十八，”圆头小子神气活现地说，“你要不服，带着好货去独流镇找俺们，那儿后天就是集！”

周围一片叫好，此地人就喜欢这种带劲儿的话。

二

转过两天，牛宝在独流镇的炮市上拉开阵势。

独流镇的炮市与静海县城不同。十来亩平平坦坦一块场子，四外围着泥坯垒的一道墙，多处坍塌，任人跨出跨进；地上光秃秃，只是戳着高高矮矮许多拴牲口的木桩，平时这是买卖牲口的地界。可一入腊月，卖花炮的渐渐挤进来，鞭炮一响，牲口吓走了，自然而然改作临时的炮市。

今儿牛宝好精神。一身崭新的棉袄棉裤，乌鞋净袜，脑袋一早洗过，此刻太阳一照，墨黑油亮。卖炮的人从没有这般打扮，烟熏火燎，鞭炸炮崩，衣衫多是旧破与煳洞。牛宝平时最不爱新衣，这样一身全新，架架楞楞，生生板板，像是相亲来的。他身边站着一个苍白消瘦的小子，带着病相，一双小眼倒是亮亮闪闪，十二分的精神。这人是他堂弟，名唤窦哥，专门折腾花炮的小贩。昨天牛宝请他买来一批上好鞭炮。窦哥既钻钱眼，也讲义气，买卖道上很有情面，这批鞭炮是他打沿儿庄"万家雷"家里买出来的。这"万家雷"不单名满静海，还在天津卫宫前大街和北平的厂甸设炮摊，挂字号，有几分名气。人说"万家雷"能开山打洞，装进大炮膛里当炮弹使。

牛宝连夜把鞭炮上凡有"万家雷"的戳记都扯下来，换上红纸，临时使块杜梨木刻条大鲤鱼盖上去。自打静海造炮千八百年来，还没见过这字号。转天满满装一小车，运到集上，车上车下摆得漂漂亮亮；大挂的万头雷子鞭，一包三尺多高，立在车上，像半扇猪，极是气派。牛宝和窦哥各拿一根大竹竿，足足两丈长，左右一站，好比守阵门的两员武将。

对面是圆头小子，手握长竿，挑一挂红纸大鞭，横刀立马站在前头。后边是装满鞭炮的驴车，那女人面雕泥塑般坐在车上。车前，除去那年龄小的小子，还多出一个黑瘦瘦的男子。他们腰上全扎一条辟邪用的红布腰带。炮市上的人看这阵势，知道要比炮，都围了上来。

窦哥一瞅对方，眼珠惊得差点儿没掉在地上，扭脸对牛宝低声说：

“牛宝哥，你咋跟他们斗上气儿了？人家是文安县蔡家呵！在天津卫‘蔡家鞭’和‘万家雷’齐名，前二年蔡家老大给火药炸死，蔡家人不大往咱静海这边来了，‘蔡家鞭’也见不着了。哎，你瞧，坐在车上那俊俏人就是蔡家大媳妇，名叫春枝，方圆百里，打灯笼也难找着这么俊的人儿！可惜守了寡！这圆脑袋小子是蔡三，倚车站着的是蔡家老二和老四，都是放炮的好手。咱的炮再好，也放不过人家，更别说人家‘蔡家鞭’了！”

牛宝听了，脑袋里只多了春枝，根本没有“蔡家鞭”，还要多问，可不容他说话，圆头圆脑的蔡三已经将竹竿子使劲儿画起圈儿来，直把拴在竿尖上的那挂鞭甩成一条直线，在空中“呜呜”响。卖鞭的人都这么做，显示自己编炮使的麻绳结实不断。跟着，蔡三又变了手法，耍起花活，叫手中的竿子转起来，半圈紧，半圈松，一紧一松，有张有弛，那鞭就忽弯忽直，忽刚忽柔，蛇舞龙飞，十分好看，还没点炮，就引得人们叫好。随后，竹竿往地上“噔”地一戳，鞭炮垂下来，点着就炸，声音比上次那小钢鞭响几倍，震得周围一些拉车的牲口慌慌挪动身子和腿，受不住，要跑。

牛宝挑起一挂雷子鞭也点响，“万家雷”名不虚传，个个爆竹都像炸雷，带着一股烈性与豪气，只比蔡家的大鞭强，绝不比蔡家弱，也招来一阵喝好。

两边就紧紧较上劲儿。

只见蔡三往右边一闪，小小蔡四从车子那儿走来，手提一挂巨型大鞭，每只都有黄瓜一般粗，总共十二只，像是提着一串长茄子，引得人们喊怪叫奇。蔡四身小，虽然斜向上举，最下边的一只大鞭依然“嚓嚓”蹭地。牛宝头次瞧见这般大的鞭。窦哥告诉他：“这叫‘一步一响’，走一步，炸一个，这是蔡家鞭的看家货，已经多年见不到，你一听就知道了。”他掏钱给了身边一个熟人，嘀咕些话，然后对牛宝说：“我叫人去买他几挂，有几挂这鞭当幌子，今年多赚一倍钱。”

蔡四走到场子中央，蔡三帮他点着药芯子，大鞭炸天，响声像打炮，震得看热闹的人不单堵耳朵，还闭眼。小小蔡四却毫不为之所动，炮炸身边，浓烟蔽体，他却像提着笼子遛鸟，从容又清闲，叫人佩服蔡家人鞭炮这行真有功底。

蔡四稳稳当当走了十二步，一停，手里的大鞭刚好放完。一时不少人拥上来，争买大鞭。窦哥扬手大叫：“别急，还有更好的家伙啊！”他从车上抱下来一个天下少见的大雷子炮，立在地上，一尺多高，快要齐到膝盖，小胳膊粗，药芯子像根麻绳，大红纸筒，上边盖的戳记是条墨线大鱼。

“娘哟！这不是炸城池子用的吧！”有人惊叫道。

“你瞧炮上那条鱼，挺像是牛宝的缸鱼，哎，那壮小子是牛宝吧，他咋改行卖起炮来了？”

人们议论着。

春枝在车上，仍旧像娘娘庙里的泥像，端坐不动，只是眼睫毛偶尔惊颤一下，那是听到人们议论时的反应，这反应却不为任何人发现。

牛宝拿香点着大雷子炮，轰地炸开，烟腾火起，声如天塌地陷，近前的人溅了一身黄土，没人叫，都呆了，像是出了大事。连牛宝都发蒙，一时竟不知发生什么意外。面皮生疼，是大炮炸开气浪拍打的。唯有蔡家人眼皮眨也没眨，但这一炸，却使春枝对眼前的事全然明了了。

随后两边各逞其能，蔡家人放炮似有用不尽的花样，可牛宝一招不会，新棉袄叫炮打煳了两大片，一只耳朵打红了，差点儿丢人现眼，多亏窦哥常年贩炮，见多识广，会使小伎俩，支应着局面，但要不是“万家雷”货真价实，东西地道，也早叫蔡家打趴下了。看来，真东西没亏吃，此亦万事之理。

蔡家老二放“二踢脚”的本事，叫人赞叹不已。他打开两把“二踢脚”，一个个插在红布腰带上，站在场子中央，先照寻常手法放上天空。蔡家鞭好，炮一样是头等；这“二踢脚”飞得高，炸得脆，高空一炸，碎屑飞散，像是打中一只鸟，羽毛迸开，飘飘飞去。他这样一连放三个，便换了手法，把“二踢脚”倒拿手里，点着药芯子，先叫下边一响在手上炸了，再用力抛上天空，炸上边一响。想叫它在哪儿炸就在哪儿炸。圆头圆脑的蔡三在两丈开外举起一挂鞭，蔡二看准，点着“二踢脚”，炸掉一响后，把余下一响抛过去，正好在那挂鞭下端炸开，当即引着那鞭，“噼噼啪啪”响起来，更引得周围一个满堂彩。这蔡老二得好却不罢手，更演出一手绝活。他像刚才那样倒拿“二踢脚”，炸掉下边一响后，却不抛出手，而是交给另一只手，抓住炸开的下半截，叫上边一响在另一只手上炸。两响不离手，一手一响，这招极是危险，换手慢了，就把手炸伤。但他黑瘦瘦紧绷绷的脸上老练而自信，动作从容又娴熟，好像玩一条鱼。

牛宝见对方压住自己，心里着急。

窦哥说：“在天津卫大街上摆炮摊，不叫你乱放‘二踢脚’，怕引着房子，崩着人，‘二踢脚’就这样拿在手里，放给人看。蔡老大，就是那女人死了的爷们儿，还有手活儿更绝，他把大雷子夹在手指头缝里，一个指缝夹一个，两手总共夹八个，平举着，八个药芯子先后点着，哪个快炸，松开哪个。叫雷子掉下来炸，可又不能碰地，碰地会弹起来崩着人。这火候拿不准，手指头就炸飞了。如今蔡老大一死，没人敢耍这手活儿了。哎，牛宝哥，你咋直眼了？”

牛宝听着这话，眼盯着春枝，脑袋里轰地涌出个念头，他对窦哥说：“你给俺把大雷子夹在手指头缝里，俺试试。”

“你疯啦，这手活是拿空炮筒子练出来的，咋能使真的试？炸坏手，你使啥画缸鱼，俺不干！”窦哥说。

牛宝不理他，从车上取些大雷子，一个个夹在手指缝里，平举双臂，瞪大眼，用一种命令口气对窦哥说：“点上！”

窦哥见事不好，想扔下香头跑掉。

谁知牛宝这么一来，蔡家哥儿仨如同中了枪弹，怔住。春枝脸色十分难看，像是闹心口疼。蔡三红着脸喊道：“这小子当俺们蔡家没人，欺侮俺们嫂子，拼啦！”哥儿仨疯了似的冲过来。还有蔡家同乡和要好的也一齐拥上。

牛宝还没弄懂这缘故，就给蔡家人摁在地上，窦哥也被揪扯住。对方喊着要把雷子插进他们屁眼儿点上，窦哥吓得叫救命求饶，想解释，却不知牛宝与蔡家究竟什么仇。牛宝给十来只大手死死摁着，摁得愈死，他犟劲儿愈大，用力一挣，脑袋刚抬起来，嘴巴反被压下来，在冻硬的地皮上蹭破，火辣辣地疼痛，蔡老三问他要干啥，他火在身体里撞，嘴更笨，索性大叫：

“俺想做你哥，俺想做蔡老大！”

这话叫在场的人全傻了！傻子也没有这么说话的。蔡家哥儿仨气得发狂，把他拉起来，用几十挂大鞭把他浑身上下缠起来，要炸他。牛宝使劲儿使得脖子脑门全是青筋，叫着：

“点火，点火呀！死活我是你哥啦！”

蔡三攥着一把香火，指着牛宝说："你欺人太甚，俺豁出去吃官司，坐大牢，今儿也要把你点了，大伙闪开，我个人做事个人当——"说着就要冲上去点。

"慢着。"忽然响起一个清亮的声音。

牛宝瞧见春枝竟站在他身前，一手拦着蔡三，面朝自己。这张脸就是在杨柳青年画《美人图》上也找不着，可此刻满面愁容，两眼亮晃晃，厚厚包着泪水，像是委屈极了。在牛宝惊讶中，春枝说："你不好好卖你的'缸鱼'，弄来这些'万家雷'来闹啥？你要再来搅扰俺，俺就亲手点这鞭！"然后对蔡家哥儿仨说，"回家！"一扭身，一大片眼泪全甩在牛宝当胸上。牛宝觉得，像是一排枪子打在自己身上。

春枝和蔡家人去了，浑身缠着大鞭的牛宝，像那拴牲口的木桩，直呆呆戳在那儿。

三

如果牛宝不去沿儿庄，他和春枝这段纠缠也就此罢了。自己一时迷糊、冒傻、犯浑，把人家好好一个女人逼成那份可怜相。究竟春枝因何这般痛苦不堪，他捉摸不透。眼盯着溅在他棉衣上春枝的泪痕，后悔到头，不住地骂自己，最后把剩下的半车鞭炮堆在大开洼里点了，炸成火海雷天，惹得邻村人敲锣报警，以为谁家造炮，中了邪火，炸了窝。

转过两天，窦哥提着两瓶老白干，一包天津卫大德祥的鸡蛋糕来找他，要一同去沿儿庄谢谢人家姓万的，不管牛宝自己的事如何，人家“万家雷”真给使劲儿，那巨型的大雷子炮是万老爷子特意做的，真叫激动人心！这事关着窦哥生意道儿上的情面义气，牛宝便随窦哥来到沿儿庄。

沿儿庄人上至七老八十，下至童男童女，倘若不会造炮，非残即傻。尤其在这腊月里，家家院子的树杈上、衣竿上、屋檐下，都晾满整挂整挂沉甸甸的大鞭，好比秋后拿线穿成串儿、晒在屋外的大辣椒；墙头摆满捆成盘的雷子两响，像是码起来的大南瓜，极是好看。那些进村出村的大车装满花炮，蒙上大红棉被，在冰天雪地里更是惹眼。这腊月的鞭炮之乡虽然十二分地热闹，却听不到一声炮响。静得绝对，静得离奇，静得叫人揪心。

牛宝万万想不到，这位跟火药打一辈子交道的万老爷子，竟然胆小如鼠。三九寒冬，屋里和屋外一般冷，炕不生火，灶不烧柴，茶碗里水全结成冰，唯有说话时从嘴里冒出点儿热气。牛宝和窦哥一进门，万老爷子就嘀咕他们身上有没有铁器、抽烟打火的家伙，鞋底钉没钉“橘子瓣儿”？还非叫他俩抬脚亮鞋底，看清楚才放心。窦哥假装不高兴地说：

“万老爷子每次都这么折腾我，下次我得光屁股来了。”

“别怪我疑神疑鬼。火是我们这行的灾。我不认字，我爹说‘灾’

字就是下边一个‘火’字，上边三个火苗。所以俺们非到做饭时才生火，烟也不抽，家里除去做饭的锅，不准使一点儿铁器。那九十堡的‘炮打灯’杨四，就是称火药时，秤砣掉在地上，迸出火星子，把一桶火药引炸，炸得杨四没有尸首，秤砣飞出半里多地。火这东西不知打哪来的，有时两家隔一道墙，这家点烟，火竟能穿墙过去，把那家屋里的鞭炮引着，火可邪啦……”万老爷子说到这儿，两眼发直，像是见到鬼，“哎，窦哥，你可小心点儿桌上那盆火药！”

待窦哥把“万家雷”前天在独流镇显威风的情景，一说一吹一捧，万老爷子才松开面皮，满脸直垂的皱纹也打弯了，龇开一嘴黄牙笑了。这儿井水盐碱也大，人牙焦黄。他神情得意地问道：

“俺那大活咋样？”

“还用说。生把土地炸个大坑，人说再炸就炸出个井来了。是不是这么说的，牛宝哥？”窦哥朝牛宝挤挤眼，叫他帮腔，哄万老爷子高兴。

牛宝嘴拙，找不着话说，只傻笑，点头。

万老爷子越发得意，笑眯眯再问：

“你们跟谁家比炮？”

“俺们咋能拿您的‘万家雷’去跟无名小辈比试，那不成请关老爷和小兵小卒比高低了？对手是文安县‘蔡家鞭’蔡家，行吧？”

“噢？”万老爷子惊讶得很。他说：“蔡老大一死，都说蔡家关门不造炮，挂在天津卫的牌匾都摘了，怎么又出头露面，是不是假冒？”

“咋能假冒呢？蔡家四个大活人都在场呀！”

“咋四个？”

“蔡家老二、老三、老四，哥儿仨……”

“对呀，才三个，咋四个呢？”

“还有人家蔡老大的那俊媳妇春枝呢。春枝她——”窦哥说到春枝，看牛宝直了眼，便赶紧停住口。

“窦哥，你嘴动，胳膊别乱动，小心俺那火药盆子！”万老爷子叫道。然后叹口气说：“春枝那孩子命够苦，三个跟她贴近的男人全给炸死了——她爹，她公公，她爷们儿！俺说她是火命！是火！是灾！”

牛宝听得惊异不已，他死也想听明白；窦哥完全清楚牛宝的心思，何况他自己也想知道这闻所未闻的事，便死乞白赖，东绕西套，终于从万老爷子肚里掏出下边的话：

“哎，窦哥，俺当你万事通呢，你咋不知春枝姓杨，她爹就是九十堡‘炮打灯’杨四呵。还是大清时候，天津卫炮市上就有句话，是‘蔡家鞭，万家雷，杨家的炮打灯’，这都是上两辈人创的牌子，到今儿全是百年老炮了。那时，因为杨家是本县人，跟俺们万家熟识，蔡家远在文安，相互只知其名罢了。到了俺们这辈，杨家跟蔡家认识了，很要好，两家给春枝和蔡老大定了娃娃亲。可春枝十岁就死了妈，跟她爹相依为命过日子。后来孩子们长大，该成亲了，蔡家老头子就去找杨四商量嫁娶的日子，杨四怕春枝走了，一个人受不住孤单，非要蔡老大倒插门。其实蔡家有四个儿子，少一个在身边怕啥？蔡家老头子偏不肯，谈崩了，都上了火气，蔡家老头子回家喝闷酒，一头醉倒，睡成烂泥巴，忘了热炕上还烤着几十挂受了潮的大鞭呢！一下烤过了劲儿，炮炸火起，怪的是四个大小伙子愣没打火里弄出他们爹，活活烧死。蔡家人恨死杨四，没人提那婚事。过两年，哎，就是俺刚头说过的——杨四同村人来找他借点儿火药，提着杆秤来称分量。造炮的人弄火药绝不准使铁器，勺用木勺，铲用木铲，他怎么忘了秤砣是铁疙瘩呢！秤杆一斜，秤砣砸在石头上，火星子迸进火药里，生把人炸得净光光，连根骨头也没找到，你们说奇不奇？好好一个人，像是变成一股烟，影都没留下，这是遭了啥罪？啥灾？杨家只剩下春枝孤孤单单一个闺女。那蔡老大来向她求婚，她不肯，不知因为她爹欠着蔡家一条命，还是怕一走，'炮打灯'杨家的根儿就此绝了？蔡老大打小跟春枝要好，知道这闺女的性子比火药还强，他竟造了一百个'炮打双灯'去到杨家门口放。意思是你杨家祖业给我蔡老大接过来了，绝断不了根脉。蔡老大是造炮好手，更是放炮好手，他把'炮打双灯'一个个立在手掌上托着放。凡是打上天的炮，头一响都得用'竖药'，只往高处蹿，不往横处炸。顶多觉出点儿坐力来，绝不会伤手。这又表示，他蔡老大已经把杨家的'炮打灯'学到家了。一百个放完，春枝流着泪出屋，二话没说，跟他去了文安……哎，窦哥，这些事你咋会不知道呢？"

“只只片片听见过，可各村各庄造花炮的年年出事，年年死人，哪会连成您这么长的故事！”窦哥说，“俺倒听人说过蔡老大的死，他是惹了大仙吧？”

“说是也是。春枝嫁到蔡家第二年，也是年根底下，她做了一盘‘炮打灯’，打算三十夜里自己放，祭祖呗！她剩下一捧炸药没处放，就使高丽纸包个包儿，塞到鸡窝后边夹缝里。这地方平时绝没人去碰，最保险，谁知夜里闹黄鼠狼钻进鸡窝后边夹缝里，这也奇了，它上房翻墙，跑哪儿去不成，偏扎到火药包上，蔡老大拿棍子一捅，嘿，正好，‘轰’地生把蔡老大炸得人飞起来，撞在屋檐上，再摔下来，成了血人……唉，怎么这样巧，又都巧到春枝一个人身上？也是命呗！出殡那天，春枝把自己编了十天十夜的两挂大鞭，足有几十万头，挂在大门两边老树上，放起来足足响了整整一夜，直叫整个村的人听着听着，都听哭了……”

牛宝听到这里，忽地翻身趴在地上，给万老爷子叩头。万老爷子蒙了，忙弯腰搀扶，说道：

“俺哪句话伤着你了，快起来，快起来，告诉俺，俺赔不是！”

牛宝却不起身，脑门撞地，咚咚山响，然后抬起泪花花的脸说：“您得教俺造‘炮打灯’，您得教俺造‘炮打灯’，您得教俺造‘炮打灯’……”反反复复只这一句话。

万老爷子更糊涂了，窦哥心里却很明白，他害怕牛宝再去惹事，但牛宝犟上劲儿的事，愈拦愈坏，因此他非但没有劝阻，反也趴在地上给万老爷子叩头说：

“您成全俺哥哥吧！”

这句话像是在万老爷子脑袋里点盏灯。万老爷子先是惊讶，随后摇着头低声说：

“要说春枝是个好闺女，懂事明理，知情讲义，可惜她天生是火命，是灾祸！你去问问文安县的光棍，还有人敢娶她做老婆吗？听俺一句吧，老弟！你只要一沾她，灾祸就扑上身，快快绝了这念头！”

牛宝额头顶着地，一动不动，说话的声音便又闷又重：“俺、俺死活要当蔡老大。”他不会再多说一句。

乡里人之间并不靠说，哼哼两声，谁都能知道谁的意思。万老爷子叹口长气，无奈地说道：“都是命里有啊！好，都起来吧，俺教！”他屁股没离凳子，一转，旁边就是一头吊在房梁上的赶版。他使这赶版一下一个，赶出四五十个炮筒子交给牛宝。然后把桌上的火药盒子和几个料碗端过来说：“一硝、二磺、三木炭，火药就这三样东西。你要想往天上打，少放磺，多放炭，这叫竖药；你要想往横处炸，多放磺，少放炭，这叫横药。‘炮打灯’是把灯往天上送，下边一响必得用竖药。听明白了？硫磺好买，县城里铺子就卖，木炭你自己会烧？”

“俺画样子就拿木炭起稿。把柳树枝用泥封在洋铁罐里烧，行不？”牛宝说。

“这可不行！造炮的木炭不能使柳枝，只能用青麻秆。”

“麻秆倒有，可硝到哪儿去弄？”

“碱河边有的是，白花花一片片。人说文安任丘那边地上的硝更好，是火硝。”窦哥插嘴说。

“使那硝造炮，还不如放屁响。俺告你们个绝密。你们要是说给外人，俺就使炮炸了你们——”万老爷子凑过织满皱纹的老脸，表情神秘，压低嗓音说，“你们就到俺家对面那茅厕后的墙上去刮。”

“那是尿硝啊！”窦哥说。

“谁说不是。这村里人身上全是硝，尿出来的尿烫手，结成的尿硝才有劲儿啊！我家的不行，人老了，没火力。对面崔家五个小子，个个像小牛，那硝面子才是好东西。”万老爷子说，“这硝弄回去，可不能直接使，先用锅熬，熬成水，泼在木炭上，晾干压成粉再掺硫磺。记着，一份硝炭，一份半硫磺。‘炮打灯’使竖药，还得多放硝炭！”

“那打到天上的灯，咋做法？”牛宝问。

万老爷子说：“这东西叫明子，你不会配，俺送你些吧。”他从身后拿出两个瓦坛子，里边装着黄豆大小、药丸似的东西，各拿出几十粒，分别使红绿纸包上。“这红纸包的打到天上就是红灯，绿纸包的打到天上是绿灯。‘炮打灯’有很多样儿，有一响一灯，有两响七灯，俗称‘炮打七灯’，可灯色都是黄色的。唯有这‘炮打双灯’，一红一绿，打到天上才好看哪！听俺爷爷说，大清时候，男的向女的求婚，就在人家房前放这炮。当年蔡老大在杨家房前放‘炮打双灯’，多半就是这意思。”

牛宝“呼啦”一声又趴地上，给万老爷子连叩响头，像是遇到救命大恩人。他动作太猛，差点儿把桌上火药盆子撞下来，幸亏窦哥眼疾手快抱住了。

待牛宝与窦哥千恩万谢告辞回去，万老爷子一人叹息、摇头，还狠狠砸了自己几拳，好像自己伤天害理、送人上西天了。

牛宝和窦哥出来就绕到对面茅厕后边。一看沿墙根白白的，果然都是尿硝，又厚又硬，使瓦片刮下来，晶莹闪亮。两人正刮得带劲儿，有个孩子喊：“有人偷硝了。”吓得他俩赶紧使帽头兜上硝面子，慌张逃出村，再逃回家。

牛宝照万老爷子的法儿，买料、配料、装活，他平日里干活认真，可此时脑袋着魔了，总一闪一闪老年间求婚使的那一双双红灯绿灯，糊里糊涂弄不清硝炭同硫磺，该是哪多哪少，装了一半，便不敢再装。傍晚时候，窦哥来了，两人一说，窦哥笑道：

“你脑袋里净是那春枝啦，咋弄不清呢？‘炮打灯’使竖药往天上打呗，多掺些木炭不就行了！”牛宝往药里又加些木炭。两人在房后空地上试了两个，真鼓捣成啦！一响过后，打炮筒里飞出两条亮线，一红一绿，直上天空，老高老高，跟着变成一红一绿两盏灯，极亮极艳，照得天都暗了。窦哥看去，这双灯不在天上，而是在牛宝眼里；那大眼眶子中间，绚烂五彩，烁烁逼人。可窦哥哪知，刚刚牛宝往火药里加木炭之前，已经装成的一些炮，配料正好弄反，竖药成横药！

四

静海县城逢四逢八是大集。今儿是腊月二十八，大年根儿，赶集是最后一遭儿，买卖东西的人便都翻几番，穿戴也鲜活多了；炮市上更是气势压人，河床上烟火连天，炸声如雷，像是开了战；两岸堤坡装鞭炮的车排得密不透风，好似千军万马列成长蛇阵。牛宝和窦哥手拿一包“炮打双灯”，蹲在一辆牛车后头，等候天晚人少。牛宝目光穿过大车轮子，一直死盯着春枝。她依旧在那歪脖柳树下，坐那驴车上，依旧黑衣服、白脸儿、红头巾，但她不像前两次木雕泥塑般纹丝不动，而是把俊俏小脸扭来扭去，东张西望，像是找什么。蔡家哥儿仨放鞭卖炮，忙前忙后，她却像没瞧见。

下晌后，炮市明显歇下劲儿来，停在堤上的大车走了许多，零零落落，不成阵势；河床中央的硝烟也见稀薄，看出一个个人来。日头西沉，景物、天空乃至空气全变暗，火光反显得分外明亮。渐渐剩下的人多是鞭炮贩子，吆喝喊叫加劲儿闹，无非想把压在手里的货甩出去。鞭炮这东西，压过腊月二十八，就得压上一年。地上炸碎的鞭炮屑儿，已经铺了厚厚一层，歪脖树下的蔡家人开始收摊子，也要返回去了，就这时牛宝带着窦哥突然出现在蔡家人面前。

春枝眼睛一亮，像是这才定住魂儿。

蔡家哥儿仨马上抄起家伙走上来。他们见牛宝立眉张目，嘴角紧张得直抖，有股子决然神气，以为并非比炮，只是要报复前仇，拼命来的。可牛宝不动手也不动嘴，他把厚厚大手平着向前一伸，掌心朝上，中央摆着一个“炮打双灯”，大红炮筒，绿纸糊顶，还使黄纸盖个鲤鱼戳记粘贴中间，鲜艳漂亮，不是画画的牛宝，谁能把花炮打扮成这个样儿？蔡家哥儿仨一看，立即明白牛宝要干什么，气急眼红，竹竿子给抖动的臂膀震得“哗哗”响。他们回头看春枝，等待嫂子下令，他们就把这欺侮人到家的小子活活打死。只见春枝脸刷白，没一点儿血色，紧咬着嘴唇，两眼却像一对小火苗，闪闪冒光，叫蔡家哥儿仨不明白。

牛宝拿香头把立在手心的炮点着，一声响过，一对浓艳照眼的红绿双灯，腾空而起，他人也觉得随同升起，绚烂地呈现在幽蓝的晚空上。一个放过，窦哥就递上一个，一双双火弹连续不断打上天，美丽、响亮，又咄咄逼人。春枝抬头看，这双灯是她的过去——她最好的日子和最美的希望；而双灯一亮一灭，便是她坎坷多难的岁月经历，她入迷了。

突然，一声巨响，一个炮在牛宝手心爆炸，没往天上蹿，却往横处崩，手心登时裂开，血淌下来。窦哥急得忙把塞在牲口耳朵里的红布拉出来，要给牛宝缠手，一边叫着：“牛宝哥，别再放了。人家春枝不会跟你的……”

牛宝抢过红布一扬，朝窦哥喊道:“拿来，拿炮给俺！你不给俺就宰了你！”他瞪圆一对牛眼，像门神，很吓人。脑门上的青筋鼓起来嘣嘣直跳。

一个炮递过去，又炸了手心，眼瞅着皮开肉绽，手掌像托着一盘炒鱿鱼卷儿。窦哥忽想到万老爷子的话，一股子不祥感透入骨头，不觉心寒胆战，掉着眼泪哀求道:

“咱中了万老爷子的话了，再放下去没命了，求你快回家吧！”

牛宝不吭声，像是没听见。一个个炮立在血肉模糊的手掌上，点着药芯子，有的飞上去，有的往横处乱炸，完全没有准，血点子滴了一片。蔡家哥儿仨和周围的人都看呆了。决死的人跟神仙差不多，叫人敬畏。那打上去的双灯，像是带着血，变成血灯。牛宝后牙咬得“咯咯咯”响，努力不叫托炮的胳膊打战，两眼死死盯着春枝。春枝坐在车上一动不动，但双手紧紧抓住盖在车上的红棉被，好像一松手，人就要掉下车来。

牛宝又点着一个“炮打双灯”，他万没想到这炮筒子里硫磺这么多，几乎是炸弹，猛烈一声巨响，火光闪着血光，牛宝倒在地上，春枝倒在车上。

一年后，还是腊月里，牛宝赶车往县城赶集，左手扬鞭，残断的右手缩在袄袖里。他拿不成笔，不能再画缸鱼了，改卖“杨家的炮打灯”，而且只卖“炮打双灯”。满满一车花炮盖着大红棉被，上头坐着一个鲜艳如花的女人，便是春枝。

但人们说到他俩，都暗暗摇头。窦哥无意间把万老爷子应验了的预言泄露出来，大家更信春枝这女人是火、是灾、是祸，瞧！她还没进牛家门，就叫牛宝先废了一只手，而且是干活画画的手，这跟搭进去半条命差不多。牛宝听到这些闲话，憨笑不语，人间的苦乐唯有自知。

我这个笨蛋

一　笨蛋的苦恼

“我这个笨蛋！”我时常用拳头凿着自己不开通、不晓事和转动不灵的脑袋，骂自己这么一句。

对我这个缺乏生活应有的精明劲儿和能力的书呆子，我老婆骂得则更简练、更干脆一些；她仅用“笨蛋”两个字奉送给我。开始时，她只是在我没有办成某些生活必需的事而怒气十足的时候，才把这个侮辱性的字眼儿扔在我脸上，惹得我很恼火。可是时间久了，总是这样，我也就渐渐变得能忍受了。有时我老婆对我发火时，我两个小儿子也在一旁这么叫我。“笨蛋”就成了我在家庭中的绰号。甚至在我自感无能而非常恼恨自己时，也这么骂自己。

为此，我一家四口人，只好挤在一间不到十平方米的背阴的小房间里。走廊上的使用面积被几家厉害的邻居瓜分了，仅在我的房门口留给我一块脸盆大的地盘放一个小煤球炉。生活的一切用品都塞在房内，连冬天贮存的大白菜都只好码在床底下。客人来访时，我就得打开房门，因为房里的气味太难闻了，冷不丁儿走进来会觉得气味噎人。我自己下班回家，也先得把房门敞开通通气。如果客人来了，几乎没有插脚之地。每逢此刻，我都要慌慌张张忙乱一阵子，把椅子上的面盆塞到桌子底下，把地上的小木凳、饭锅、水壶等乱七八糟的东西，快速地挪到床旁边的小旮旯里。再把两个孩子轰上床去……如果来客是我老婆一方面的，我就会显得更加尴尬和忙乱。因为她一边当着客人毫不留情面地对我闹着，要我快快给来客腾出个落脚的地方，一边还狠劲儿地瞪我几眼——那眼神似乎在说：只因为和你这个无能的“笨蛋”结合，才落得这种景况和结果！

我也受不了啦！我是无线电研究所的技术员。白天在所里干不完的工作总要带回家干。每天晚上，我要等孩子们闭上眼睛和嘴巴，不再出声音，老婆也躺下之后，才在小桌上的盆罐碟碗中间像开荒那样，收拾出一块空地方，铺开图纸，干到夜深。我怕影响老婆睡觉，就在灯泡一边挂一张黑纸片；为了避免擦火柴的声音，我不抽烟。但一不留神，有点儿响动，惊醒了老婆，她就要发出一声粗粗的叹息，暗示再也不能忍耐我打扰她睡眠的可恶的行为。我担心引起冲突，只好收拾起东西来，爬上床。这时，我要在孩子们的脚心上用劲儿抓几下，使睡熟了而肆无忌惮地侵吞我的位置的孩子们，给我挪出一块能够躺下身子的地盘来。我还最怕夜间上厕所：因为上一趟厕所回来后，我的位置又被同床的亲人们不自觉地舒展一下身子而侵占了。

如此生活，使我和老婆常常发生纠纷。当初我们谈恋爱时那些诗情画意的东西，好比一条明亮发光的小溪，早给现实生活的石块填满了。婚前那种浓厚的倾心相与的情感，越来越淡薄了。她不那么可爱了。渐渐地，把我的忠厚老实看作笨拙和无能，把我热衷于工作看作自私，只顾自己，而不管家庭。为了这些分歧，我们吵架。我用发火和摔东西吓唬她，她就拿大哭大闹逼我让步、道歉和讨饶。每一次吵架都是不了了之。起先，我认为这种夫妻争吵是免不了的、无伤大体的。可是有一次她在闲谈时，竟忧虑重重而又郑重其事地提出要和我分开生活，我才感到事态的严重性。于是我尽量容让她，避免接火；对于那种难以忍受的女人们惯常的唠叨，我也极力忍受，不露出任何反感。但我意识到，可怕的裂痕已经出现了。我把形成这种局面的根由再三考虑过后，认定住房问题是存在于我俩之间的不幸的主要的症结，并且是会导致家庭悲剧的一个隐患。我决定，要把我倾注在工作中的精力至少拿出一半来，把住房问题解决。待我把这个决定告诉老婆之后，她干黄的脸上露出少见的笑容，却仍带着点儿挖苦的口气说：

"这是你头一次主动要想办一件'人'事，就怕你这个——"

我想她又要提起"笨蛋"这个绰号了。不过她没提——大概为了鼓励我头一遭要去办符合她心愿的事吧！她转口说：

"就怕你这种人办不成这种事！"

“我成！”我坚决地说。既是给自己鼓劲，又是安慰她。

于是我写了一份理由充足、要求迫切的申请，复写多张，分送到房管部门和所领导那里。由于我是鼓足劲儿去找他们的，说起话来理直气壮，那神气仿佛是向他们讨债来的，不马上得到房子，不会甘休！然而我得到的是不留任何余地的拒绝和客客气气、和颜悦色的推托。所领导笑眯眯地对我说：

“老冯，你的困难不用说领导早就知道。可是现在房屋最紧张，你叫领导怎么办呢？总不能腾出办公室给你住吧！再说，咱所里还有十一个青年等房子结婚。有的青年为了等房子，等了三年结不了婚；有的老同志夫妇两地分居，十年不能相聚。你说，如果所里真有房子该先分给谁？”

我听了，脸颊发烧，羞愧难言，自觉原来那些理由好像都不能成其为理由了；甚至觉得自己有些无理取闹了。但我回家对老婆一说，老婆就火了，把事先保留下来的“笨蛋”两个字重新朝我掷来，怒气冲冲地警告我：

“再这么下去，三个月，咱们就分开过。我带一个孩子回娘家住去！”

我在焦灼不堪、百无一计之时，经同事们指点，悟到还有一个办法，就是换房：以小换大。世界上千家万户中究竟还有一些人家，由于人丁减少或交不起房租等原因，而情愿住小房间。这种良机虽然难得碰到，也不妨试着碰碰运气。这样，我就写了二百五十张“换房告示”，用了整整一夜时间，跑遍城市各区，张贴在繁华街口、大饭店门前、汽车站前、影剧院的广告栏下，乃至医院的候诊室里。我万万没想到，三天后就生了效。每天都有人来找我。男女老少，高矮胖瘦，以及各种模样、性情、穿戴、身份和口音的人接连不断地来叩我的门。我每天下班后，都要忙于接待、谈判、迎进送出，有时要忙到十时左右；星期天还要到对方家中看房子。我是一个平时很少出去串门的人。这一下子，才了解世上竟有那么多式样的房屋，竟有比我的居住条件还差的人家。我去过一家，老少三代七八口人挤在一间九平方米的小黑屋里。房屋中间用木板搭了一层阁楼，四个孩子都在上边；我一进去，就见从阁楼上探出一排模样差不多的小脑袋，好奇地打量着我，好像房檐下洞眼中的一群雏雀……

我这样折腾了两个多月，一事无成，却从中慢慢得出一个结论：来找我换房的人都和我怀着相同的愿望——都想从对方身上多弄到几平方米的地皮和几立方米的空间。而且我已经感到疲惫不堪。每天给这些换房者扰得吃不好晚饭，胃病犯了，两腮明显地塌下去，像个泄了气的小皮球儿。我由于经常要去看房子，频繁地在单位请事假，心思也不在工作上，弄得单位领导对我的看法有些改变；在领导们瞧我一眼的目光里明显地透露出一种厌烦和不满的神情，使我不安。我老婆呢？她也受不住这种繁重又无成效的接待工作了。她的眼圈黑得像熊猫那样，脸色竟像霜打过的秋叶——憔悴和黯淡下来。奇怪的是，她并没有像往常那样骂我、责怪我、喋喋不休地埋怨我。她很少说话，好似她在忍耐地等待着一个虚幻而渺茫的希望。

有一天晚上,居然来了一个哑巴看房。没等我弄明他的要求和条件，他就指指我的房子，伸出一个打弯儿的小指头，不如意地摇摇头走了。我老婆便对我说：

“算了！不换了，再这样下去，咱们就活不成了！”

幸好的是，这一次她没有气哼哼地再提到要和我分居的话，我真感到一阵安慰和惶惑。冲动之下，又用了整整一夜时间，把我贴在城市各处的“换房告示”都揭了下来。我单位一位分管后勤工作的老陈得知我的情况后，就对我说：“你别乱贴告示换房子了，小心叫坏人假冒换房到你家，探出你的情况，不定哪一天，趁你不在家，拧门撬锁，给你来个‘大卷包’！老冯——”他热心地说，“我来给你介绍一个人吧！他原先是我的邻居。人家最早只住在一间澡房里，五年之间，换了十四次房。为了换房，屋里的家具都是轻便和折叠的。他新近换一次房，是八家一起大轮换，从中又多得了一间房子。现在住在向阳二楼一个大单元，一套四间，间间都有十五平方米左右……”

“这么大本事？”我说，“他多得了房子，叫别人吃亏，别人肯吗？”

“我不是说了吗？他这是八家一起大轮换。他向来都是用大轮换的方法，最多一次是十一家大轮换。换房的人家多，总有这家图上班单位离家近的，那家贪房租便宜的，或要房子质量好的；这么换来换去，就能从中捞出一间房子。那个人，嘿，别提多精神了！他在橡胶厂夜班看仓库，看仓库还不是睡大觉？白天专门跑房子，咱这座城市的房子，哪座楼什么样，什么格局，什么设备，多少间屋子，多大面积，朝哪个方向，都在他肚子里装着。真比房管站有些白吃饭的干部还‘专业’呢！交际广，认识人多，办法又帅，嘴还能说。你想想，十来家一起换房子是件容易事吗？全凭他的嘴说得家家认可才行。我和他是老邻居，有点儿交情。他打床用的角铁还是我给他办的呢！今晚我就找他去，叫他明天晚上去你家一趟。请他给你帮个忙，管保能成！怎么样？老冯？”

“太好了！太好了！”我高兴地叫着，真恨不得给老陈磕一个头，“明晚八点钟，我在家等他。他叫什么名字？”

老陈告诉我一个非常奇特、令人吃惊又充满魅力的名字，叫作：

“换房大王。”

二　换房大王

今晚，我和老婆都寄希望于这个将要来临的小“救世主”了。我们事先把房间收拾得整整齐齐，用湿布把小书桌擦得发亮，摆上高级香烟和水果，沏上一壶上好的香茶，并提前把孩子轰上床。八点整，“换房大王”准时到了。他一进门，就给我一种十分爽利和干练的印象。

他个子不高，面皮疙疙瘩瘩，挺粗糙，干瘦瘦的身子。他动作利索地伸出右手，和我、我的老婆快速地握了握手，如同一名能干的外交家；同时，一双精明的大眼睛冲我脸上闪一闪，好像电筒照了我一下。

“我叫刘宝亮。”

他自我介绍一下,坐下来。我老婆忙把预备的香烟抽出一支递给他。他也不客气，很快地接过烟插在唇缝中间，对上火抽了两口，四下打量一下，便问我：

“你们楼上一共四间房子，两间朝东，两间朝北，一个厕所，对吧？”

我和老婆都吃了一惊。我不禁问：

“您怎么知道的？”

他笑了笑，没说话，露出一种老于世故和真正行家的神气。我和老婆相互望了望，交换了一下高兴的眼色；心想认识了这个家伙，就该有出头之日了吧！他又抽了一口烟，嘴里冒着烟雾对我说：

“听说你是研究无线电的。”

“是啊！”

“会修理收音机吗？”他感兴趣地问。

“我主要是搞线路设计的。”我回答。

他脸上感兴趣的光彩马上消失了，把嘴里的烟吐尽，说：

“你为什么不学学修理呢？那活计多有用！”

这时，我老婆狠狠瞪我一眼，似乎怨我反应迟钝，真不会来事。

她插嘴对换房大王说：

“一般修理修理他也行。您的收音机坏了吗？坏了只管拿来。他们无线电研究所里的人净是内行！”

我一听老婆的话，立刻开了窍，马上搭讪着说：

“我，对！我行，能修理，有事您只管找我吧！”

“不用，不用。我没事……不过随便问问。”他满意地笑笑，一边摇了摇夹着烟卷的手，随后又问我，“修电视机行吗？”

“行，行，我行！”我迫不及待地回答。其实我根本不会修理电视机。

这时，换房大王就露出对我分外抱有兴趣和好感的神情。然后他又像鸟儿那样快速地转过脑袋，面对我老婆问：

“您在哪儿工作？”

“第四医院。”

换房大王像发现什么好处那样，紧绷绷的生着零乱的睫毛的上眼皮立即扬了起来，问道：

“您是医生，还是护士？”

“我在挂号处工作。您以后用得着我，只管来好了。”我老婆说，同时瞅我一眼，表示她在给我做一个处世为人的示范。

换房大王笑了，五官都凑在一起，仿佛卷起一个快活的小浪头，随即这浪头在他干瘦的脸上漾平，他的表情就变得很古怪，说不清是嘲笑，是同情，还是惋惜，叫人捉摸不透。可是他的话却把他的想法表达得很明确：

“老冯，我姓刘的一眼就看出你是个老实人。为什么呢？你瞧，你会修无线电收音机，会修电视机，你老婆又在医院工作。凭这些，你们早就不该住在这蹩脚的小黑屋里了。我姓刘的心直口快，咱们又是通过老陈认识的，都不是外人，恕我直言——我看你生活上可能没什么办法。”

“就是嘛！我也常这么说他，他还不服气！”我老婆好似终于找到一个强有力的支持者，从旁证实她平时责怪我的那些理由的正确。我担心，她激动起来，会当着外人呼出我那个不光彩的绰号“笨蛋”。还好，她给我留了面子，只说：“我们老冯太死性。您就多帮忙吧！”

换房大王抽烟抽得真快，已经快烧到手指头了。他一边不客气地从桌上的香烟包里拿出一支接上烟屁股，一边笑嘻嘻地，用一种规劝加上训导的口气对我说：

“老冯，你太死性可不成！你要死性，你周围的一切事情也就死了；你要能活动起来，你周围的事情才都活起来，任你摆布，为你服务。我要是有你这两下子，会修理收音机、电视机什么的——我不是吹牛，我现在连小洋房都住上了。怎么，你认为我这人俗气吗？对，我就是俗气，庸俗，没学问，可是我有生活的能耐。你别看我学问一点儿也没有，比不上你，可我比你生活得好！你弄不来的东西我能弄来！我这个人最讲实际，吃好的、穿好的，是人本能的要求，你说说，难道你不需要吗？我没有什么资本可以自命清高，可我也不愿委屈自己住在你这样的小黑屋里自命清高。我这么说，你可别不高兴，我全为了你才这么说的！你也许会说，你是为了什么‘事业’呀，‘工作’呀！可谁为你想一想？我不信有什么好事自个儿找上门来。就拿房子来说，你准写过申请给过领导吧！他们的回答我也猜得到——他们准是告诉你房子少，没办法弄到是吧？！那才胡说呢！那因为你无权无势。如果你是当大官的试试看，甭打电话，一大套房子就给您预备好了！咱们平民百姓要想改善改善生活靠的什么，就靠自己，靠自己的能耐和办法！你信不信服我这个说法？”

我承认，我真被他这套理论说得心悦诚服。我没有事实可以驳倒他。我还感到一下子他使我变得聪明起来，脑袋开了窍，好像跨进了一个新世纪。但当我想到住房——这个具体问题时，我却又感到茫然：

“办法？办法……可是……”

他那精明的大眼睛毫不客气地嘲弄地瞥了我一眼。对于他这样本领无边的人，像我这个无能的笨蛋，大概只配接受他如此的眼色。这时，换房大王向我老婆要了一张纸，一支铅笔，用歪歪扭扭、非常难看的字体，还夹杂着一些错别字，写下一连串地址和人名，递给我说：“你抽空先把这些地方的房子都看了。看完咱们再谈！”说完他站起身来，又利索地和我握了一下手，就告辞走了。我和老婆把他送出大门外，手里捏着那张写满含着希望的密密麻麻像一群甲虫般的字条，朝他连连鞠躬，道谢不已。他摇了摇手——手指中间夹着一支临出门时点上火的烟卷，说：

“别客气！说老实话，我对你们别无所求，只是看你们人太老实，不然也不会帮你们的忙。我过三五天再来。回见！”

我和老婆看着他的身影混进夜色，才转身进屋。我心想，这可是个难得的大好人！

第二天，我请了一天假，把换房大王开列的房子依次看过。处处比我的房子强，宽敞、向阳、舒适。想到我有可能住进这样的房子，心里真像开花一般。于是我天天像站在旱地里的老农盼雨云似的盼望换房大王到来。三天之后，换房大王果真来了。他真带着一种救世主的神气，兴冲冲的。只是由于他抱来一台大电视机，累得满头大汗。我对他说，我对他介绍的房屋都极其满意，只要换进其中任何一处，我都会像升进天堂一般幸福，而对这个世界再没有什么妄求了。他拍拍我的胸脯说，他将尽力而为，不过需要我拿出与他合作的唯一的努力，就是耐性。然后，他请我帮助修修这台电视机。对这个热心帮助我的人，我自然要更热心地报答他。我不会修理电视机，第二天就抱到单位去，请一位精通电视的技师代劳修好。换了两个管子，我也没好意思向换房大王要钱。从此，我就与换房大王这个非凡人物过往愈加密切起来。

他三天两头来找我，和我商议怎样用我的斗室换下那些可爱的殿堂。他给我许多希望、办法和许诺，教给我只有耐心和不断想方设法，才能愈来愈接近成功。他说，他打算指挥一次空前规模的十五家大轮换，而只有这样做，才能像用减法那样在一家家中间给我减出一个宽裕的余数。但这需要十五家的户主全都乐意加入这次大轮换，那就要靠他的能耐、口才、时间和精力，靠他在这些方面的自我牺牲。他以他老于此道的经验和意志鼓足了我的信心。同时，他把各式各样的收音机、电视机、助听器、电熨斗、电风扇、电吹风，等等，拿来请我帮忙修理。据说这都是他至爱亲朋的。我为了表示自己很懂得社会上所流行的那套互相协作、礼尚往来的人情世故，便毫不推托地把这些东西抱到单位去麻烦我的同事们。换房大王还常常要求我的老婆为他的亲友们请医生、办理住院、买贵重药品和血浆。有一次，他一星期内急急忙忙来了三次，托买急用药品，使我觉得他家里有一个快死的病人。

开始，我们以一种感恩报德的心情不辞劳苦地为他办这些事。后来，在换房大王所给我们的许诺总也不能兑现而渐渐变得对他失去魅力之时，我老婆忽然认为换房大王是以房子为诱饵来利用我们替他做事。我不同意老婆用这样的脏心烂肺去猜度一个热心的好人。为此我俩又吵了一架。但事后，我冷眼一瞧，竟也对换房大王产生这样的看法了。我却没有办法摆脱他。几次我想拒绝他的要求，但总是给他几句话说得最后不得不顺从他。但我已经模模糊糊地感觉到他像一条缠身的蛇了。

一天晚饭后，他又驮来一台二十英寸的大彩色电视机请我修理。我老婆的脸上一点儿热情和欢迎的意思都没有。她在给孩子打毛衣，头也不抬，半开玩笑半讥讽地说：

“老刘，您该给我们见点儿真东西了。不然我家快变成电视机修理部了！”

我当时真怕把换房大王惹恼了。谁想他竟毫不介意，非但没有一点儿不快活的神气，反而哈哈笑了起来，说：

“这台电视机还非得老冯帮忙不可。至于房子——你们问得真是时候。有一套新单元,马上就能到手。不过你们得咬咬牙,出点儿‘血’！”

我和老婆听了都怔住了。不知是他又下了什么新钓饵，还是凑巧真有其事。他的话叫人莫名其妙，摸不着头脑。我请他说说究竟，他先嘻嘻哈哈把我和老婆说了一顿——他说我俩不够朋友，他为我们的住房几乎跑断了腿，而我们不但不知情，反出口伤他。他说，之所以这么长时间没换成房子，是因为我这间小房换出去要比跛腿的老姑娘出嫁还难。随后他告诉我,他弄来一套新房子,两间一个单元。但是——他朝桌上的电视机努努嘴说：

“你们得狠心拿出这么一个玩意儿来！”

“送一台大彩色电视机？”我吓了一跳。

“不，不。”换房大王嘲弄似的笑一笑说，“瞧你们吓的。用不着这么大的，一台十二英寸黑白电视机就行！这个数目——”他把大拇指别在掌心里，朝我们伸出四个短短的指头。

“四百元？”我问，我已经不惊讶了，而想到家中的存折上刚好有这个数字。

“四百元嫌多？哈！老冯，如果我在大街上一叫‘谁出四百元，我给他一套新单元房子’，我保管人们一拥而上，能把我活吃了。你要花四百元买房，只能买间厕所。你去外边问问行市，有人把儿子的户口从农村办回市里还得花千八百的啊！”

其实换房大王错领会了我的意思。我听了这个消息，心里已经激动得了不得。但我老婆比较冷静。她用一个眼色制止我说话。她问：

“这是哪儿来的房子？”

换房大王稍停顿一下，略带些神秘感，正色对我们说：

“我拿你们不当外人。事情成不成，你们可不准往外说——这是市里房屋分配部门的房子。不是这部门的人，谁手里有新房？你们花四百元钱也不是给我，而是给人家。我纯粹是给你们跑腿，拉个关系。”

“市里的房子能分给我们吗？”我问。

“唉！老冯，你真死心眼儿，房子在他的手里，还不想给谁就给谁……这里边的戏法儿你不懂。”

“可是我们真给他们一台电视机，他们能收不？如果叫别人知道了，岂不是给他们找麻烦？”我又问，好似一个笨学生向博学的教师发问。

换房大王突然爆发出朗朗的笑声。在这笑声中，我显然是个愚蠢无知的书呆子了。他说：

“他要是不能收，我对你们说这些干什么。你给他电视机，他给你房子。至于他怎么给你房子，他自有办法。至于你给他电视机，你不说，谁也不会问。万一有人问到你，你就说是借给他看的，谁能怎么样？！明白了吗？嗯，这不是万无一失？！”

我明白了，笑了。心想：他们真有办法！

我老婆在这个时候的沉着和稳重，使我佩服。她追问换房大王说：

“老刘，你说这件事可靠吗？这个人有这么大的权力？”

换房大王犹豫一下，放低声说：

“你们得注意保密——我实话告诉你们，这个人是房屋调配处处长！怎么样？所有新盖房子的钥匙都在他的口袋里啊！你们只要肯出这点儿血，保管马上能住进新房子。眼下就有，就是红旗路上新盖起的那片楼，任你们挑。再告诉你们，这台电视机是给他儿子结婚张罗的。他自己什么也不缺，他的电视机是日本二十四英寸彩色的。这是个千载难逢的好机会！你们可别犹犹豫豫，倒叫别人抢了先。再有，电视机得你们买好送给他，他不要钱；办这种事最怕动钱！”

“可是我们到哪儿去买电视机呢？电视机这么紧张。”我又高兴又感到为难。

换房大王用手指了指他刚来时放在桌上的那台大电视机说：

“你把它修好我就有办法。这台电视机主人的小舅子，在百货公司电器批发站当会计。托他买不成问题！”

我恍然大悟。原来换房大王所办的一切事，对他都是有利的，有关系的，也有牵扯的。于是我和老婆都沉浸在一种快乐的气氛中。我俩一起生活了将近二十年，如今吉祥鸟才飞落到我的肩头，如果真是这样，一切为时不晚。我老婆喜气洋洋，却仍不大放心地说：

“老刘，这事什么时候开始进行？”

换房大王忽然来了一股冲动劲儿。他站起来一拉我的胳膊就说：

“走，老冯，咱现在就往调配处的李处长家里去一趟好吗？”

“呵？噢！好，好！”我立即站了起来，并说，“明天早上我就把您这台电视机抱到单位里去，三天内准保修好！”

换房大王眼睛一亮，兴奋而惊奇地对我说：

“老冯，你外场可比先前漂亮得多了！”

在受到他称赞之时，我瞥见老婆也朝我投来一个少见的欣赏和满意的目光。我心里美滋滋的，感到自己已经从生活的阶梯登上一层，冥顽的脑袋开始像个球儿转动起来，变得聪明和能耐了。我决心要与这位将要见到的油水肥厚的李处长打一次成功的交道，用刚刚学到手的本领为自己谋求生活幸福，把压在头上多年的那顶不光彩的“笨蛋”的帽子甩掉！

三　李处长

李处长的家叫人眼花缭乱。一套四五间宽敞的房间，灯光明亮，墙壁雪白；沙发、地灯、电视机、风扇、录音机等所有时髦而标志一个家庭富有的物件，这里一概齐全。那些电镀的、玻璃的、塑料的部件闪着刺目的光彩，五颜六色，晶莹闪亮，真如同进了水晶宫一般。细看之下，大部分物品都是最新式的，在市场上还不曾见到过，就好像一个新婚的家庭。其实处长的几个儿子都不小了，穿得漂漂亮亮。他最小的儿子把一个橘黄色的大皮球从这间房子踢进那间房子，再踢回来。我想到自己的儿子在床上玩乒乓球，掉到地上就找不见了，不知钻进哪堆杂物里。因此，我对他们的生活真是羡慕万分！

这位处长和我没见到之前想象的样子完全不同。我原猜想他是一位脑满肠肥、颇有资历的中年以上的人，谁想到他不过四十多岁。一副苍白而带些病容、过分严肃而缺乏表情的面孔，中间分开的头发，乌黑发蓝，像两片乌鸦的翅膀。他毫无风趣，好像对任何事物都没有兴致，斜坐在一个漂亮的大沙发上，也不说话，显得无聊。而且总用食指去搔他右边的鼻翼。那儿微微发红，大概有些发炎。他用这种神气待客就使我们很不自在，有话也不好开口——尤其是他对我看也不看，连我的姓名也不问，好似根本不打算搭理我。多亏换房大王健谈，和他扯了许多人和事情，大多是托什么人、买什么东西、办什么事之类的话。换房大王一边夸口、逞能、自吹自擂，一边用些不知从哪里打听来的可以买到什么廉价货色的消息，想引起这位李处长的兴趣。他的神态中略显出一些殷勤和讨好的意思。可是这位李处长总是斜着眼瞅着一边，爱搭不理，偶尔才反问一半句话：

“什么皮鞋？哪儿处理的？”

“外贸局，半价处理，质量是一等的。优质牛皮，像缎子那样软。这可是难得的机会，大伙儿都抢着要。不过您愿意要却不难办。我和外贸局的许副局长交情很深。上个月，他老婆有病，我一个星期里给他买过三次药，还都是外边根本不能买到的进口特效药！”

我在一旁，想起换房大王曾求我老婆买药的事。原来如此！

“那你先拿一双样子来看看。”李处长对换房大王淡淡地说，如同下命令。

“好！包在我身上。只要您要，来一箱都不成问题。”

这时，我感到三头六臂的换房大王比起这位李处长，却是下人一等了。换房大王好比是李处长一名自愿的业余的办事员和勤杂人员。或者说，他就像一个买空卖空的掮客，靠着勤快的腿儿，替人家东奔西跑，取长补短，满足别人欲望的同时，自己从中捞点儿好处。而李处长才真是一位资本雄厚、把握实权的大东家。国家给予人们的福利竟要通过这些人的手，他成了恩赐者、施财的富豪；如同一锅油味浓厚的老汤，沾一沾就会得些油腥。来找他的人，大都是有求于他的人。难怪他用这种古怪又冷淡的神气对待别人。权力不是最容易培养出高傲的性格吗？他就是穿着三角裤衩接待我，我也不会或不敢怨怪他。因为他手里有房子——生存的空间掌握在他手里。他是得天独厚的。

于是我下决心要和他成交一笔交易了。这时换房大王把话题转到了我的身上：

“这位是无线电研究所的老冯。他一直想来看您。他对电视机很有研究。您的电视要出了毛病，尽可找他。”

李处长听了，抬起他一直低垂的眼睛漫不经心地看我一眼，什么话也没说。我见是时机，鼓足勇气，硬装出一种老于世故的油滑劲儿，满脸掬着笑说：“有什么事，李处长只管招呼。我听说处长缺台小电视机，正巧我刚买了一台，是全新的，放在家里没人看，处长要是肯……”说到这儿，我戛然而止，因为我看见换房大王冲我丢来一个焦急和责怪的眼色，阻止我说。看他的眼神，好像我闯了什么祸似的。

我正感惶惑不解不知该怎么接着说下去时，只见李处长站起身，含着一股愠怒，对我说：“我不需要什么电视机。”然后脸色难看地面朝换房大王说，“你们回去吧！一会儿我还要去市里开会。”随后他走到另一间房门口，召唤出一个胖胖的、耷拉眼角的男孩子。他叫这个男孩子送我们走出了他的家。这个男孩子大概受了他父亲地位的影响，态度很生硬。等我们刚出门，就“啪”的一声把门关死。

在门外，换房大王就和我闹起来，责怪我莽撞、胡来、没头脑、不通人情。他朝我叫着：

“老冯！你怎么能这样说话？这种交换怎么能明说出来？！人家是领导干部，能和你明着谈这种事吗？你这么一来把我也卖了，叫李处长认为我这个人不牢靠，在外边把他的底牌随便泄露给人家！你让我今后怎么和李处长再来往？你这纯粹是断了我一条路子！”

我再三请求他原谅我无知，不懂得说话里还有这么些轻重、深浅和利害。但换房大王只说：“算了，算了！”就一赌气走了。

我没想到，他这么老练的人也会大动肝火。回家后，便没敢把这件事告诉老婆。第二天上班时，却接到换房大王的电话。他告诉我，昨晚他又返回李处长家去，向李处长解释说我是他的表弟，并非外人，担保不会给处长惹事。他说了不少好话，才把我闯下的祸事挽回来。经李处长再三考虑过后，答应由我用电视机换取房子，要我三天内把电视机交给换房大王送去。他不再见我面了，一切事由换房大王在中间办。房子得等到下个月才能办妥。李处长保证了他的对换条件不会落空。

我在电话里向换房大王又道歉，又致谢，声音禁不住快乐得发抖。下班回家后，便把今天电话中的内容——包括昨天所隐瞒的那个过失——都如实地告诉老婆。老婆骂过我一顿之后，就叫我赶紧去银行取款。我刚要走出家门，老婆又把我叫住，不准我去了。她顾虑重重地对我说：“换房大王是新交的朋友，不知根底。几个月来与他的交往中，除去受利用外，从未得到过他的帮助。他的话可靠吗？再说，昨天李处长否定了他需要电视机，怎么李处长又说要了呢！”她沉了一会儿，接着说，“他又说，李处长不再与你见面了，事情都交给他去办理。我想，这里边别是他耍什么花招吧！咱家多年就这么点儿积蓄，万一受骗，没招没对，哑巴吃黄连，可就遭殃了。钱先不取了！除非你和李处长见一次面说清楚了再去取！”我老婆说着，从我手里拿回了存折。

此后，换房大王一天一个电话催我赶紧取钱，他说他已经为我联系好一台电视机，交了款就可以取货。他催促得愈紧，我们反以为他图谋不轨，贪财心切，就是不给他送钱去。换房大王紧着催我，我就告诉他，除非我再见一面李处长才能付钱买电视机。这下子可把换房大王惹恼了。他在电话里气咻咻地骂起我来：“好呵！你不信我！我一片热心，你却当作驴肝肺。你认为我想骗钱花吗？我不管了！”从此，换房大王像飞走的一只苍蝇，再也不露面了。

我们失去换房大王，连那点点靠不住的渺茫的希望也失去了。我担心老婆又要开始与我闹纠纷。奇怪的是，她没有闹。在一段时间里，她显得十分沉闷。

四　想不到是这样……

事过两个多月的一天晚饭后，有人来敲门。我出门一看，从没有点灯的走廊的晦暗中，透出一张苍白、无表情的脸。这脸上闪出的一种特别的冷淡漠然的目光，使我认出了来客——

“呀，李处长呀！您怎么来了？快请进屋！”

我完全想不到，也弄不明白，这个把握着能给予成千上万个家庭幸福的人，怎么会找到我的门上？我再三请他进屋，他不肯，只淡淡说一句：

“你要没事就跟我出去一趟。”

“好！好！”我巴不得和他拉拉近乎，来不及进屋跟我老婆说什么，就带上门随他走。

这个人可真古怪，也不说是什么事，又不告诉我到哪里去，甚至一路上什么话也不说。我呢？鉴于上次唐突地提起电视机而惹恼他的教训，再不敢多嘴。心里边满是大大小小的问号，中间裹着一点点儿朦胧的幸福的预感。同时我也猜测他是不是叫我去修理电视机？如果我真的能为他所用，倒也不是坏事。

我们走了很长的路。前面的夜色里渐渐现出一大片黑乎乎大楼的影子，中间亮着几扇窗户。我忽然意识到，这就是红旗路上新盖起的那片大楼呀！

他领我走到第二排楼中间的一幢前，便进了大门。在黑暗里摸摸索索上了二楼。这时他从衣袋里掏出一把钥匙插进锁孔，“咔嚓，咔嚓”转动几下，打开门又拉开灯，照见一套两间崭新的房间。墙壁白得耀眼。空气里充溢着一股令人喜悦的刚刚粉刷和油漆过的新房子的气味。他不等我明白过来是怎么回事，就平淡地说：

“你看这房子，满意吗？”

我一听，心顿时都发慌了。这套房间给我了？我简直不敢相信。我给这意外的突如其来的幸福弄得发呆了，差一点儿把这位古怪而不可理解的处长抱个满怀。我竟然叫了起来：

“给我？这套房子？为什么？这怎么可能？”

李处长没回答，他把我留在屋子中间傻站着，自己到另一间空屋里转了两转，然后走回到我面前，说：

“我是给你单位打电话，才打听到你的地址。我有件事，请你帮忙。”

“什么事？”我急渴渴地问。那口气仿佛说，你要天上的星星，我也给你去摘。

“我急等用四百元钱。你能不能明天一早给我？至于这房子……没多大问题，我尽力替你办。不过，得等统一分配时才能办下来。最多一个半月，我就能给你办下住房分配通知单！”

“太好了！钱没问题，明天一早我取了钱，就给您送到家里去。”

“不用送。明早十时，我在你家门口等你。咱还有话需要说在明处——我可不给你开借条，三个月内准把钱还你。你信得过我吧！”

“那还用说！干什么提‘借’呢，您就用吧！”我看着这漂亮的房子，心里涌满欢喜和对他感恩不尽的激情，但我嘴笨，说不出一句使他高兴的好听的话来。

他只嘱咐我这件事绝对不能叫换房大王知道，然后我俩走出大楼，分了手。

我急着跑回去，把这件喜事告诉我的老婆。不想在路上被地面凸起的一块石头绊了一跤。但我从来没有这样机敏过，像一个摔倒的运动员那样一翻身就蹿起来。待我到家，把这番神奇的经历一五一十告诉给我老婆之后，我老婆竟要我带着她到那片黑洞洞的楼里，认一认将属于我们的那套房间的门儿；我们又在这片大楼前张望一阵子，十一点钟才回到家。当晚我俩谁也没睡着觉。

转天我去取钱。十点钟准时在家门口把钱交给了李处长。他接过钱，一句感谢的话没说就走了。这反而使我更为心安。因为只有他确实想帮助我弄到房子，他才会如此不客气地理所当然地把钱取去。

此后一个阶段，我的家庭进入了一个充满欢乐、希望与和谐的时期。我老婆脸上也现出多年来未曾见过的松心的笑颜。那些怪心烦的唠叨从她嘴上绝灭了。她对孩子也有了耐心。尤其令我高兴的是，她对我晚间忙些工作上的事也不再加以干涉和责难，甚至表示体谅。我的家庭要总是这样那会有多好呀！心中快活，我在单位工作起来也分外带劲儿，并使我的领导们大为惊奇。他们绝不会知道，生活的希望会给人鼓起多么大的力量！

一两个月过去了。李处长还没把新房子的钥匙和住房分配通知单给我。我有种因怕麻烦他而弄坏这件大好事的胆怯心理，一直没去找他。实在按捺不住时，我就去红旗路那幢房子前看看，那套单元有没有人住？那里一直黑着窗户。这等于告诉我——希望还在，耐心等待。

又过了两个月，冬天了。晚饭后有人叩门。我开开门，进来的是一个胖胖的陌生的男孩子，耷拉着眼角。我觉得好像在哪儿见过他，但一时想不起来。这男孩儿从怀里掏出一个厚厚的纸包递给我。他口气生硬地说：

“我爸爸叫你收下后，签个收条。”

哟！我认出来了，是李处长的儿子。我忙接过那厚纸包打开。原来是一叠一元钱一张的人民币。怎么？还我钱？我翻了翻这叠钱，里边没有夹着任何纸条和短信，以及我迫切期待的“住房分配通知单”。于是我有种不祥的感觉袭上心头。我扭头见我老婆的眼里也有这种神情，并因惊疑不定而眼瞪得圆圆的。我急切地问这男孩子：

“你，你爸爸没对你说别的吗？”

这胖男孩子的表情像他爸爸一样冷淡。他说：

“我爸爸说，你托他的事，他正在给你办。他说这种事现在很不好办，叫你耐心等着。我爸爸还叫你把钱当面点清。”

一听这话，我就感到事情不妙。这叠钱对于那套房子，好比拴着一只鸟儿的绳子。现在绳子送回来了，鸟儿就抓不住了。我心里急糟糟，没有办法，真恨不得把这辛辛苦苦积蓄起来的钱，白白地塞在眼前这男孩子的怀里。这时，胖男孩子有些不耐烦了。他说：

“你快点清了钱，签个收条。晚上我妈还带我们去看电影呢！”

我没心思点钱，草草签个收条给他，并禁不住用一种可怜的哀求的口吻对他说：

“你回去问问你爸爸，我那房子……”

“我不管，你有事找他好了。”胖男孩子生硬地打断了我的话，拿了收条就走了。

于是，我和老婆又好像当头挨了一个闷棍，半天说不出话来。心里都有种可怕的落空之感，却谁也不肯先说出来，好像一说出口，就要把几个月来的全部希望毁掉。那非要大哭一场不可了！正在这当儿，“当啷”门一响，一个人带着外边的凉气闯进来。我抬头一看，来人棉帽檐下的一张瘦瘦而精明外露的脸，便叫出声来：

“呀，是老刘！”

换房大王来了！我忙张罗他坐下。我老婆乘机把桌上的钱收起来，好像这钱要泄露出那件不该叫他知道的事情似的。换房大王半年没来，却还是老样子。厚厚的棉衣穿在身上显得臃肿，但他的眼神、口气、动作，依然带着一股爽利劲儿，还是满口滔滔不绝地自夸他如何神通广大，但又并非全是不着边际的吹牛。据他说，他新近又换了房子，住房条件已经能与地位显赫的李处长相媲美了，并且还添了一台杂牌的大电视机。

“是李处长给你调配的房子吗？”我问。

“不，不是！他现在办事胆子小了。前不久，他上了一次当，要不是我帮他了事，他的乌纱帽都险些丢了。”

“什么？怎么回事？”我听得莫名其妙。

“你还记得吗？前半年，我叫你拿电视机和他换房子，你当时不肯。如果你肯了，你新房子住上了，他电视机也落到手了。可是你信不过我，不照我的话办——过去的事先甭提了。李处长呢？他急于搞到一台电视机，不知打哪儿认识了一个市公安局的小干部，两方面谈妥了，那个小干部抱一台电视机给了他，他也设法弄一套房子给了人家。可那小子住进新房之后，不到三个月，突然找他要回那台电视机。并且说，如果李处长不还电视机，他就去告李处长。你说这小子厉害不？”

“哟！有这种事？”我大为惊异地说，“他要是告了李处长，电视机弄回来，房子不也得退回去了吗？”

换房大王接过我让给他的烟卷，一边点火，一边撇撇嘴角，似乎讥笑我全然分不出其中的利害。他使劲儿吸了两口烟，说：

“你连这个也不懂！那小子根本不会去告李处长。只不过拿这话吓唬李处长罢了。李处长也明知那小子不会去告他，可是他害怕，那小子嚷嚷出去，闹得身败名裂。他只有认头吃亏，设法把电视机还给那小子。”

“这个人可真厉害呀！”我听了毛骨悚然。我老婆在一旁也惊骇不已，瞪圆眼睛瞅着换房大王。

“厉害？不厉害行吗？我倒挺佩服那小子，一分钱没花，把房子弄到手了！真有办法！治治李处长那种人倒挺不错，要不，那些人太神气了！社会上有些事就是这样：谁厉害，谁有能耐，谁吃香；谁软谁受欺侮。否则就心甘情愿喝自己锅里的白菜汤！”

“李处长真的把电视机还给人家了？”

“没有。李处长已经把电视机给儿子结婚用了，怎好抱回来？他要是抱回来儿媳妇还不和他闹翻天？他还那小子钱了！”

“还钱？”我老婆一听，大叫一声，仿佛发觉自己上当而发出了惊叫声。我从这声音中猛醒过来，感到事情不好。我老婆说话时舌头都打战了：

“他拿自己的钱？”

“谁知道！他当时拿不出四百块钱来，找我借，我也没有这么多钱，谁知他打哪儿弄来的！”

我和老婆听了这几句话，顿时变成两个木头人。换房大王探索似的目光在我和老婆两张痴呆呆的脸上移来移去，不解地问：

“怎么了？老冯。”

我觉得事情再没有瞒着他的必要，就如实地把李处长找我去看房子，借钱，取钱，以及刚刚李处长的儿子来还钱的全部经过都告诉了他。说话之间，我不时有种因曾经瞒过他而发窘和不自在的感觉。但我更想从这个在社会上阅历很深的人的口中证实一下我们是否被李处长欺骗和利用了。换房大王听着，他丝毫没有因为我瞒过他而责怪我，也没有为此感到吃惊，好像人之间这些欺瞒诳骗都是习以为常的。他听完我的叙述，便把手里的烟头贪婪地吸几口，直抽到根儿，几乎烧到手指尖才按死在烟缸里。这一次，他没有对我表示出任何嘲弄的笑意，反而以一种替我着急的口气，断然说：

“老冯！你上当了！你等于白给李处长帮一个忙。他拿你的钱先还了账，事后再凑齐了钱还给你。你什么也没落着。”

我急得叫起来：

“我找他去。他答应过我！”

“他答应过你又该如何。谁叫你当初不趁机搬进那套房子里去。你应该拿住他——他不给房子，你不借给他钱。现在……嘿！你再找他也白搭，你们已经没有任何关系了嘛。”

“我去告他去！”我吼着。

“你告他？他借你钱又没有借条，他还你钱却有收条。再说人家已把钱如数还给你了，在你手里没有短处，你还能把人家怎么样？认头吧！老兄！你不是没有过好机会，只不过没有抓住就是了！”

我恼火、后悔，还有种受骗后愤怒的感情，搅拌在心里，火辣辣的；同时又束手无策。我不敢扭头看我老婆，怕看见她狠狠地怨怪我的目光，也怕看见她因希望落空而懊丧无望的表情。这时，换房大王说了许多安慰我的话，重新给了我一些希望和许诺，并借机向我表示，只有他才是应予信赖、依靠、有办法和肯帮助我的人。然后他又托我老婆帮助他买五个安宫牛黄丸，便抬起屁股走了。

我和老婆送走他后，面对面坐在房里，半天谁也说不出话来。我把这件事反复想过两遍之后，弄明究竟，更加深深痛恨自己坐失良机，忽伸出拳头凿了自己脑袋一下，从肺腑里发出对自己的骂声：

“我这个笨蛋！”

同时，我感到，我的家庭从虚幻的希望里又要重新返回麻烦、困难和纠纷中；事实验证了我的蠢笨无能，将会增强老婆要与我分开生活的决心，日子会比以前更难过。可是这时，我发现老婆站在了我的身旁。我抬头一瞧，不禁感到吃惊。我从来没见过她用这样的眼睛看着我——她圈在发黑的眼眶中间的一双眼睛，竟晶晶莹莹含着泪水，闪动着一种女性温柔怜爱和同情的目光。好像她发现了我这个“笨蛋”也有什么值得疼爱之处似的。

啊！我多么幸福！

两医生

一

钟敲十一点，深夜来临。

夜是大千世界的休息时。它使纷杂、紧张和激动的万物得到充足的缓冲，并在这日日一次的缓冲中，补足能量，以便在白天到来时更加充沛、昂奋和淋漓尽致地发挥。于是，此间一切事物啦、声音啦、灰尘啦，乃至思绪和气温都沉歇下来。

有人说，白天是感性的，黑夜是理性的。这话并不对。因为在白天，人与人的接触里，理智、心术、计谋、韬略，常常打败感情，扼制感情，封锁感情，致使这些真情只能在更深夜半时，才冒出头儿来，主宰人们的心灵；良知也会跑出来，检验自己白日的种种过失，触及埋藏心底的亏心事……当然，有人从不自省、不自悔，白天干的坏事都是夜里精心安排好的。这是另一种人，至少与此刻坐在屋里的两位医生毫无关系。

两位医生，胡医生和林医生，一对知己好友。林医生在胡医生家做客。这时候，桌上的杯水只剩下残根儿，烟碟里满是烟头和烟灰，在半明半暗的灯光里，弥漫烟雾的空气隐隐发白。两人闲扯了三个钟头，有用和没用的话都已扯尽，做客的林医生早该回去了，但他几次抬起屁股要走，都给主人一种莫名其妙的目光牵住，似乎主人有什么难言之隐，非吐不快，又很难张口。林医生等不及，站起身，才要说告退的话，胡医生忽然带着一股按捺不住的冲动，向林医生打了一个坚决又急切的手势，要他坐下来，一边说："我要告诉你一件事！"然后胡医生抓起桌上的杯子，把杯中残水倒进口中。他很激动。可是随即他垂下脑袋，脸埋进灯光的阴影里，满脸的皱纹顿时显得更深了。该是把心里的话捧出来的时候了。他讲了这么一件事——

二

"昨天我在门诊值班，将近中午，慢腾腾走来一个老头儿，坐在我面前就说：

"'我头晕得厉害，脖子发梗，右半边的胳膊和腿发麻。您说这是怎么回事？'

"这是个普普通通的老头儿。病历本上写着六十五岁，我问他看过病没有，他摇摇头。他黝黑的脑门都是紫色的指甲印。

"'这是怎么回事?'我问。

"'掐一掐还好受些。医生，您瞧——'他说着猫腰卷裤腿。

"他的动作好慢！一双颤抖的手，像卷一张质地变脆的旧画一样，先卷起外边的黑布裤腿，里边是条绿色的小方格的棉布衬裤。他卷衬裤时十分吃力，不得不直起腰喘几口气，脑袋只低下一会儿，脸已涨得通红。我伸手帮他撩起衬裤，露出的小腿像一块又粗又大的山芋，肿胀得可怕，一按一个深坑，半天不能消失。

"'俗话说，女怕肿脸，男怕肿腿。我这两条腿都像绑上沙袋子一般沉，抬不起来。'他面对我说，'您说这叫什么病?'

"我给他做了检查，血压200/130mmHg，心率51次/分，眼底检查，明显血管硬化。我问他:'有人陪你来吗?'他说没有。我便毫不犹豫地从桌上拿起一张脑血流的检查单。我怀疑这老头儿脑血流阻塞，担心他脑血栓。

"你是知道的，医院里有三种东西可以送人情：药房掌握的好药，领导掌握的好医生，医生手里掌握的有限的先进仪器的检查表。我们科里，每天每位医生只能分到一张脑血流检查单和两张X光照相通知单。不少医生把这单子扣在手里，留给亲友和用得着的人，拿它照顾相识和送人情，换取好处。因此，真正有病的人往往检查不了，没病的人反而能受此优惠，乐哈哈地去掉疑心病。你那里是儿童医院，可能这种事不多。不过，朋友，我是从来没有这么干过的。我一直都是无条件把它给了最需要的人。但只有昨天这一次例外，只有这一次……”

胡医生说到这里，急渴渴撕开烟盒，从中挖出一支烟卷塞进唇缝里点着。他贪婪地使劲儿吸了两口，不知此刻需要镇定一下，还是需要更加激动，才能把心里沉重的东西直了了地抛出来……

“就在我刚刚要给这老头儿填写脑血流检查单时，一个人站在我面前说：‘我来了！’我抬头看见一个目光明亮、面色红润的中年男人，朝我眯眼笑着。我马上认出他，并且就在认出他的一刹那，我填写检查单的笔尖停住了，心里立即迟疑和为难起来。

“原因很简单。我儿子今年毕业，工作分配好坏和这个人分不开。他是我儿子的副系主任，主管分配。虽然我儿子学习成绩不错，分配原则是依照表现、成绩和特长分配，不徇私情，但私情都在暗中，你明明知道也没法子说。因为私情可以凭借各种理由和名义，何况有权的人，相互心照不宣，互开方便之门。如果你想沾点儿权力的好处，就得设法接近有权的人，给他们点儿好处！唉，这就叫生活的逻辑吧！我儿子不少同学的家长托亲找友，与这系主任拉关系。儿子磨我出面去找他，我不认识他，又没干过这种事，很为难，但为了儿子的前途只好硬着头皮去干。谁知这位副系主任比我痛快得多。当他知道我是市总医院的脑系科主任，马上提出要到我们医院检查脑血流图。我以为他有脑病。他却说没有，也没有任何不适，只不过他有个邻居，身体挺棒，忽患脑溢血，猝然死去。有人说他这种又胖又壮的人也容易出现这种意外，他犯了疑心病，总嘀咕自己有什么隐患在身，要查脑血流图，反正是公费，不掏自己腰包，但一般医院没有这种仪器，看来他非要到我们医院来检查不可了。

“我问他有否高血压，胆固醇和三酸甘油酯高不高，他说刚刚查过，都很正常。我认为他根本没有检查脑血流图的必要。他执意要做。对于这种缺乏医学常识的恐病者，很难说服。何况我有事求他，不好推辞。在我们谈话中，关于我儿子工作分配问题，他回答得含含糊糊，模棱两可；但他向我提出检查脑血流的要求却十分肯定，好像命令，我必须服从。世道就是如此，在你请求别人帮助之前，一定要为对方卖卖力气，才好达到自己的目的。除非你无求于人，没困难，但你能永远碰不到必须求人的事吗？眼前，困难就逼迫着我。我顺从他，和颜悦色请他有空到我们医院来。

“谁想到我头一天找他，他转天就来了，而且偏偏是这个时候来了。我手里仅有一张单子，给谁？一个肯定有病，一个肯定没病；一个急需检查，一个根本不需要检查。但一个与我毫无关系，一个与我个人的关系重大，我怎么抉择？反正我不能硬叫这位请都请不来的副系主任回去。

“我……违心了，也违反了医生起码的原则。我在脑血流检查单上改填了没病的副系主任的姓名。当然我是盼望他在我儿子工作分配表上也这样填写。他接过单子时，给我一个满足又感谢的目光。这目光使我获得安慰。但是当我的目光转向面前的老头儿病痛的脸上时，有种受谴责似的感觉。我赶忙给老头儿开了一些软化血管和降血压的新药，然后竟不知不觉把老头儿送出诊室。我还是头一次送病人走出诊室的。我看着老头儿微微摇晃身子，踩着蹒跚而颤巍巍的步子走去的背影，忽然跑上去，对老头儿说：

"'您如果吃了药，明天还感觉不好，再来找我。我给您做做脑血流检查。'

"老头儿用他无神的灰淡的眼睛望了望我，神情莫名其妙，显然他不明白什么是脑血流图，对他有什么必要。然后他说'是，是！'就走了，却给我留下一种愈来愈沉重的不安。这不安里好像有什么不祥的预感。不知这预感来自这老头儿没有进一步查明的病，还是我自己某种心理作用。午饭时我吃的什么，现在都忘了，心里七上八下。朋友，你别以为预感是神经过敏的人胡思乱想，有些事发生之前还真能有所感觉……

"当天下午四时，我有事去急诊室，刚要进门，就见从屋里推出一辆小车，车上躺着的人，从头到脚蒙盖着一床白布单。一个农村打扮的年轻妇女和两个中年男人一边推着车，一边抹脸擦泪。一个生命无可挽回地结束了，这是急诊室里常见的事，也是咱们医生司空见惯的事。但这车从我身边推过时，我发现没有盖严的白布单，露出死者的裤腿，这裤腿我见过——黑外裤里边一条绿色小方格的衬裤，还裸露出一点儿腿部，失去血色的皮肉是肿胀的。我一怔！一惊！我几乎叫出声来！这不就是上午叫我违心地送走——虚伪地打发走的那个老头儿吗？我忽然不能自控，行动简直不是一个医生了。我跑进——我简直是闯进急诊室问护士，这死者死于什么病？护士说，急性脑栓塞。我中午哪里是什么预感，分明是早已料到的最坏的结果呀！如果他上午做了脑血流图，发现有明显阻塞现象，立即可以送到观察室观察，再严重可以住院，那么老头儿就大有可能免于一死。到底是谁造成的老头儿的死亡？我呵！我呵！难道儿子的前途，好工作，托人情，送人情——这些理由就可换取别人的生命？难道陌生人的生命在我这个医生手里就如此无足轻重？一条命！一条命！谁能使这条命死而复生？我究竟干了些什么事？

"我的心被一阵近乎发狂的悔恨情绪填满了，别的任何想法都没了，任凭两条腿无目的地从急诊室走出来。我穿过走廊，茫然地走到院里，好像去寻找被我的谬误而毁掉的那老头儿的生命。人死了，生命如烟消云散，哪里去找？就在这时，眼前有人说话：

"'可找到您啦！'

"我一惊。我的意识仿佛停顿一下才认出，面前站着我儿子的副系主任。他笑容满面地把一张单子递给我说：

"'我刚去诊室，没找着您。我查过脑血流了，单子上写着正常。我还不大放心，请您仔细看看，合格不合格，还得专家鉴定呢，嘿，嘿……'

"我鉴定什么呢？明明白白，一张绝对正常的脑血流图！它早在我估计之中，在他没有做检查之前，这张图就清晰地出现在我的脑袋里了。此刻它只能更增添我心中的懊悔，同时对这位由于掌握着别人前途、大权在握而事事能够随心所欲的副系主任，对他这张轻松快活、气色极好的胖脸，我产生一种难以抑制的厌恶心情。我一切都顾不得了，把脑血流图往他手里一塞，气冲冲说一句：‘你死不了！’转身就走了。当然这一下不但把我对他的好处全抹去，反而重重得罪了他，把儿子的事搞坏，坏就坏吧！我巴不得事情砸锅，好严厉地惩罚我……

“就这么一件事。为了这件事我昨日一夜都不曾合眼，一闭眼就是那老头儿，那条绿色小方格的衬裤，那浮肿的腿，那盖着白布单的人形。今天我没去上班，现在也没睡意，心里像铸满了铅，沉哪！但不敢对我爱人讲，反而现在对你讲了。告诉我，你听了之后怎么想。你怎么想就怎么说，你可以埋怨我，斥责我，骂我。狠狠打我一顿才痛快呢！当然你更会因此看不起我……你说呀！”

三

胡医生说完这件心事，林医生并没应声。

在灯光的笼罩里，两人都陷入沉默。胡医生垂着头，额前的长发滑落下来，挡住脸。他像一块雨后的云，一通电闪雷鸣发泄过后，松弛无力。林医生不断地吸烟吐烟，一阵阵烟雾把他的面孔遮盖得忽隐忽现，两只手下意识地撕弄着一个空烟盒，不知他在想什么。胡医生忍受不了这沉默，他恳求似的说：

“你为什么不说话？我需要你说话！老林。”

他等着，林医生仍旧没言语。胡医生皱起眉头，心情难过起来。难过的心情又勾起许多话。但他这些话不像刚才那么冲动，显然是经过思考的言语，声音也冷静和平稳了。

“起初，我极力安慰自己。我对自己说，这是一次例外和意外，一次偶然和巧合。即便我给那老头儿检查了脑血流，反映出一些问题，也不能保住老头儿的生命。老头儿的脑动脉严重硬化是不可逆的，急性脑栓塞防不胜防。再说，我也绝不是那种草菅人命、丧失医德的医生。但是，我……我难道很好吗？很有理吗？一个有医德的医生在病人安危和自己个人利益的天平上，难道可以不顾病人的安危而去攫取私利？尽管老头儿的死也有一定的偶然性，但医生的岗位不就是守在生死之间，他的天职不就是设法消除各种威胁人们健康和生命的危险因素？我这些想法，不是想办法开脱自己吗？这岂不更可耻？我一直把自己驳得一点儿道理也没有了。最后自己完全成了一个伤人害命、听候宣判的罪人。是的，我是罪人！杀人有罪；对于医生来说，耽误掉别人生命同样有罪……可是我跟着感到茫然了。我有罪却无人审判。我们的法律是不完善的吗？不。我现在才懂得——在法律之外还有一条严格的法律，法庭之外还有一个同样庄严的法庭。它在我们心中。这条法律就是处世为人的道德标准，这个法庭有人叫作‘道德法庭’。在这个法庭中，道德标准就是不可违犯和触犯的法律，自己是法官，又是被告。自己要经常用这条法律检查、衡量和审判自己。可是我怎么五十多岁才懂得这个道理？如果人人都在自己心中建起这座‘道德法庭’，世界会变得多好！这道理虽好，但对我似乎迟了一些。我宣判自己有罪，误人致死，罪孽虽大，却无法惩罚自己……”

胡医生的话，给自己深深又极度的痛苦打断了。然而林医生仍然不吭一声。他已经不再抽烟了，面孔清楚一些，脸上的表情竟有些反常，目光凝滞地盯着一只空杯子；桌上的空烟盒已经被他撕成一堆碎片。

“你怎么不出声？”胡医生对朋友这种冷淡的反应再也不能忍耐，“你知道，我现在并不需要你的安慰，我要你严厉的谴责！你不必给我留面子。我之所以把这件事讲给你听，早已把那张虚伪而没用的面子撕去了。我要在至爱亲朋们的斥责中，洗涤灵魂，做一个再不受歉疚和悔恨折磨的真正的人！”他又冲动起来。一双眼睛，闪着率真而又急切的光芒，直望坐在对面的林医生。

林医生忽然猛站起来，扭过身，背着脸摘下眼镜，抬手抹一下眼睛，只嗫嚅两个字“我，我……”，就像醉汉一样，跌跌撞撞冲出门而去。

胡医生给这骤然的变化弄呆了。他想，林医生这是怎么了？

在两个问号之间

人生中有许多问题是永远也解不开的方程式。

一　卓乃丽

一块低沉沉的黑云飘到头上，随着湿润润的风，早春的细雨洒下来。我暗自庆幸，刚好找到她的家。

这是个临街的小门，单扇的；上边的油漆剥落殆尽，净是一条条长长的干裂的口子。毫不起眼的破门小户，难道她就在这儿？

我敲了两次门，每次三下，里边有响动，就是没人来开门。雨催逼着我快些叫开门，我刚刚举起弯曲的食指，忽然“哗啦”一声门开了，堵着门口站着一个形容消瘦的年轻女人，一张发黄却五官端正的面孔绷得像一块又平又硬的木板，还气哼哼的。莫非我的敲门声和猝然来访打扰了她？不，恐怕并非完全是这个缘故。因为她那双黑亮亮的大眼睛正在警觉而又严厉地上下打量着我。好像我身上有什么不利于她的因素。可是我的行装再平常不过——一身普普通通的蓝布制服，旧布鞋，除去胳膊间夹着一个黑色的人造革的公事包外，再没什么别的了。但她的目光就落在这公事包上，停了一瞬，然后仰起脸朝我，略带一些傲气，很生硬地说：“我不认识你。”这完全不是对一位陌生来客应该说的话。

“我却是找你来的！你是卓乃丽吧？”我很冷静，又很冷淡，以表示对她不礼貌态度的反感。

“什么事？”她依旧那样神气，并堵着门口，丝毫没有让我进屋去的意思。

雨沙沙地落在我的帽顶和双肩上，她居然这么不动声色地看着我挨淋，我有些恼怒了：“我是马鞍县人民法院的，为了你的离婚案特意来的！”假如我不是公职在身，而是私访，我会挖苦她两句然后掉头就走。

她听了我的话，脸上竟做出一副奇怪得有些滑稽的表情，说不清是嘲弄、是讥讽、是无可奈何，还是别的什么意思。然后一扭身往屋里走去，随口说了一句：“那就进来吧！”门口让开，我随她走了进去。

“坐吧！”她说，但并不说叫我坐在哪里，就去整理她床上揉成一团的被子。我见屋中间一张小桌旁有把高背的旧椅子，就坐下了。她却干她的事，也不搭理我，好像屋里只她一个人。此时，我便感到自己对于要办的事已经不像来时那样乐观了。

昨天下午，县法院的副院长找我，交给我一个据说是“十分棘手”的事——一桩离婚案。而这桩事在我们县里像什么稀奇的新闻一样，早被闹得无人不知，自然也不止一次传进我的耳朵里。这事不归我管，我知道得并不多。只知道八年前赵家屯公社大榆树大队来了一个女知识青年，没过一年就嫁给本队一个名叫赵锁柱的光棍。大榆树大队还把这桩亲事当作“知识青年扎根农村”的典型事例报到县里。当时我正在县里当文书，这份材料经过我的手，好像还在哪个报上报道过。此后，我随县里的一些干部到赵家屯公社修了三个月的水渠，听人说那女知青和赵锁柱的日子过得蛮好，还养了一对双胞胎，都是小子。我没见过这两口子，还真有点儿想看看大城市里的姑娘和乡壤间长大的小伙子过的是怎样一种生活。但半年前，忽听说那女知青突然提出要同赵锁柱离婚，而且一开口就像板上钉钉子，敲得死死的。赵锁柱不同意，那女知青就硬撇下赵锁柱和两个儿子，只身回城去了，一去四个月，再也不回来。似乎不管赵锁柱干不干，就这么长久地分开了。人们就议论开了。有的说那女知青，有的说赵锁柱，说好说坏，说是说非，什么脏话歹话都有。我向经办此案的老吕打听究竟，没料到老吕也说不清楚，看来他是赞成赵锁柱的。我问他为什么，他却说那女知青的道理听不明白，有些“词儿”也“古里古怪得弄不懂”，甚至“学说都学不上来”。并说自己肚子里墨水不多，对付不了那个“能说会道、胡搅蛮缠”的女知青。这个案子一直未得了结。谁想，昨天下午就落在我头上。副院长说我有口才，排难解纷最有办法，县法院里又唯有我一个大学毕业生，应付一个高中毕业的女知青绰绰有余。看来这事非我出头不可了。我答应下来，昨晚在心里做了一番安排:先得做些调查，按照法院对待离婚案的常规，除去情况特殊之外，一般是尽力说服双方言归于好，将要求离婚人的理由想方设法一一驳倒就是了。朋友不打不成交，夫妻不打不算好。世界上怎么会有解不开的疙瘩。何况同事们都说我一个舌头能顶上一个手指头呢！但我现在望着这年轻女人的背影，感觉像一扇锈死的大铁门，用寻常的力气是打不开的。

我点上一支烟，想使自己沉静下来，对这件将要着手的事摆出一副十分认真的架势，顺眼环视了这间小屋。这间不足十平方米的小屋，破旧、凌乱、简陋，除去两张单人小床和一个柜子，其余都是些破破烂烂、零七八碎的东西了。屋里有股浓浊湿涩的气味，也许是因为阴雨的天气里地面返潮？还是她刚刚起床不久，尚未开窗通风？那窗子也不过是个二尺多见方的小窗洞，装着铁栅，方向朝北，估计在晴天里阳光对于这间蹩脚的小屋也是吝啬的。屋里四角的东西看不清，杂乱地放在身旁小桌上的一堆书倒看得一清二楚。有海明威、罗曼·罗兰的小说，有卢梭的《忏悔录》，还有黑格尔的那本厚厚的《美学》，等等。有些书我上大学时读过，有些是不曾读过的，只知道那些著作家的赫赫大名。有人说，从一个人身边的书，可以找到通往他心底最绝妙的缝隙。但我顺着眼前这些艰涩难深、绝不是一般消闲解闷的书，便发觉这女人的心绝非浅薄,而是一口莫测的深井了。我还没同她谈话，仅仅是眼前这些书，这间小破屋，就把县里那些关于她“这女人在城里有外心”“她撇下丈夫孩子回城享清福去了”等似乎可信的议论，无声而悄悄地驳倒了。那么她——

“你有什么话就问吧——”卓乃丽的话打断我的思索。这时，见她已坐在归置齐整的床铺边上了。头发也像刚梳了几下，整齐些了。她的目光平静地直视着我。

不知为什么，我开头几句话显得不够老练，缺乏准备，甚至有点儿仓促而慌张——这是我从未有过的:“你们的离婚问题……是什么时候提出来的?”这句话其实完全没必要问。于是我马上遭到她不客气的反问:

“你那公文包里没记着吗?”

但她这句话，她这不近人情的神态和能言善辩的嘴巴，却把我的能力、好强和自负都刺激起来了。刚刚身上那些拘束和困惑的感觉一扫而空，一股挺身应战似的兴奋劲儿使我精神百倍。我像诗人忽然来了灵感那样，一句单刀直入的话来到唇边，我把话锋直冲着她说:

“我这次来主要是弄清楚你提出离婚的理由。你以前提出的那些理由只对你自己讲得通，对第二个人——尤其是对赵锁柱就讲不通。因此也不容易被法院所准许。”

谁知我这几句话对她竟发生如此强烈的效力。她像给一根粗粗的针狠刺一下，登时霍地站起身来，脸涨得通红，但她没有对我大发雷霆，只是瞠目看着我。随后，她的表情变得相当高傲，那张发黄而端正的脸一歪，对我嘲笑地说：

“哼！你刚进来时，我冷淡了你，心里还觉得有些过意不去呢！现在我倒很相信自己的推测，你们全是一个模子扣出来的。我想问一问，你们那里有没有人懂得人需要精神生活和感情生活，夫妻之间起码需要共同语言？难道你们的职责就是维系着一个个建立起来的家庭不破裂，而不去理会这个家庭的基础是痛苦还是幸福？你们嘴里的唾液就像黏合剂一样，只有把破裂的家庭黏合在一起才是你们的职能？可惜，我不是鸟儿，不是田鼠，不是低级动物。是人！人需要精神生活与感情生活，而且人的最高的生活权利，就是按照自己对生活的理解来决定自己的生活，它和人的肉体一样不容侵犯。至于离婚，那是我个人的事，我不管我的理由别人懂不懂！”

噢，听了她这一番被激怒而倾述出来的话，我初步理解了她离婚的根由，并联想到这些话在原先经办此案的老吕的耳朵里当然是莫名其妙的。我想，下面的工作是进一步了解她的想法，而且我知道，对于这样一个性格的女子，必须故意站在她对方，刺激她多说，才能更深地了解她。

“你说离婚是你个人的事，这句话只对了一半，因为所谓‘离婚’，总有个对方，就是赵锁柱。对于法律来说，只有离婚双方同意，达成协议，才能被法律承认。如果赵锁柱不同意，我们不能强迫他。这一点是法律，也是常规，你总该明白吧？”

她听了，似乎冷静下来一些，咬了一下嘴唇轻轻说了一声：“明白。”随后，她再次又恼火又冲动，手一摆说，“他是无法理解我的离婚理由的。也许正因为这个，我更坚持离婚……我，我有自己的办法。如果法院不准我们离婚，我会在不触犯法律的情况下，达到自己的目的。”

“你怎么做？”

“那是我的事。我有支配自己命运的权利！”

“难道你……”

“嘿！”她冷冷笑了一下说，“你放心，我不会轻生的。如果我有这个意思也不会对你表示出来的，那不是用‘死’来威胁政府机关了？再说，我爱生活，对生活充满信心，也很自信。我离婚也正是为了更好地生活。”

“那么你想怎么做？！”

她瞅了我一眼，说：

“我永远不再回到赵锁柱那里去，一直在这儿待下去。”

“那你怎么生活？”

“我问你，什么是生活？生活驾驭人，还是人驾驭生活？如果有两种生活：一个是自由自在、依照自己的志趣安排每天的二十四小时；一个是整天跟毫无共同之处的所谓的‘爱人’吃饭、忙家务、睡觉，你选择哪种？”

“你……你这么下去，要到哪一天？”

“直到老，到死；或者社会进步了，人的一切受到应有的尊重；精神生活变得不是可有可无的，人们认识到它的价值，承认它在夫妻之间是第一位的；你们这些办理离婚案的人也都不是循规守旧的和事佬，我的状况或许会得到改变，但我不抱希望。”

“你可真爽直！”我说，“你认为我们没有头脑，不会思索，什么都不懂吗？”

“不，我的理由并非什么高深的道理。你们的脑袋里也不乏思维的成果，不乏见地，但你们办起事来就不依靠自己的大脑，而是依赖条文、成规，还有传统的概念。传统就是正统；正统就是天经地义、不可违背的。你们早已习惯成自然，从来就不去验证一下那些传统的概念是否合乎人情事理，而是硬要把生活扭曲了，装进那一个个固定不变的套子里去！”

“如果我个人认为你的话也不无道理呢？”我突然问她。我也不知道为什么会说出这样的话。但我说这句话时似乎有些冲动，是不是给这女人颇有些真知灼见的话打动了？

她听到我的问话，微微一怔，开始用一种郑重和认真的神情打量我，仿佛在分辨我是怎样一个人。刚才眼里射出的恼怒、昂愤、过激、咄咄逼人的光芒，好像水面上强烈的反光，一下子掠去了。只剩下一双幽幽深潭般的眼睛，陷在她凹进去的发黑的眼窝里，异常冷静，上边好似还罩着一层淡淡的寒雾。她慎重又好奇地注视着我。一瞬间，我明白地感到坐在我对面这年轻的女人有着沉重的心事。凡是性情乖僻的人，大都是由非凡的经历和特异的环境塑造成的；有如一件破损了的古物，其间必然经历过许多不为人知的磨难……

我忽觉手指热辣辣的，原来烟卷已经烧到了根儿。我扔了烟头，重新点上一支烟，抽了两口，把话题转到更关键的地方：

"我们暂且不议论你的理由。我很想知道，你这些想法是早在同赵锁柱结婚之前就有了，还是以后才有的。"

她停顿一下，说：

"当然是以后。因为任何结论性的想法都产生在事情发生过后。"

"你与他结合之前难道不了解他？"

"不了解。"

"什么？你们没交过朋友？没谈过话？"

"几乎没有。不仅婚前，直到现在。七年吧！"

"为什么？你们吵过架？"

"不，从来没吵过架。有时我倒想和他吵吵架，因为我寂寞得难受。但偏偏他脾气很好。一句话可以对你讲明，我们没话可说。想想吧！如果让你和一个跟哑巴差不多、只知道下地干活的人共同生活一辈子，你受得了吗？"

“那你为什么要嫁给他？你又不是被迫的！”

“不，我是被迫的。”她的声音低沉，口气却肯定。

这使我十分惊讶：

“谁强迫你的？”

“我。自己强迫自己。”她说。

她的话愈来愈使我惊奇莫解。如果单听她这句话，会以为她在故弄玄虚，但她的表情却告诉我，这句话后边隐藏着难言的沉重的内容。她一会儿埋下头去，好像有一块沉甸甸的石头压在后颈上，半天抬不起来，只能看见她蹙紧的眉头；过一会儿，她又仰起头来，绷紧嘴唇，眼里放出硬充强者那样狠巴巴的光来。仿佛只有这样，才能甩开缠绕在心上的痛苦的绳索。

“你为什么强迫自己？”我说，“我看得出，即使七八年前你也是个有主见的姑娘。是不是因为当时家庭、社会，或者你自己的处境所迫？我明白，有时外界的压力是不可能抗拒的，尤其是看不到希望时，只能屈从生活强加给你的……我说得对吗？”

显然我的话深进到她的心里，拨响了她心底的弦。每人心底都潜藏着一根弦，轻易触不到，长久默不作声，但一旦碰响了它，就会颤动不已地发出真正的心声……我留意到，她的眉毛轻轻地下意识地一扬一扬，嘴角时而微微抽动一下；她的一只手无意识地在床单上划来划去——这便是她内心翻腾的情绪流露在外的征兆了；她直怔怔望着我的目光也再没有一丝一毫的生硬、警惕和轻蔑的神气了。我感觉她好像要对我说什么更深一层的话了。

“是的。我可以告诉你当时的情况。因为我看得出，你不像你的同事——那个来找我几次的姓吕的——那么愚蠢。我嘛——唉，简单地说吧！从小就死了母亲，我是独生女，一直与父亲相依为命。父亲是搞‘冷冻’设备的。首都体育馆的人造冰场就是我父亲参加设计的。那时的生活自然挺不错，不过，这都是过去的事了，跟一场美梦差不多。紧接着的是比噩梦还可怕的现实。七一年，父亲因为叔叔的问题，受到牵连，给抓起来。我的家被抄了，家里的东西被我父亲单位里的一些人作为‘查抄物资’分得一干二净。我被赶进这间小屋，每月八块钱的生活费，那年我刚好高中毕业，学校和街道居委会天天来逼我下乡。我去找姑妈。她再三鼓动我下乡，大概她怕我沾上她。我姑父家的一个远亲在大榆树大队当会计。他们就通过这个会计把我送到乡下。这地方离城里不远，总比那些到天涯海角去安身的知青强。我还得感谢我那姑父和姑妈呢！哼！可是好事总与我无缘，倒霉的事却常常和我碰面。我在乡下干了一年多就得了肾盂肾炎，腰疼得直不起来，下不了地。生产队又没轻活，队上只要给我找点儿轻活就会招来别人的闲话——这些乡下的事你会比我更清楚。我回城来又找我姑妈。人的自私往往最可利用。她怕我沾上她，就会为我加倍地卖力气。他们办得可好，很快就给我找了一条出路——就是托我姑父那个当会计的远亲，在队里给我找一个丈夫！”

“赵锁柱吗？”

“对，我在队里生活这半年，常常见到这个人。比我大八岁，个子高一头，长得很壮实，浑身都是力气。但我除了看他在地里从早到黑不停地干活之外，不知他怎么生活的。我只听说他是条单身汉，二十岁死了爹娘，没有兄弟姐妹。由于他小时候摔过一跤，脑门留下一道疤，村里人说他破了相，一直说不上媳妇——我听说是他就答应嫁给他。”

“你们经人介绍后也没好好谈谈？”我插问。

“没什么好谈的。也没什么可谈的。我没有别的出路。一个人到了那个地步，有条路，不管通不通，也得走下去。我那姑妈、姑父又再三劝我嫁给他。说他已经答应了，结了婚，不叫我下地。我的户口在农村，回不来，又有病……你要问我当时到底怎么想的，我也不好说。反正我总得活着吧！他要娶我，我肯嫁他，然后我往他家一住，就算成了亲，多么简单！”她说着，嘴角露出一丝讥讽的冷笑，好像讥笑自己。

“就这样嫁给他，你不觉得有些轻率？”

“那个时代，人的生命如草芥一般，别的事还谈得上什么轻率不轻率。别忘了，我是一个‘反革命子女’，他出身贫农，大概反而会有人认为他娶我才是轻率的呢！”她说到这里沉吟片刻，声音降了半度似的低沉下来，“你知道，我答应嫁给他的前一天，哭了整整一夜。我心里很清楚，如果我嫁给这样一个人，我曾经对生活美好的幻想、我的志向、我的追求，等等，一切全完了。只剩下一个四肢活动的躯体，跳动着的心脏，为了填饱肚子而每天张开三次的嘴巴。但现实是霸道的，它逼迫你抛开自己的一切去服从它。我那时毕竟年轻，简单，没办法，有软弱的一面，只好乖乖地服从了。因为这个男人能叫我活下来，除此我再没别的出路。

“我感激他可以用别的方式，难道必须像赎身那样跟随他一辈子？”

“你们在一起生活了七年，能说没感情吗？”

“人的感情是多种多样的。严格地说，虽然我们共同生活了七年，却不存在夫妻应有的那种感情。他不叫我下地干活，人很老实，能吃苦，是个好人。他养活了我和两个孩子；我呢？给他做做饭，缝棉衣，照看家里。这只能说我们之间互相照顾得很好，但这谈不上我喜欢他，更谈不上爱他，自然也谈不上我们之间存在着夫妻感情。因为我与他在精神上格格不入。我们只像两个星球一样，各按各的轨道运行，谁也不犯谁，但互相是沉默的，毫无共同的相通之处。我的全部精神生活，就是到城市里探亲时，找老同学借几本旧书带回去看看。一旦有了想法，只能把自己分作两个人，自己对自己谈。有时，在村里看电影回来，对他谈谈感受他也不懂。我要认真对他谈起来，他最多只会皱着眉头说两个字：‘啥呀！’他没上过学，会写的字超不过一百个。当然这并不能说他不好，没有文化并不是一个人的过错，但与我共同生活就不合适。或许他以为这种日子过得挺好，但我受不了！我以为，夫妻不合适，可以各择其路，为什么偏偏要硬凑在一起？像一根线拴两个蚂蚱，死了也拴得结结实实的。你那位姓吕的同事说我的离婚理由‘不能成其为理由’。我又惊奇，又气愤。我问他到底什么理由能‘成其为理由’？为什么夫妻一方没有生育能力就可以离婚？难道夫妻生活就是温饱加上养活孩子？”

她提到“孩子”，我禁不住问：

“如果你们真的离婚了，孩子就不能生活在自己的亲生父母的身边。你是否想过，这对孩子的身心成长以至性格的形成都会有影响？”

她听了我这话，沉吟良久。谁想到这位口齿伶俐、颇有主见的女人一下子变得踌躇和犹豫了。可是她像黯淡下来的烛火突然爆了一下火花，重新闪出光焰，她说出了溢满决心的话：

“同志。你的问题好厉害！孩子的哭声会使走投无路、决意投河的母亲回过身来。母子的感情是切不断的最坚韧的绳索。但这一切我早都想过了。因为对于我，这绳索是锁链，会一辈子牢牢把我拴在赵锁柱身边。我下了决心。孩子归他归我，一人一个，怎么都成。决心不可能再变。我年轻时曾经有过的怯弱、顺从、害怕孤独、依赖性等这些弱点，已经叫我吃尽苦头。现在应当结束了，而且只有我的决心才能使它结束。至于你——同志，如果你是了解情况来的，我的话已经说完。如果你是来做什么调解说服工作的，就请你不要再抱任何能够见到成效的希望。我没话可说了！”

“我想再问你一句。据我所知，你父亲已经落实政策了。你不怕有人说，你离婚是要甩掉农村的乡巴佬，回城追求享受？”

她一听这话，可有点儿动火，手指向四下一扫，说：

“哈！那就请大队、公社和县里派个参观团来看吧！我就这间小屋。原来的房子住了人，成了既成事实，搬不回去了。我家是落实了，发还的家具东西就剩这些！我爸爸没钱，只落了一身病。人过六十，落实了也就退休了。至于人们再怎么想、怎么猜、怎么说，就由他们说去好了。在人们的闲话里，大概没有一个完美的人，总是更坏一些，而不是更好一些。弱者会在闲话里畏首畏尾，最后被搞得神经衰弱。我不管他们怎么说，因为那是他们吃饭后信口说的。谁都知道，议论一个普通的人是不负法律责任的。”

于是，我们沉默下来。说实话，刚刚这一番谈话，是我来时不曾料到，没有任何准备，又似乎是难以驳倒的。我再点上一支烟，想理一理自己纷乱一团的思绪时，她正呆怔怔瞧着窗外。外边的雨比刚才紧了一些，密密地细细沙沙有声了，而且听到屋外什么地方有沉重的滴水声。不知由于天亮了些，还是我的眼睛已经适应了屋里的光线，此刻小屋内的一切都历历在目，得以细细端看：她的小床前放了一张方木凳，代替床头柜，堆满了书报杂志，上边还散乱地放着不少张写满字的纸，有的掉落到凳子后边去。凳子腿旁遗落了一支廉价的、没有笔帽的圆珠笔。小屋只有一盏灯，从屋顶中央垂吊下来；一根长长的灯绳是用麻绳和塑料条接起来的，由屋顶直扯到她的床边，末端拴在床背的栏杆柱上。其余的便是破箱子啦、柳条包啦、纸盒子啦……一堆竹竿、木条、烟囱和杂七杂八的东西竖在屋门后。屋里像样的东西唯有一件老式的五屉柜，也蒙着一层尘埃，上边放着一个竹壳暖瓶；玻璃杯里隔夜的剩茶根儿变成焦黄颜色；还有一块吃剩下的面包头摊在半张信纸上。四壁空空，没有一样装饰物，没有画儿，只有满墙剥落的墙皮和大大小小的钉子眼儿；还有一个打卷儿了的蝇拍挂在秃壁上，大概自去年秋天蝇蚊绝迹后一直挂在那里的。墙下半边糊了一圈报纸，想是为了隔潮，却早浸染上一圈圈发黄的湿渍……处处显得拮据、清贫、狼狈、无精打采，这里便包含着她目前生活面貌的全部内容了吧！难道在这里她生活得反而更自在、更快活、更温暖、更幸福？在凡人的眼里，一个向往着自己的精神目标的人的生活往往是不可思议的。她撇下自己的亲生骨肉，却在这一方天地中为了某种追求而甘于寂寞，情愿吃苦，这就不觉引起我的同情，或者毋宁说是一种敬重了。但她能永远这样生活下去吗？我禁不住问她：

“你就永远这样生活下去？你如果真离了婚，你对自己的将来有没有什么设想？”

她回答得倒挺爽直：

“‘女人终究得找一个丈夫。’——这可能就是你想说而没说出来的吧！谢谢你的关心。在以后的生活中我可能碰到一个理想中的知己，结为朋友，或成为夫妻。但如果碰不到，我宁愿独身。不会再找一个李锁柱、王锁柱、张锁柱什么的，自讨苦吃了。一个人找不到知己，找不到爱情，找不到自己所爱的人，不如独身。为什么男人可以自由自在地做单身汉，女人独身就要受到非议？比如我，我可以找个工作，自己养活自己，业余时间可以上夜校，可以自学，有许多事可以做，有什么不好？我不会像现在有些女孩子为了贪图享受，去嫁给一个有房子、有钱、有彩色电视，而唯独无话可说的男人。我只想有一个言语能够相通，感情能够交融的伙伴。当然这一切必须有个前提，就是与赵锁柱离婚！”

“你所说的这样的人也许能找到，或许根本找不到。依我的生活经验，现实是不依顺于人的想象的。你现在自恃年轻，有股冲动的劲儿，可以靠着幻想生活一段时间，好像风筝被风吹得高高的，但风筝不可能总在天上。现实常常与你的幻想相反，而且它有无限的威力，迫使你依照它的逻辑办事，并叫一个个违反它逻辑的人碰了壁。”我说。我认为我的话中有不可反驳的真理。

她听了却淡淡一笑，说：

“感谢你这番教导。但我觉得，我的可贵之处，就是我还不那么‘实际’。人的精神没有想象，就会像沙漠那样索然无味；一个人过于实际，他生活的天地便仅仅是视野内那一点点儿现存的地盘而已！”

说到这里，我突然觉得自己无话可说。在这个有着一整套成熟的条理、清晰的见解的女人面前，我那素来被人称道又颇为自诩的三寸不烂之舌，此刻似乎变得短了、薄了、软弱无力，好像一片发蔫的叶子，没有生气地含在嘴里。尽管我还没来得及细细揣摩她讲的一切，辨清此中的是非，但我承认，我已经被她的道理折服了。她的道理像一把尖刀，刺进我那些早已成形的、固化了的、似乎天经地义的成见中。这些成见还没有拿出来，就在自己的口中粉碎了，更提不到对她有任何说服力，倒是她把我说服了。是啊！像她这样，敢于面对自己，不惜牺牲自己现成的一切，宁肯叫自己暂时陷于困难的境地，不顾世人的飞短流长，大胆地追求理想中的生活，我为什么还要说服她，让她的后半生在过去所遗留的社会悲剧里，一直到死充当一个活着的悲剧演员，整天咀嚼昨天的苦果？难道我的职责，就是说服她听从生活对她的不公平的、甚至是荒谬的安排？不，我不能那样做……

我站起身说：

“我该回去了。现在正巧十点钟，有一班回去的汽车。”

她看看我，没说什么。她拿张纸给她爸爸留一个条子，然后从门后拿起一把天蓝色塑料雨伞，对我说：

“我送你走。”

“不，不，不用了。”

“不！外边雨大。车站离这儿并不远。”

她执意要送我。看得出，她是那种固执而心地不错的女人。

开开门，外边的雨真不小，我没带雨具，也就不再客气了。

我俩走出来，她把张开的雨伞半举在我们头上。一路只听密雨纷纷落在雨伞塑料布上的均匀而不间断的声音，我俩都没说话。到了车站，我买了票，将上车时，我问她：

“你有什么事要我帮助吗？”

她对我这句非公事的问话，先是惊奇地一扬眉毛，随后她的眼睛流露出一种受感动的目光——这是我们两个小时来的接触中我头一次见到的。这样便一改刚才谈话中她留给我的生硬的、孤傲的、强者的印象，而显出了女性本身的那种特有的感觉。她犹豫片刻，竟用一种恳求的口吻，吞吞吐吐，一字一字地对我说：

“我希望您，别叫我再回到过去了！”

听她这句话，想到她年纪轻轻，不平凡的遭际，忽觉一股火热的激动情感填满自己胸膛。我禁不住脱口而出：

“我会帮助你的。”

“谢谢。”她低着头，低声说。声音是恳切的、由衷的、被感动的。我完全听得出来。

车喇叭响了。快开车了。我从她举起的雨伞下面钻进车门。这当儿，我无意间瞥见她右边的肩膀被雨水打得湿淋淋的。原来她一路上为了我不被淋湿，尽量把伞举向我这边……

“你快回去吧！”我说，一边摆手叫她快走。

我在车上找到座位，见她仍然没动，也没对我招手。在蒙蒙的雨雾里分明看见她那种痴呆呆的目光。车很快就开了，不知为什么，她还是直条条站在那里一动不动。车走动起来，我和她的距离愈来愈大。透过雨水“唰唰”流下的车窗玻璃,只能看见一块淡蓝色渐渐变得模糊，那是她的雨伞。

我被深深感动了。我想，我应当想办法去说服赵锁柱和她离婚。但我怎么去说服赵锁柱？我从来还没见过这个人！

二　赵锁柱

转天一早，我就骑车奔往赵家屯公社的大榆树大队。

这趟路可不算近，也不好走。昨日淋湿的路面，给一夜春寒冻得又硬又滑。我又忘记戴手套，手冷得攥不住车把。再说这种弯弯曲曲累人的乡间土道，在雨天里被沉甸甸的大车轧起一条条棱子，过后又凝结住了，骑车走在上面最危险，我有好几次前轱辘陷进土棱子缝里，差点儿摔得人仰马翻。

进了大榆树大队，找到了赵锁柱家。从他家那用石块和土坯垒成的矮墙上望进去，可以看到一连三间青瓦顶子的规规整整的北房，窗玻璃闪闪发光。院里扫得干干净净，笼罩着墙里墙外几株尚未发芽的大榆树的树影。此刻院里、屋顶、树上，落着一大群麻雀，正吱吱喳喳叫得热闹，反而使这院落显得分外清爽和宁静。我一推开眼前一扇荆条、木杆和粗铁丝编扎的小门，鸟儿“呼啦”一下全都飞跑了。我进了院子，把车子靠在墙边，一边往里走，一边叫着：

“锁柱同志在家吗？”

没人应答。我走到屋门前才发现两扇木板门中间穿挂着一条链子，上了锁头，中间露出一条门缝。他没在家？我扒着门缝往里张望一下，竟使我吃了一惊。我想，任何人见了这情景也会吃惊的。这屋里迎面是张四条腿的八仙桌，对角的两条粗桌腿上竟用麻绳各拴着一个娃娃。显然这就是卓乃丽和赵锁柱的双胞胎儿子！我把嘴对着门缝刚要朝里边喊话，问问他们的爹到哪儿去了，却又停住口。因为我发现这两个娃娃都睡着了。一个倚着桌腿，两条小腿儿曲着，膝盖儿架住垂下来的脑袋；另一个斜卧在地上，面朝着从窗子射进去的暖烘烘的阳光，小脸儿上分明带着哭过和抹过而留下的花花的泪渍。他俩睡得正香甜哪！斜卧在地的这个娃娃打着轻匀的鼾声，从嘴角流淌下来的一道涎水，给阳光照得像蛛丝一样亮。在他们周围乱七八糟地放着盛粥的小碗、小勺、饽饽、山芋、撕碎的纸片和涂得红绿色、一吹就响的小泥猴。这是赵锁柱给孩子们预备的，显然他走了半天，孩子们吃了、玩了、哭了、累了、都睡了……我心里暗暗一揪。虽然我还没见赵锁柱，但眼前的景象已经告诉我他过的是一种什么日子。

我转身刚要去找赵锁柱，只听身后的院门“吱呀”一声。扭头一看，门外走进一个大汉，肩扛着重重一袋粮食。这袋粮食遮住他的面孔。他直朝我这边走来，步子稳健，显得很有力气。

“您就是赵锁柱同志吧？”我问。

他听见我的声音，随即把肩上的重袋子轻轻撂在地上。噢，多魁梧壮实的汉子！高高的个子，厚厚的大手，一身夹棉衣裤也遮盖不住全身肌肉隆起的壮美的形体。他的容貌虽然与英俊无关，不大的微微吊梢的长眼睛，神情有些呆板，方方一张大脸盘上找不到一点儿聪慧伶俐的影子，而且在额头上有一道又长又深的疤痕，但他却有一股憨朴厚实的气息。在北方单调而平静的田野间，人影寥落的村道上，不出名的小火车站的候车室里，经常可以见到这样的农民，就像柳树一样平常。他们好穿黑布衣服，腰间扎一根粗布带子，夏天里大都剃短平头，不爱说话，却很少空着手。不是干点儿什么，就是背着扛着什么重重的东西。他们那憨直的脾气和个性几乎一眼就能看得出来。任何机灵的目光、优雅的风度、文气的举止出现在他们身上，都会显得不调和而马上破坏了他们所特有的气质、破坏了他们固有的美和完整感似的。此刻，他没戴帽子，大概扛着这袋粮食走了不短的路，一缕缕热气从他那又黑又短的头发楂子里冒出来，汗津津的额头闪着光亮。

“俺就是赵锁柱。啥事？”他说。一边拍打肩头上的白色的粉末和碎屑。

我介绍了自己的身份。他什么话也没说，只略略皱皱眉头，就提起粮袋，招呼我进屋去坐。当他从腰间掏出钥匙打开门上的锁链时，里边忽然发出一阵哭声。显然是开动锁链的声音吵醒了孩子们。受了委屈的孩子都是用哭来欢迎亲人的。

我俩进了屋，屋里倒是暖烘烘的。赵锁柱叫我上炕去坐。一边忙去解开那捆缚孩子的绳子。放开的孩子就像开笼放出来的小鸡那样快活，又蹦又跳，满屋乱跑。赵锁柱弯腰从灶眼里掏出一块烤得冒着热烟儿的山芋，掰成两半，一个孩子一半，然后说：

“去，当院玩去吧！”

两个模样几乎一样的孩子，用同样胖胖而污黑的小手捧着山芋，带着泪花的小脸儿美滋滋地笑着，随后便一前一后欢叫着跑了出去。那八仙桌的两条桌腿上还都拖着一根不太长的麻绳。

赵锁柱给我斟满热水，也从灶眼儿掏出几块烤熟了的热山芋捧给我吃。在北方农民的家里，主人都是直来直去的，不会客套，实心眼儿，用不着推推让让，说许多没用的客气话。我对这些人的脾气秉性早已习惯，自管动手拿了一块山芋吃起来。再喝几口热水，倒是蛮舒服的。

这时我掏出烟来，让给他一支，他也不客气。不过看他那用食指和拇指捏着纸烟的架势，他是不习惯抽纸烟的。而且，他一捏，就把烟卷捏瘪了。看来他的手挺重。

我同他先扯了几句闲天，然后言归正传。我把昨天与卓乃丽分手后所想到的话全说了。我的目的，是想说服他答应卓乃丽的离婚要求。

我认为自己的话说得很有说服力，用词得当，讲得充分，逻辑性又强——我说这些话时，他低头抽烟一声不吭，也毫无反驳我的意思。可是当我谈到："你们没有共同的感情基础，谈不上来……"他突然头一抬问我：

"啥？啥叫'基础'？谈个啥？"

这时我看他眉头皱紧一个结结实实的肉疙瘩。顿时我觉得，自己刚才那番煞费苦心、头头是道的劝说全是白搭。听他的问话，说明他根本不知道我说的是什么。

"我说，你们这种夫妇的精神世界是完全不相通的！"我解释道。其实平常我也不用这种语言与农民谈话，大概是昨天受了卓乃丽那些理论影响太深之故。但赵锁柱听了，睁圆眼睛，好像我说出一句什么怪异惊人的话语。他问我：

"啥？精神世界？"

"精神……"我只得耐心向他说明，使他听懂，"那就是每个人都有自己的思想、理想、爱好、趣味、追求……"

"啥？啥？你说的啥呀？！她还要'求'个啥呀！"他突然叫起来。显然他根本听不懂我的话，却仿佛感到我的话不利于他似的。他有些急了。

他这几个"啥"字却叫我无法再做解释了。事先，我想好的那些话都变得空泛而无力。刹那间，我强烈地感到这两个人——卓乃丽和赵锁柱好像是不同世纪、不同时代、不同天地、不同社会进程的两个人，好像砖块与云彩——它们有什么关系呢？怎么能结合在一起？这就更使我深信和偏向卓乃丽的离婚理由。一时，不免对这个外表憨朴、内心无知的农民产生一点点儿轻视，不觉说：

“你何必叫她忍受一辈子，痛苦一辈子！你们完全是两码事！”

“啥！”这一声表示他发火了，额头上那道疤痕也变得红起来。他丝毫没有掩饰自己真实的情绪，而是明显地表现出对我的不满，“你又没跟俺们一起过，你咋知道她苦？凭啥说俺叫她吃一辈子苦，你甭问别人，就去问她好了，她在俺家七年了，俺是缺她吃，还是缺她穿了？你再问问她，自她到了俺家，俺叫她下过地吗？她娘儿仨，连俺一共四个肚子，还不是俺赵锁柱一个人卖力气填饱的？你要不信就随俺到房前房后转转去。缸里不缺水、囤里不缺粮、窖里不缺菜，鸡鸭猪牛都是俺起早摸黑喂大的。天天还有她的鸡蛋吃……人总得有良心！良心还得摆在胸口当中，不能偏，不能歪。这话俺赵锁柱说了还不算，你到队里挨个儿问问去，有谁说她在俺赵锁柱家吃苦、挨饿、受欺侮，俺立时就跟她离婚，绝没二话。再说，俺赵锁柱当初不是抢婚，是她自己情愿嫁给俺的——这事你也可以问问大队的赵会计去！”

听着他这番冒着肝火的话，单凭直觉，我就相信他的话里没有半点儿虚假的编造，全是真事。以我与农民相处的经验所知，他们就说实事，很少谈感受。他们的道理也都靠事实为证，任你妙言巧语也驳不倒。我便拍了拍他硬邦邦的肩头，笑呵呵地说：

“锁柱同志，你先别急。我说的不是这个意思。我是说，卓乃丽要求的不是这些，不是吃饱穿暖，她要的是精神生活和感情生活，你懂吗？”

“啥感情不感情的。俺是个粗人，不讲名词儿。俺对她娘儿仨好，不亏心就是了。反正俺没打过她，骂过她，没和她拌过嘴。家里的事一切都由着她。她要买什么，写个条子，俺就骑车进城跑一趟，跑折了腿也把东西给她买来。俺也不知道，她过得好好的，为啥翻了脸，非要离婚不可。人一走四个月，孩子也不管。俺天天下地，就把孩子拴在桌腿上……”

“一拴就一天吗？”我瞥了一眼桌腿上那绳子，禁不住问。

“不一天也得半天。你就看那两根绳子吧！还不能太长，不能叫他俩相互摸着，怕打起来抓破了脸。俺现在是又当爹，又当娘。要说俺有对不住她的地方，指出来，俺能改。可是硬要跟俺离婚，俺可不干！离了婚，孩子归谁？俺才三十多岁，不能打光棍儿，再娶个媳妇怕孩子受后娘的气！再说俺这么不清不白地离了婚，村里的人准得胡猜乱想，不知俺锁柱干了啥缺德的事，硬把媳妇挤走了。谁家的姑娘还肯嫁给俺？你说，往后的日子俺咋过呢？现在，村里的闲话就不少了……”他说到这儿，怒气反而沉了下去，转为一片难言的痛楚，把一双厚厚实实的大手捂住低下去的脸。

我有个致命的毛病，就是耳软心软，容易被人打动。可是我想，无论谁听了他这番实实在在的肺腑之言，也不会无动于衷。就是不听他说，只看看这眼前的一切就同样会被感动。瞧呀！这三间敞亮的房子，宽宽绰绰的院落，一应俱全的用具什物，不就是他用了全副的力气，不声不响、一点点儿建设起来的吗？这难道不是疼爱自己老婆孩子的力证吗？难道爱情不在事实和行动中间，而在精彩、动听和富于见地的字眼儿里？可是他老婆走了。他养活了七年的老婆，从这暖暖和和的窝儿里莫名其妙地走了。家庭拆掉了一半。此刻这汉子心里的苦处不是从那两根拴在桌腿上的绳子上就可明白地看到吗……但是，这时我眼前忽地又出现卓乃丽那间晦暗的小屋、墙上发潮的旧报纸、柜子上的面包头儿。那个女人为什么要撇下这个吃穿不愁的家庭、亲生儿子、疼爱她的丈夫？于是，卓乃丽坚持离家出走的那番道理也一样无可辩驳了。两个人究竟谁有理，谁更有理？他们的话便在我的脑袋里乱哄哄打起架来，绞成一团，分也分不清。

“你说——”赵锁柱依旧捂着脸，他的声音呜里呜噜的，“她为啥偏要离开俺？你刚才说的俺想不通。你能不能叫俺明白明白？”

多可悲，他自己并不知道！

我怎么回答他呢？卓乃丽的道理他是无法理解的，更谈不上说服他。但说服不了他，卓乃丽那边又怎么办？我耳边又响起昨天卓乃丽送我上车时，她混在雨声里的那句低沉的、恳切的、意味深长的话：“别叫我再回到过去了！”我此时真不知该怎么办才好了！

“她说……”我只是顺口念叨道。

“怎么？”他忽然抬起头来，用力捂过的脸红红的，“你见到她了？”

我点点头。

“她说了啥？”

我想了想，摇摇头。

他也不作声了。停了一下，他突然问我：

“你给俺写个条子成吗？”

“做什么？”

“您把她的地址写下来，过会儿有大车送菜进城，我叫赶车的给她捎一袋米去。”他指指屋子中间放着刚刚他扛来的那袋粮食说，“她就喜欢吃米。这是我一早拿面跟人家换来的。”

他说这话时，那张呆板而无生气的大脸盘没有任何表情。我却陡然地感到，在这汉子的胸膛里有一颗朴实纯净的心。他没经过文化的熏陶和雕琢，不知道世上曾有过令人钦仰的黑格尔、托尔斯泰和贝多芬，不知道他脚下的地球上还存在着塞纳河、吉卜赛人和百慕大三角，甚至连一张便条也写不好。他像泥土一样简单、平常，只献出自己的一切却从来不向别人要求什么，谁又能体会和感受这颗心啊！这颗心同样是愁苦的。虽然他远远不能理解卓乃丽那些想法，却仿佛已感到不幸在他身前不远的地方等待着……

我给他写过条子，在无话可说的尴尬中，向他暂做告别。我推了车子，走到院门口时，他忧虑重重地对我说：

“也许俺不该跟她成亲。她是城里人，念过书，想的跟俺们不一样。俺庄稼人想的就是不缺吃、不缺穿，把孩子养活大就成了……”

他这几句话，表明他已经看到了他们夫妻必将分开的不可挽回的结局。我却一下子找到了他们之间的距离，他们的分歧，他们之间难以填平的沟堑……

在我骑车回往县里的道上，春日当头，路面、树干与地里冻结的冰霜正在融化。从漫长的冬眠醒来，从清融的雪被下袒露出来的田野，是湿漉漉的、黑黝黝的、生意盈盈的，散发着一股浓郁醉人的泥土气息，混合着清新的早春的气味，随着寒意未尽的微风吹在脸上……柳枝虽无绿意，已变得柔软；河面上却依旧封盖着薄薄的冰片，给阳光照得煌煌刺目。有时，你感到春天已经来临，心中被唤起一阵畅快的情绪，但你的目光一触到河边陡坡上那压着枯草的白皑皑的残雪，又觉得严冬依旧顽固地占据人间，不肯轻易离去……我忽地想到，我们所处的社会不也处在一个乍暖还寒、交节换气的时候吗？新旧的思想、观念、见解，都在争夺存在，争辩是非，又争得统一。但统一只是暂时的。没有新事物突破常规和成见，社会就不会前进……

十年前一场浩大的动乱，把卓乃丽和赵锁柱这根本没有任何共同之处的两个人结为夫妻，犹如维苏威火山曾把岩石和树木熔为一体。这是历史的误会。但在新的历史转折中，新的时代潮流里，长期潜在这对夫妻之间的分歧就凸现出来。一个完整并不完美的家庭要拆散了。

细想起来，两人的理由都是可信的、合理的，两人都是值得同情的，都是过去的社会悲剧中的人物，而且都在今天一齐把问号摆在了我的面前。显然，他们当中一方获得满足，就必须另一方做出牺牲，忍受痛苦。在社会发展的道路上，已经拉开一大段距离的两个人，究竟是卓乃丽停下来，还是赵锁柱赶上去呢？但她怎么可能停下来？他又怎么能赶得上去？我从哪里去找答案？尽管如此，我还是想给他们一个两全其美的、公正圆满的解决办法！但我力孤难支，希望找一个比我高明的人谈一谈……

BOOK!
BOOK!

一

“BOOK！”

“BOOK”是什么？

你先去查查《英汉小辞典》，或者问一问略通英语的人，弄明白这个常用的单词当什么讲，再来读这个故事；如果你知道“BOOK”是什么，那就自管往下看。

不过，这里的“BOOK”除原意之外，似乎还含有那么一点儿、一点儿……一点儿别的什么意思！这点儿意思在《辞典》里可找不到，完全是下边故事中的人物糊里八涂搞出来的。

二

他崇拜他。

前者叫曹大龙，后一个叫陈风。

曹大龙为什么要崇拜陈风呢？要是单看曹大龙，仪表堂堂，足能使街头巷尾、左邻右舍那些穿戴得花花绿绿的小伙子心悦诚服地跷起大拇指来。他是电机厂的装配工，高高的个子，爱打篮球，这就使他不像一般不好运动的人那样骨僵肉软，动作不灵；他自小又爱好玩双杠，练就一种虎背蜂腰、所谓“扇面”的健美的肩身。再有，他天生一头乌油油的卷发，不用什么电烫、冷烫，只要早晨起来用梳子随便拢它两三下，满脑袋漂亮的头发就会像一堆崭新、发亮的小弹簧那样卷起来。他还有个更为得天独厚之处，便是在突起的前额和高高的眉骨下，有一双深深的眼窝……乍一看真有点儿像外国人。这可是旁人学也学不出来的。

大概近一年来，在崇尚时髦的风儿刮得许许多多少男少女晕头转向时，他才发现了自己这些先天赋予的优点。他到底是不愿意辜负自己独独富有的高个头、深眼窝、满头卷发，还是有意想叫那群扬扬自得的时髦青年馋涎欲滴，才穿上时兴的风雪衣、喇叭裤、鳄鱼头式的牛皮鞋，再把发根留得盖住后领口——这原因恐怕他自己也不知道。

反正他美：时髦美，洋味儿的美。

但是，无论什么东西只要是单独一个儿就好了。多了就要比较。比较常常招来苦恼。

比方说，曹大龙只要与陈风待在一起，假珍珠遇上了真珍珠，立刻显得寒碜、穷酸、没有光彩。这并非旁人的评价，他自己就有这种感觉——

人家陈风才是真洋气、够帅气，十足的现代派！

可是陈风并没有深眼窝和卷发呀！个子也普普通通，人近中年，肚子软软地鼓出在腰带上边，相貌也平平常常。如果一位画家给他画像，尽管能画得形态毕肖，但也只能是一张司空见惯、平淡无奇的小职员似的脸。当然，人家陈风绝非凡人，曹大龙感觉到人家身上有那么一股劲儿。这股劲儿是从陈风考究的眼镜框，还是从最精贵、最新式的服饰上流露出来的？……似乎又都不是。在这之外，好像还有一点儿叫他怎么也捉摸不透的东西。曹大龙听人说了几次，才记住一个与此有关、却含糊不明的词儿，叫作“风度”。这个词儿，难懂又难记，大概就是他们厂子里哥们儿常说的“派儿”“派头儿”“够派儿”吧！

你瞧人家陈风的一举一动，递烟、打自来火、转身儿、手托下巴、溜达几步、握握手……连跷个二郎腿都不一般。派头儿是不好学的。曹大龙暗自对着镜子练习过，但总差那么一点劲儿，总显得生硬、假里假气，味儿不对；一人一个神气，根本甭想学会。但陈风这股子叫人艳羡的劲儿到底是从哪儿来的呢？

曹大龙费的劲儿比居里夫人从矿石里寻找镭并不小，终于找到了陈风这小子“派儿”的来由——这小子是制本厂的美术设计。那家制本厂又专门承做出口的笔记本和相册。陈风总到各地方跑。这个月去一趟上海，下个月又跑一趟南京，一年两次还去广州参加交易会。外边流行什么服装，时兴什么皮鞋、手套，新出品哪种化纤衣料……他都无所不知。再说，广州的市面上，什么海派、港派、欧派都有。新奇的式样层出不穷。五颜十色，珠光宝气，目不暇接。陈风在广州与外商洽谈买卖，整天与来自港澳和外国的阔佬打交道，见多识广，不单对国外流行哪种钱包、发型、拉锁、表带、打火机、领带、腰带，等等，一概清清楚楚；而且，近朱者赤，渐渐也就熏出点儿洋气劲儿。日久天长，陈风自然就比内地眼界狭小、却硬要时髦的小子们高明得多了。

这样，在曹大龙的眼里，陈风就成了当代无愧的时髦典型，最有现代精神的标杆，货真价实的外国通。认识他便是一种福气。陈风当然看得出这个不开眼的傻小子对自己的欣羡。他不是个严肃的人，常常拿曹大龙的无知，当作奚落、取笑、寻开心的材料。曹大龙却不以为然。过分的崇拜会不自觉地压低自己的自尊心。崇拜者往往陷入痴迷，而不自知，他只是一个心眼儿地跟在陈风屁股后边，亦步亦趋、忠实无误地模仿。

可是这与“BOOK”又有什么关系呢？

三

这天，曹大龙下班后骑车拐个转儿来到陈风家。

一个真正时髦的人的身上或家里，随时都会有变化或出现点儿新玩意儿。为此，他大约每半个月来陈风家一次。来得太勤没多大用处，来得间隔太长，又怕落在时髦的脚步的后边。这次他距离上次来刚好是两周。

他一进陈风的屋内，一眼就瞧见墙上多了一件新东西。好像常逛书肆的人，对于书架上一个新封面有种本能的敏感。这东西是个崭新的挎包，光亮的湖蓝色的人造革上印着两条倾斜的爽目的白线，大胆又抽象，抽象才神秘。包是竖长方形的，不同一般，从后边翻过来一个大盖儿；卡子和挂钩都新颖而别致；最动人、最惹眼、最精彩的地方则是包下端贴着一个硬纸商标，相当华丽，像一片翠绿色的柳叶，上边是一行烫金的辉煌夺目的外国字：BOOK。

“这包可太够样了！哎，老陈，快告我，这包是从哪儿弄来的？”曹大龙兴奋地叫起来。

陈风的表情挺神秘。他好像要笑却没有笑出来，反而一本正经地说：“这是样品。”

“哪国货？日本货吧！”

“算你猜对了！”陈风说。

曹大龙听了有些得意。因为，他头一次在他所崇拜的人面前没栽跟斗。好像他挺识货，还懂得外文似的。他问陈风：“你们不是制本厂吗？干嘛做起挎包来了？”

“我们不做包。皮革制品厂打算引进一家日本工厂的制包自动化生产线。就是做这种挎包，包上的商标叫我们揽过来了。怎么样，漂亮吗？”陈风说着递一杯水给曹大龙。这杯子是直筒形的，出奇的长，深褐色的玻璃，装上普普通通的白开水，却像一杯可可。

“漂亮、漂亮！你家的玩意儿样样都够意思。这杯子拿在手里也是两样味儿的。”

“你想要吗？我可以替你买，这是玻璃六厂的新产品。”

“不，不，杯子倒不急。你先替我弄一个那样的包吧！”曹大龙指着墙上的挎包说。

“行是行，但现在不行。皮革厂的自动化生产线还在图纸上呢！你等等吧！等一出来，我准给你弄一个。”陈风含着笑说。

“这商标上边是嘛字？”

“商标？什么商标？”

“包上那几个外国字不是商标吗？”曹大龙问。

“噢……噢！”陈风明白过来，心想这小子真是蠢蛋，便要起恶作剧来，忍着笑说，“‘BOOK’！你不懂吗！”

“你不知咱是‘老赶儿’，哪懂得洋文。是名牌吗？”

陈风简直要爆发出一阵大笑。但他努力把笑克制在自己白白的脸皮下边，一边用食指和拇指捏着无框的眼镜片帅气地上下挪动一下，似乎对正视角，看着裹在时髦的穿戴里、大脑和内心几乎都是空白的曹大龙，说：“你怎么连‘BOOK’都不知道？‘BOOK’是日本一家大公司的名字。和‘SONY’‘SANYO’一样。不过这家公司不单出电器，日用百货全出品。在世界上大名鼎鼎啊！”

“哎哟，敢情这么出名！”

“你才知道？！”

陈风用反问的口气使自己胡编的话显示得更加肯定，确凿无疑。然后他借口跑到屋外什么地方，痛痛快快大笑起来。因为，他那挎包上的BOOK，是从出口笔记本的封面上剪下来的，不过一时觉得好玩，才贴在新买来的挎包上的。BOOK明明是书本的意思嘛！哪来的日本公司？曹大龙却信以为真，那傻头傻脑的样子真叫他再也板不住面孔了。

屋里只剩下曹大龙了。他环视了陈风的房间。真恨不得自己也有这么一间体面的、诱人的、洋气十足的小窝儿——沙发、落地灯、录放机、组合柜、酒柜、吊灯和拖地的大垂幔……酒柜里陈列着满是外国酒。连酒瓶盖上也都印着外国字。但这一切并不像一般赶时髦的青年人的家那样单薄、虚夸，好似硬撑出来的门面。人家陈风见识广，又是制本厂的美术设计，画一手好画儿，懂得“艺术”什么的。家里的东西无论形状、样式，都不一般。显得雄厚，富有实力，而且总添新东西。上边差不多都印着外国商标、外国图案、外国字儿。“这小子打哪儿弄来这么多洋货？！”他想。

同时，他油然产生了一点点儿自卑感。

可是他眼睛一碰到墙上的挎包，心情就变了。他把那些引起自卑的、不实际的、力所不及的想法全抛开。心想只要从陈风手里把这挎包搞到手，背在身上，伴同自己的新婚不久的花枝招展的老婆在大街上一溜达，多么够派儿！“BOOK！”现在外边有几个人能背上名牌的日本挎包呀！

就在他动脑子想办法怎么从陈风手里把这包搞到手之际，偶然发现身边的酒柜上有一卷花花绿绿的东西。他好奇地拿到手里一打开，不由得吃了一惊。这可是个意外的发现！原来是各种颜色的漆面纸，印着各种形状、各种大小、各种字体的外国字，而且上边都有“BOOK”的字样。叫人眼花缭乱，称得上精美绝伦。他像诗人看见云端一群飞鸟而突然来了灵感那样，马上放弃原来的打算。他想，只要把这些纸上的“BOOK”剪下来贴在自己的包儿上，不也成了“BOOK”牌的吗？在大街上，任何时髦的东西都是一晃而过，有个外国字就能叫人眼一亮，谁还考察你的货色实不实。这些商标准是陈风厂里印的样子，或是从日本人那里拿来的样子，外边哪儿也没有。真是天下独一份的。他来了机灵劲儿，侧耳一听，没听到陈风的脚步声，就赶紧麻利地在那卷纸中抽出一部分来。他不认为这样做是偷。他家里需要什么就在厂里拿什么，在偷和拿之间他没有严格的界限。当然他做这种事时也不免有点儿小小的紧张，但终究在陈风进屋之前，把事干完了。陈风一进门，他就站起身推托有约会而匆匆忙忙、慌慌张张地告辞而去。

他走后。陈风发现自己柜上那卷子印有“BOOK”的笔记本封皮少了不少张。他知道是曹大龙拿的。心想过几天一定要去曹大龙家串门，这傻小子准会出尽洋相——想到这里，他又笑起来，直笑得出声、流泪、腰眼酸疼。

四

曹大龙的老婆刘丽华自我感觉是个小洋人。

曹大龙也觉得老婆像个小洋人；在刘丽华的眼里，曹大龙简直就是洋人，只不过不会说外国话、不认得外国字、没去过外国罢了。这倒没什么，只要打扮得使陌生人看上去以为他俩像一对洋人就心满意足了。

也许为此之故，他俩才走到了一起。真的，你去瞧吧，多么相像、相称的一对呀！好像老式中国堂屋八仙桌上摆的花瓶，完全一样才是一对。不过要把他俩凑在一起又谈何容易，就像左右两块虎符合在一起那么难。

洋人嘛！

当然，她每天也得双手去抓粗硬的煤块生炉子；也得上下班时在公共汽车上挤一身臭汗；也得拿粗茶淡饭去填饱肚子……因为她和曹大龙的生活是被限制在有限的薪金之内的。要想跟上日新月异的时髦，就得在自己的生活中绞尽脑汁地想办法。装饰在他们身上的每一件东西，都是从菜碟里节省和压缩出来的。减少多少顿饭菜里的荤腥和油花，才能在胸襟上增添几个最新式的衣扣。强压着肚子里时时作怪的馋虫，才得以享受在闹市的人群中招摇一下的快乐。时髦好比舞台上的灯光，一会儿红，一会儿绿，变幻无穷。今天流行，明天过时；今天还招来许多留意和发馋的目光，明天就像披在身上的狗皮，自己也觉得无趣、讨厌、多余、栽面子了。要想总站在时髦的潮头，只靠委屈肚子还远远不够，从房屋水电、柴米油盐中节俭下来的钱也总归微薄有限，这就多亏刘丽华长着一双能拆改翻新的、晴雯一般的巧手了。她当然辛苦，但人生中任何嗜好都是醉人的。你以为她在糟蹋精力，用金子般珍贵的时光去“画皮”未免可惜。可是，她由于疲倦而不小心叫针尖扎破了手指时所引起的却是兴奋，绝不是痛苦。

你以为她是不可理解的吗？其实她最简单不过了。她初中毕业后就再没看过书，向来没有什么责任呀、义务呀、使命感呀等压在她心上。所以她才心宽体胖，胃口又好，很少得病，整天乐呵呵！

尤其是这位洋气十足的小女人并不知道外国是个什么样子。好像除去高楼大厦、超级商店、时髦服装、各式各样的洋货、川流不息的小汽车之外就再没有别的。她在外国电影里注意的也只是这些。她的审美能力一直很糟糕。几年前，她最喜欢用红毛衣、紫呢裤、黄袜套打扮自己，这是本地大妞们标准的土打份，很像一只圣诞节的火鸡。这阵子，由于一阵愈来愈猛的崇洋的热潮直朝她冲来，搞得她眼花缭乱。

她一下子从本地大妞的化妆台跳到这个光怪陆离的时髦世界里来，有如在烧茄子里加进去半包咖喱粉，自然不伦不类。

无知会丑化一个人。可怜的是，她并不自知。本来一个额头宽展、眸子黑亮、有一双胖胖的小手、并不难看的姑娘，硬把自己装扮得散着长发，裤腿下拖着两块多余的布，一副熊猫镜几乎遮住整张脸，好像她是费了很大的劲儿，才支撑住这堆假外国货似的。人在打扮自己方面，要有一点儿审美学问。同样一种衣服，穿在这人身上可能很漂亮，穿在另一人身上可能很丑怪；比如喇叭裤给短腿的人一穿，仅能起到强调这人腿短的作用。有的人适于盛装，有的人穿得愈朴素愈美；肥头大耳的留长发则像一头狮子，面孔清瘦的人梳个紧绷绷、油亮亮的小分头，却犹如一个光滑的小鼓槌儿……这里边大有研究的价值。其实真正的美乃在于人的风度，风度则是一个人知识、教养、趣味、经历流露在外的气息；而懂得美的人恐怕连风度都很少留意，因为世界上最美的乃是一颗真诚的、善良的、勇敢的和充实的心……

可惜，刘丽华不懂得这些。

她下班回了家，兴致冲冲，因她今晚又要在一个人多的场合时髦一下子——她的表妹今天结婚。她表妹是外语学院刚毕业的大学生，是个好学又很自负的女孩子，长得不好看，眼睛总盯着书本，很少留意街头人群里那些明显或微妙的变化。她与她表妹自然谈不来，平日也很少往来。不过，今天她执意要以自己的漂亮和时髦，压倒这位自以为是的表妹，报复一下平日对她含而不露、却分明使她感到的一种隐隐的鄙夷。为了今晚的打扮穿戴,她已经想了两个晚上和一个白天了。刚才在公共汽车上她还在想。

她走进家，见曹大龙在屋里坐着抽烟。曹大龙斜倚在沙发背上，跷着腿，打弯儿的食指和中指夹着一根烟卷。嘴里吐着乳白色的、齐整的烟圈，一个追逐一个地朝屋顶上边跑去。不知他又在模仿哪个外国电影中人物的一个姿态，但他的自我感觉挺好，玩得也挺美。

“你还坐得挺稳，还不赶紧把昨天剩下的那碟烧萝卜和馒头蒸上。赶快吃饭，还得赶快走呢！”刘丽华说。

曹大龙没吭声，只看着她。

“你怎么啦？吃嘛药变傻了？家里的事你到底管不管？你要不管，我热了饭你可别吃呀！听见没有，你——”她说着忽然停住口。她发觉丈夫的脸有种得意、神秘、甚至傲然的神气。

她打量他——黑鳄鱼头皮鞋、驼色喇叭裤、银灰色中间开襟的细线毛衣……还是老样子。突然，她看到了。在丈夫敞开的毛衣中间有一个十分夺目的东西。再一看原来是皮带卡子上的商标。鲜艳的翠绿的底色，上边是一行金色的外国字儿，写得流利又帅气。

“新皮带？真漂亮？是外国货，还是出口转内销的？”

曹大龙把刚才含在五官内的神气全部从脸上散出来，立刻把房间的空气搅热了。

“你真是‘老赶儿’，怎么是出口转内销的？！这是地道的日本名牌货。‘BOOK’，懂得吗？‘BOOK’！”

“去你的。不定刚从哪儿学来的一句洋话，就跟我显弄上了，还不定念得对不对呢！你从哪儿弄来的？花多少钱吧？！”刘丽华说着就要过去细看。

“别动！”曹大龙不叫她走近。然后神气地说，“花钱的事咱什么时候干过。一分钱没花！”

“那就是别人送的。”

“没人送我。谁那么好心眼儿。得到这么个好东西还肯送人？！”

“那……那你就是跟人家换的。你拿咱家什么东西换来的？”

“凭什么是换的……”

“准是换的。我得看看。”刘丽华说着四下环顾一圈，接着她就有了不小的、新异的发现。刹那间她觉得整个屋子都发生了变化似的，好些样东西——台灯、无线电收音机、床头柜，乃至桌面柜上的小东西，像什么茶叶罐呀、水杯呀、香水瓶呀、暖壶呀，原先都是国产货，现在都换成了舶来品。她简直高兴得要惊叫起来。可是再仔细一瞧，那些收音机、香水瓶、暖壶、台灯，等等，还是原来那些东西，只是全都贴上了新的商标，大大小小，五光十色，都是“BOOK”！可是这么一来，景象全然大变。好比给一群人每人戴一副熊猫镜，马上就像是群华侨或外国人了。

“噢！”她恍然大悟地拍着丈夫的腰间说，“你腰带上的外国商标也是贴上去的！”

曹大龙笑起来。

刘丽华说：“你真行！刚才我一看，真以为咱家换了一批外国货呢！你够有主意的。你这条皮带这么一来，一点儿也不像国产货，把我也唬住了。哎，你刚才说这外国字儿叫什么来着？”

“‘BOOK！’”曹大龙故意说得流畅迅速，好像他精通外文了，“中国名字叫‘布克’。日本大公司的名牌。和三洋、索尼、日立都一样出名。不过人家‘布克’不单出电器，日用百货全都出产。你要在挎包上贴这么一个商标，管叫人分不出是哪国货！”

“太够意思了。你从哪儿弄来这么多商标？”

曹大龙犹豫一下，还是把实情告诉老婆了。

她用手指轻轻羞了他脸颊一下说：“没出息，拿人家的东西！”但脸上的表情却是高高兴兴、喜气冲冲的。她说着，眼一亮，问道：“还有没贴的吗？”

“干嘛？”

“我有用。晚上用。”

曹大龙明白老婆的意图。他摆出一副本领齐天的神气，从口袋掏出一大叠五彩缤纷的花纸片，像一叠新钞票那样啪地甩在桌上。瞧，全是外国字，全有“BOOK”！

这时刘丽华如果真是一个外国人，准会欣喜若狂地一头扎进丈夫怀里。但她只会兴奋地叫一嗓子:“有你的! ”就扭身赶紧生炉子烧饭去了。

夫妻俩草草吃过饭，便开始了生活中真正的大事——梳妆打扮起来。多亏他俩每人从头到脚只有一套最时髦的衣服。如果多上几套，便要在穿戴的选择上花费更多时间。刘丽华把曹大龙从镜子前推开，面对镜子先换上一件今年刚刚流行起来的“大翻领”的雪白毛衣——据说这种领子要翻三折，脑袋才能魔术一般地从厚厚的领口圈里钻出来。毛衣穿好，外边套一件浅蓝色棋盘格的尼龙外衣——这是她自己花费一周业余时间赶制出来的，看上去却像一家工厂正式出品；裤子当然是喇叭腿，头上扣一顶也是入冬以来才流行于市的西洋红的毛线帽。脖子上再圈一条芥黄的拉毛大围巾。一小块鲜蓝色绣金字的“海鸥牌”商标自然要朝外……此时此刻，她已经对镜子里的自己相当满意了。曹大龙在一旁也把自己最耀眼的行头穿上。当刘丽华从镜子里看到站在身后的曹大龙像一面华丽的屏风陪衬着自己时，她是幸福的。

下面的工作，该是把“BOOK”贴在什么地方了。

首先，曹大龙从那叠花纸里摘了两个字号最大的“BOOK”剪下来，在他夫妻俩的挎包上各贴了一张。但刘丽华不大尽兴似的，好像还要在自己身上哪个地方再贴一个“BOOK”才好。

两人想了半天，也没找到合适的地方。曹大龙戴上一副信托商店处理销售的冰球运动员使用的皮手套——这手套的手背上有几条红白的皮块，这在曹大龙的眼里居然也同“洋气”的概念连在一起——他戴好手套，表明他等刘丽华已经等得有些不耐烦了。但刘丽华大有不在身上再贴一个“BOOK”就不甘心的势头。她也有些心烦气躁。等曹大龙催促她：“随便在哪儿贴一个。快点吧！”她便叫起来：“你急得嘛，总不能贴在屁股上！”

“那就别贴了！”

“不行！”刘丽华冒起火来，“今天我非再贴一个不可，要不我就不去了！瞧我表妹平常那股臭气劲儿！我今儿非得叫她服了不行！你要去你先去。敢情你里边腰带还有一个，你美了，我呢？”

曹大龙见老婆火了，做些让步，他从老婆的帽顶直看到半高跟的皮鞋尖，真还没有一个可以妥当地安插下商标的地方。谁料到老婆突然像球场上的球迷那样叫一声：“有了！”脸上立刻转怒为喜。她从桌上那堆印着许多外国字的花纸里，找到一个小号的“BOOK”，玫瑰色的底色，金灿灿的字，十分耀目。她把“BOOK”方方正正地剪下来，一边说：“哎，这‘布克’前边的外国字是嘛意思？”

“管他呢！反正‘布克’是牌号，日本名牌，要就要这几个外国字，甭管别的。”

刘丽华满面笑容，用激动得发颤的手指在剪好的纸片后面均匀地涂上糨糊，然后竟然贴在自己围巾的商标上。纸片大小刚好把原先的商标盖住。“海鸥牌”一下子就变成“BOOK”了。贴好后，她手一背，神气十足地问:“怎么样？大龙。”

“太棒了！”曹大龙叫道。他为老婆助兴，同时也确实认为老婆的想法极妙。这地方非常明显，正在当胸，迎面又能使人看个正着。

这样，两口子便兴致勃勃走出家门。

从他们的那间外表灰不溜秋儿的小破房里钻出如此艳丽五彩的一双男女，弄不好真容易把过路人吓一跳。

这两人混成一团的色彩，如果出现在画家的调色板上，准叫画家极厌恶地用刮色刀刮掉，抹在废纸上。

他俩却得意非凡，并都把挎包贴有“BOOK”的一面朝外。还弯着胳膊肘，怕挡住挎包上的外国字。

走出两个路口，正路过一座中学。从校门里走出一群十三四岁的男孩子。有的背书包，有的拿着皮夹子。他俩和这群孩子面对面愈走愈近。这群孩子已经给他俩的时髦所吸引，那些带着调皮气的孩子的脸上却反映出惊异又好奇的神情，好像在看一对星外来客。其中一个瘦瘦的矮个子男孩眼尖，一眼瞧见他俩身上和包上的“BOOK”。这孩子指指点点叫他的伙伴们看。

“BOOK！ BOOK！”

这些孩子显然认得这个单词，都发出声来并露出奇异的笑颜。

刘丽华与曹大龙心里却不约而同地想:“BOOK”果然是名牌，人人认得。便越发高兴，不觉脸上都流露出一种享受到什么特殊荣誉而扬扬得意的表情，尤其他们是在这群小毛孩子面前，自然更是加倍地傲气十足地走过去。

那群孩子却一动不动，站在街心互相窃窃私语，不知嘀咕什么，还发出忍禁不住的怪声怪气的笑。等他俩走出几十步远，那群孩子突然齐声喊叫："一对大书本儿！一对大书本儿！"

随后是一阵起哄似的讪笑。

"大书本儿？他们干嘛叫咱'大书本儿'？"刘丽华问她丈夫。

"谁知道。"曹大龙想了一想，也困惑不解，却说，"现在的人，无论大人还是孩子，什么都不懂，没见识，一群土包子，看什么都新鲜，甭理他们，咱们快走。"

刘丽华认为丈夫的话颇有见地。她"哼"地发出一个含着高傲意味的鼻音，附和着说："真的，没见识！中国人真是不开眼，照这样什么时候才能现代化？！"然后故意用手勾着丈夫的胳膊，给身后那群无知的孩子摆出一个具有时髦精神的架势，在不断的、渐渐离远的"一对大书本儿"的叫声中，他俩去参加表妹的婚礼去了。

他俩根本没把这群小毛孩子的起哄当回事，只是怀着一个强烈的欲望：一定要在那个举办婚事的外语学院的毕业生家里大出风头。时髦、现代派、"BOOK"。对，"BOOK"！"BOOK"！叫表妹家那群人见识见识"BOOK"！

胖子和瘦子

这城里，胖子和瘦子是一对朋友。一个胖得出奇，一个瘦得惊人。这胖子等于瘦子四个左右。

那时，胖子走红运。当官儿必须是胖子，画家专画胖子，女人也要挑胖男人做丈夫。人人说胖子块头足，身壮力不亏，能显出真正的男人气。于是就出现愈胖愈好的趋势。这位本城最胖的胖子就受到格外重视，人们都向他讨教胖身术。他的照片、言论、逸事，到处争抢刊载。其中他的两句发胖经验“多吃多睡，动不如静”被全城人当作口头禅与座右铭。照这两句话去做，果真见效！本城的胖子就愈来愈多，但一时胖不起来而鼓肋挺肚、假装胖子的也不乏其人。一次，胖子被一群记者纠缠住，非请他说一说发胖的秘诀不可，他信口说一句：“要衣松带宽！”当日全城加肥衣服就被抢购一空。各种腰带都滞销了。此刻，任何有能耐的大导演、演员、球星、发明家、魔术大师、特异功能者，都压不过胖子的名气。

某日，胖子兴致勃勃地去找老朋友瘦子。他见瘦子依旧细骨嶙峋，便伸出肉磙儿一般的食指直对瘦子肋巴骨说：

“现在城里人人都学我，你是我的好朋友，为什么反不学我？天下还有比你再瘦的人吗？”

瘦子淡淡一笑，颇含自负地说：

“别看你一时走红，等你过了劲儿，就该轮到我了。不信，走着瞧吧！”

过一年，真有了变化。不知哪来一种说法：人胖，发喘，出汗，行动不便，脂肪囤积多，容易患血管病，有百害而无一利。当人们对一种东西的好奇与兴致渐渐淡了，相反的东西就现出魅力。这说法即刻像一阵风吹遍全城，跟着，有人在报纸上发表整版一篇文章，名曰《瘦子好！》。文章扬瘦抑胖，议论周密，又十分有理。他说，瘦子灵便，体轻，占用空间小，心脏负担也小，不易患血管病。据统计，长寿的人中，百分之九十八是瘦子，百分之一是不胖不瘦的，只有一个胖子，看来胖子长命纯属偶然。

自此，人们又开始关心瘦身法了，那个一直被世人遗忘的瘦子，终于被人们当作一件稀世宝贝发现了。瘦子的经验刚好与胖子的相反。他要人们：节食，素食，少吃糖，不喝啤酒，早起打拳，饭后散步，生命在于运动……于是，原先写文章称颂胖子的那些人，又笔锋一转，纷纷撰文，引经据典，有理有据，证实瘦子的经验如何宝贵、可靠和正确。并赞美瘦子是“当代人最佳体重”“最符合时代要求的体重”“典型形象”，等等。报刊有关胖子的报道一下子不见了。瘦子像片羽毛，一阵风，上了天。他的照片、逸事、经验、趣闻、言论、访问记、报告文学，像漫天飞花，风靡一时。

这天，瘦子在街上遇见胖子。胖子被冷落了，灰头灰脑，无精打采，他感慨地对瘦子说：

“当初你的话还真说对了，早知听你的话，提早设法变瘦，如今一下子很难瘦下去！”

瘦子听了，摇了摇他干树枝般的手指说：

“不！你应该保持这样，说不定哪天又时兴胖子了！”

金色的眼镜腿儿

嘿嘿，多漂亮、多讲究、多稀奇的眼镜腿儿呵！真是神啦，绝啦！罗金贵活了四十岁，还是头一遭见，可算开了眼！俗话说这叫作眼珠子走了运。

今儿打早，他换一身干干净净、压得平平整整的制服，跟着几个县领导，乘着那辆新买来不久的“面包车”，去火车站迎接下到县里来视察的农业厅的郭厅长。他听说这位郭厅长上个月刚从加拿大访问归来，心想厅长身上必然带着点儿什么洋气儿。这几年，他们这个素来偏僻闭塞的小城，什么洋裤洋褂、洋机器、洋音调儿，就像春天草地里的虫子，各种各样，愈来愈多。对这些洋玩意儿的好奇便成了此地生活中的新内容。瞧，他猜得不错！当厅长从车厢门走下来，他一眼就发现厅长那副金光闪闪的眼镜绝非一般。他料准这是打国外买来的洋物件。

此刻坐在汽车里，天赐良机，他与郭厅长中间只隔一条二尺多宽的走道，使他能借着厅长与同座的县委马书记谈话的当儿，把这洋眼镜看个仔细。

好家伙！他只用眼睛一扫，就敢说，全县、全地区、全……干啥提这些，他打小长大，压根儿就没见过这种眼镜，尤其是那极其特别的眼镜腿儿——这腿儿连接镜框的一端足有量布的尺子那么宽，见棱见角，然后忽然变细，成了一根圆溜溜、蚯蚓般粗细的棍儿，末尾说弯不弯，轻巧又恰到好处地架在厅长那红厚肥软的大耳朵上。别看这式样怪得有点儿出奇，却总勾着他扭头去瞧，不瞧心里就痒痒得慌。这眼镜腿儿到底是啥料做的？他捉摸不透，外表好像罩着一层亮晶晶的玻璃，里边有种金煌煌的东西在闪耀。他想再仔细地瞧瞧，又怕让坐在身后的人看见，笑话他没见识。他回过头看看，厅长的随伴正和其他两个县干部聊得热闹，并没注意他，他索性放心大胆地把这眼镜腿儿看个透彻。这仔细地一看可就更出奇了。水晶般透亮的眼镜里竟然好像含着无数牛毛一样细碎的金末末，特别是当厅长和马书记谈得高兴时，大脑袋一动，里边所有的金点点都调皮地、兴奋地、活灵活现地闪出光来。就像他家门口那条小沟，在阳光透彻、微风吹拂时那样炫目，又像黄昏时蜻蜓的翅膀扇动时那样绚丽，好家伙！他真是捉摸不透了。这究竟是啥料做的？牛角的？塑料的？玻璃里加进去碎铜丝，还是树胶里掺和了金粉？虽然他搞不清，却愈看愈喜欢。多么神气、贵重、讨人喜爱呀！表面溜光细腻，好像小闺女娇嫩的脸蛋儿，真叫人想去摸一下，于是他就生出要摸一下这眼镜腿儿的念头。

摸一下，摸它一下，他想。

这么新奇的东西，摸一下值得，摸一下心里就更有数了，也好对旁人说呢……但当他看一看厅长——这位高高的领导，红润的脸上一副沉着庄重、不可触犯的神情，心里这念头就给一种不知从何而来的怯懦感压住了。

汽车在乡间柔软的土道上飞快地驰跑。马达像蜂房一样发出均匀的令人陶醉的嗡嗡声；车厢里有股淡淡而好闻的皮革气味；松软而有弹性的椅垫，坐上去真舒服。这些舒适的感觉催人昏昏欲睡。在长途行程中困乏了的郭厅长合下眼皮，疲倦在厅长宽大的脸颊上勾成几条又弯又长的皱纹。坐在厅长身旁的县委马书记是个深谙世事的人，此时自然也就不拿话去叨扰这位需要休息一下的上级领导了。

罗金贵却精神十足。

念头不死，就总要钻出来，折磨着他。他心想，为什么我就不能摸一下他的眼镜腿儿？如果这眼镜架在我的耳朵上，他不是说摸就摸吗？不是说真理面前人人平等吗？在眼镜面前人人就不平等了？在区区一个眼镜上都不能平等，还提什么真理面前人人平等？这时，他所关心的，已经不再是这眼镜腿儿究竟是哪种原料——牛角还是塑料的了。自我的尊严感跑到第一位。他想，自己——一个四十岁的男人，连摸一摸人家的眼镜腿儿都不敢，笑话！真是白吃了几十年粮食和咸盐。摸一下又会怎么样？怕什么？废物！不行，非摸一下不可！

手伸过去呀！怎么啦？

奇怪！自己的胳膊像挂了八个大秤砣似的举不起来，无论心里怎么鼓劲儿,可他的手最多只能抬起十五厘米,就再也抬不动了。随后……随后他对自己让步了，他像有什么灵感似的，忽然生出一个非常巧妙的办法：等待汽车在道上遇到坑坑洼洼，借着车身一晃的刹那，他假装身子失去重心，往厅长坐着的方向一斜，胳膊顺势一伸，手不就正好碰到那眼镜腿儿了吗？这法子的确极妙，完全可以骗过厅长，合情合理地达到目的。

可惜车子驰行了很长的道儿，一直很平稳。大概司机小刘知道车里坐着省一级领导，开得格外小心，不像平时出车那样不管不顾。他拉罗金贵他们这些机关干部就像拉猪崽一样，坐在车里能颠起半尺来高，屁股拍得坐垫啪啪响。看来今儿专挑好道走了。不过，沉住气机会总是有的！罗金贵暗暗安慰自己。

绝好的机会终于等到了！车子行到一个拐弯处，可能是碰到地面上一个土疙瘩，忽然车身上下一颠，然后猛烈地左右一晃。罗金贵立即装出控制不住平衡，就势把身子向郭厅长那边一歪，同时眼角迅速瞄准那金色的眼镜腿儿，手就果断地伸去，双眼一闭，跟着，他感到自己的手指尖触到了一个滑溜溜的东西上。摸到了，这下子摸到了！可是当他睁开眼一瞧，哟！他的胳膊并没有伸直，手指抽搐般地打着弯儿，指尖距离厅长的脑袋足有半尺远呢！哪儿摸到了，根本没有，怎么感觉竟然如此逼真？奇怪！难道是错觉，还是幻觉？那么真是不可思议了。

这时司机小刘回过头来，向郭厅长歉意地笑笑。坐在厅长身旁的马书记用略带批评的口气嘱咐小刘："小心点儿！"汽车继续前行，由于加倍谨慎而速度明显减缓了。

罗金贵却懊丧极了！他虽然依旧直板板地坐着，全副精神可都垮下来了。

他并非仅仅因为失掉一次摸一摸眼镜腿儿的绝好机会，而是这么一来，竟使他顿开茅塞般地悟到了什么——

原先，他总觉得自己属于世界上得意者中的一员，至少在县里是个叫人艳羡的人物。虽然他只有初中程度，但在县机关里算得上文化人。领导信任他，因为他脑筋灵通，会说话，懂外场，跑跑颠颠肯卖力气，一般小事都能处理得挺好，在县机关里有"外交官"的响亮称号。几位县领导外出开会办事或到各公社搞调查，都争着带他去。于是无论全县哪个公社哪个村，无人不知罗金贵的大名。谁要在县领导那里碰上麻烦，有时甚至是公社书记，也得求他活动、疏通、垫上几句话呢！本来他工作挺清闲，但他一刻也不闲着，上上下下地跑。他喜欢这么忙忙碌碌，似乎只有在这忙碌中才能证明他是这个世界上不可缺少的。别看他这个不挂"长"字的小秘书，在县城里的生活并不低于高薪的县领导们——无论吃的、用的，他向来没犯过愁，连电影票、戏票都场场有人往他家里送。他在县城大街溜达时，经常还有些面熟或脸生的人朝他嘻嘻哈哈地点头招呼。他便不觉敞开外边的褂子，挺起胸脯，拍着吃得油水挺足而透着光亮的圆下巴，着实有点儿小气派。这种良好的自我感觉好似一股气，把他自己像球儿一般打得又圆又鼓，好不得意！每个人都有自己活动的小天地；有时这小天地的佼佼者，也会有君主、国王那样的自我富足感。是啊！谁离得开罗金贵呵！谁料今儿，拿这眼镜腿儿——不过二两来重、上年纪的人多半有一副的眼镜腿儿一试，居然全完了。现在看来自己不过是个可怜虫，小跑腿儿，营营乱飞的小虫子！有什么劲儿，连人家的眼镜腿儿都不敢摸一下，还神气什么。人家求他,不过为了利用他。那些在街上主动和他打招呼的人，也不过为了碰到事情来求他。但他如果离开县机关,谁还理他？屁！嘿，这些可是他糊里糊涂多少年来不曾想过的。一旦发现，身上所有的良好感觉，所有扬扬自得之处，所有的支撑力仿佛顷刻消失不见了，他好像一下子找不到自己了。先是沮丧，后是茫然！

汽车喇叭一响，把他惊醒。原来车已经开进县机关的大院里，一群早就站在那里迎候的县机关男男女女的干部，都迎着开来的汽车哗哗响地拍手欢迎。车子在没有明显的感觉中停住。车里的人们起身时，马书记招呼大家请郭厅长先下车，同时起身搀扶厅长的胳膊。这当儿，罗金贵想到这可能是他最后一次机会了——如果再不敢摸一下厅长的眼镜腿儿，就会失掉良机，抱憾终生，而且他这辈子将再也挺不直腰杆，够不上一个完整的“人”。于是他决心冒险——冒着可能触怒这厅长的危险，非摸一下眼镜腿儿不可。就在他鼓足勇气、毫不迟疑地抬起胳膊直伸过去的一刹那，不知为什么，突然脑子习惯似的，机灵地一转，变了个方式，笑嘻嘻地对郭厅长说：

“厅长同志，您有根白头发掉在耳朵上边，我给您拿下来好吗？哈。”

厅长听了一怔，跟着就明白了这个陌生的小县干部的话，马上对他和蔼又亲切地笑笑说：“噢，好，好，谢谢！”同时朝他俯下那庄重而沉甸甸的大头颅。

他就在摘去那根不存在的白发时，小手指尖顺势在这金色而光滑的眼镜腿儿上飞快地一抹。

于是，他手上有种妙不可言、无比畅快的感觉，心里同时感到一种实实在在的满足。

选主席

某组织共十人，姓：赵、钱、孙、李、周、吴、郑、王、马、牛。

群龙无首，遇事无人出头或做主，于是，开会拟选举主席一名，副主席两名。采取个人口头推荐，众人举手通过之民主选举法。原以为此事牵涉人情，会上难以张口，恐怕要冷场。事情不在意料之中，却在意料之外。谁想这会比平日任何会议都开得热闹！

老钱抢先开头："老赵德高望重，是当然的主席！"

老孙唯恐落后，话接得很紧："老赵当选主席，是众望所归。我推荐老钱做副主席。老钱资格仅次于老赵，却在众人之上，他也是从炮火硝烟中过来的老革命，做副主席也是理所当然！"

老马立即呼应："我同意！但二位年高体弱，得有个好帮手。老孙能力强，人也稳健，我看老孙完全可以胜任副主席！！"

老郑不等前面话音停了就说："完全赞成！只是还得有位能天天上班的人，里外杂事，迎来送往，总得有位副主席顶着。老李体格最好，大家看怎么样？"

老王凭着嘴快，在打算发言的另几个人中间抢在前边说："赵、钱、孙、李，都没意见。老周呢？贡献大，社会影响也大，是咱们的一块硬招牌，总不能什么也不是吧！"

老李笑嘻嘻地说："你为什么不提自己？老王，难道你不够格？实事求是，不要过于自谦，要敢于毛遂自荐嘛！"

老马用一种难以辩驳的口气说："大家的提名我一律赞成。可是落掉老郑，上边也说不过去。人家原先在计委也是办公室的副主任呢！"

老周一半认真，一半打趣地说："还是老马想得周到。但老马这叫'马上数马，独独忘掉了自己'。老马办法多，上下都走得通，老马做副主席，大家享清福！"

老赵似乎已经以主席的身份说话了："对！我再给你们推荐一员大将，就是老吴！人家原先是大学中文系教授、系主任，大家有意见没有？"

众人异口同声："同意！没意见！"

可是这么一来，除去新调来的老牛没人提到以外，其余九人都被提名，提了名就不好去掉，被提名的也没有一个人情愿自己被去掉。正副主席名额有限，怎么办？还是老马有办法，他说：

"我看多选几位副主席未尝不可，大家事大家办嘛。"

这话中了众人意。大家一致赞同，通过举手表决，最后老赵当选主席；老钱、老孙、老李、老周、老吴、老郑、老王、老马，八位当选副主席，只剩下老牛一名群众。

别看老牛是唯一群众，却不可忽视。众主席遇事意见分歧时，都来征询老牛意见,争取这代表“群众”的老牛最关键的一票。日久天长，一切事都要靠老牛点头或摇头了。原先他独独落选，心有不悦，此刻反而成了身在众主席之上,举足轻重的人物。不禁扬扬得意,摇头晃脑，吟得一绝：

官儿多了不值钱，
熊猫多了不新鲜，
世事相成又相反，
老牛无职却有权。

勇士

差不多每个人都有过绰号。绰号的由来却各不相同。多数人的绰号都和自己的长相有关。他的绰号叫“勇士”，可与长相毫无关系——绝不是由于他天生这肌强骨硬的身子、愚鲁的性情，而是来源于一件确确凿凿、惊险又辉煌的往事。因此，别人称他“勇士”，他微笑不语，好似默认，甚至还有点儿得意。怎样一件往事，能使他毫不犹豫地接受“勇士”这非同寻常的绰号？

那是十年前，他当一派小小的头领，被“对立面”一派倚仗人多势众，把他这小股人马像轰鸡一样，轰出机关大楼。

他便带着本派的被击溃的散兵游勇们，搞来些纸张墨水，写几条辱骂对方的标语，趁着夜深人静，悄悄张贴在街头，却不敢有任何明目张胆的行动。

许多事情的起因往往微不足道。他这事缘起却因为左耳朵发痒。他有耳痒的小毛病。这一次奇痒难忍，好像有两只小虫在耳朵眼儿里边爬来爬去，晚上痒得睡不着觉；白天耳朵就像堵了棉球那样听不清声音。他想起机关大楼三楼上自己办公桌的抽屉里，那根又细又长又得用的挖耳勺儿。他必须取来。

这天，他打听到对方那派人都外出活动，不在机关。他便化了装，用一顶帽子遮盖住早谢的、光秃秃的、容易被发现的头顶。悄悄走到楼前，从外边看进去，果然不见一个人影。太幸运了！大楼里没人。他顺顺当当溜进楼去。楼里极静，只有他踩着楼梯的脚步声。这声音却使他感到紧张。他只想赶快取了挖耳勺儿，一溜烟跑掉。

他跑上三楼，走进办公室直奔自己的办公桌拉开抽屉，正在寻找挖耳勺儿的当儿，只听“轰”的一响，堵着屋门口站了一大群人，全是对方一派的。不知他们原先都埋伏在哪里。糟了！跑不出去，又不能从窗子跳下去。对方这群人兴致勃勃，非要收拾他这个自己送上门儿来的倒霉蛋儿。他想，自己大小是一派头领，哪能任由对方侮辱而丢掉尊严威风？如果自己真叫对方批斗了，自己一派就会丧失斗志，不打自垮。但他此时此地，孤身一人，又不是这群人的对手。怎么办？

意外的机会来了。就在这时，楼梯那边有声响，不知谁说一句：“又一个吧！”这群堵在门口的人回头张望之时，他扭脸看见朝东的窗子开着，窗外有一棵笔直的大杨树。机会不可失，他几步跑过去，一跃跳上窗台，顾不得背后的人们喊：

“你要跳就摔死你！”

“别叫他跑啦！”

他跃身蹿出去，双臂张开一拢抱住那粗粗的树干，并顺着这粗糙而滚圆的大杨树干，飞快地一直滑到地面上。当那群人在窗口伸出脑袋吃惊地往下瞧时，他已拔腿跑掉。

从此，对，从此他就神气起来！试想一下吧！谁有这种胆量，敢从三楼抱着一棵树滑下来？没别人，只有他。这便是“勇士”绰号的来历。时间久了，这“勇士”的绰号渐渐代替了他的名姓，那段事相隔渐远，没人提了。响亮又光荣的绰号却留了下来，像枚英雄勋章一直挂在他胸前。过了十多年，直到今天。

今天，几个年轻人与他正在办公室端着饭盒吃午饭。这几个年轻人大多是新分配来的大学毕业生。他们在十多年前还是娃娃，自然不知他那段带有传奇性的往事。闲聊时，年轻人从他的绰号问到那件事。无论谁“过五关”的事他都挂在嘴边，张嘴就能讲。

他讲了，年轻人都“哧哧”笑，不信。

“你们去问问办公室的老邬，还有财务室的老曾，老王也行。他们都是见证人！”他说。真话没人信，最容易着急。

“干什么问他们，你有本事敢再来一次，给我们看看吗？不就窗外那棵杨树吗？你要是敢去摸一下，我们就信！”年轻人笑道。脸上带着一种讥笑与嘲弄。

“敢当然敢。没必要！”

“哈，敢说不敢做。敢情你这‘勇士’是冒牌儿的。”

年轻人一起笑起来。

“这算什么，来就来，叫你们开开眼！”他给激怒了，撂下饭盒，踩着椅子“噌”地上了窗台。

谁料一站到窗台上，感觉立刻不一样了。大杨树干离窗口好像比平时看上去远得多。足足有两米！这楼怎么这样高，直上直下，下边停放的自行车像玩具那么小，车铃只有指甲盖儿一般大。他不明白，那次他是怎么跳下去的。明明就是从这里跳下去的嘛！登时，他身上所有强犟的劲头和激涌起来的勇气，好像化成烟儿散了。后边几个年轻人喊着：“你敢吗？敢吗？怎么不敢了？”他动也不敢动，跟着轻微地颤抖起来，先是双脚，随后双腿，最后连嘴巴上胖嘟嘟的肉都抖动不止。他感到自己的重心要向外移动，不自觉赶紧后退一步，为了安全，只好坐在窗台上了。他脸上苍白而沮丧，绝对不可能再重演一次了。

从此，又是从此——那个“勇士”的绰号便从他身上陡然消失，而且永远消失了。就像一盏灯灭了，顿时暗淡无光。无论年轻人怎么笑他、逗他、激他，他连再试一试的想法也没有了。年轻人便把他认真地讲述的那段光彩的经历，只当作胡说八道。他光秃秃的脑壳里便充满苦恼和不解。那件往事毕竟是真的。但他不明白，为什么当初能够做到，现在却根本做不到呢？

陌客

一

出差在外，住那种简陋蹩脚的低等小旅店，再碰上一位打呼噜如牛吼的同屋伙伴，便是最倒霉不过的了。

我偏偏碰上一位。一看他皮松肉肥、肚大腰圆的模样，便知一准是个打呼噜的老手。虽然我常常失眠，又常常出差住店，对各种怪腔调的呼噜声都耳闻过。但听到这位伙伴的呼噜，仍不免大为惊异！他每晚躺上床，几乎没有完全入睡，鼾声即起，很快就如雷贯耳了。而且要打上整整一夜，中间很少停歇，还能变换出各种花样！我最怕他一种呼噜，就是一声声愈紧愈响，到达高潮，忽然停歇，然后“噗”的一声，好像把含了满满一口水喷出来，跟着重新再来。因此他每一停顿时，我都要用被子捂住耳朵，怕听他那不知什么时候“噗”的一下。原来世界上不单有吵人的呼噜，还有吓人的呼噜。

偏偏不巧的是，我所办的事情碰上了棘手的环节，看来还要在这里住上半个月。如果照此下去，白天跑一天，夜里提心吊胆睡不着，可得累垮了。我真佩服同屋的另一伙伴——一个年轻人，爱说，爱热闹，事事好奇，喜欢打听盘问；他是打东北本溪市来的，为厂里搞一台真空镀铝机。这个世界更适合年轻人，他们的事好办得多，机器早就弄到手，但他并不急着回去，因为厂里很多同事托他代买的皮鞋、玩具、糖果、衣料还没购齐。他就整天上街去转，排队挨个儿，争买抢购，晚上回来讲讲白天碰到的趣闻，有说有笑，然后躺下就呼呼大睡，丝毫不觉得同屋那位呼噜大王对他有什么妨碍。

一个人总会由于自己的某种缺陷或不足而羡慕别人。脸黑的羡慕脸白的；记性差的羡慕记性好的；牙齿糟烂的，羡慕别人的一口好牙；手笨的，羡慕人家心灵手巧；老年人羡慕青年人精力有余。我这个多年患有神经衰弱的人，自然对这个能玩能睡的东北小伙子羡慕万分。同时，也暗暗巴望这位呼噜大王尽快离去。我无可奈何，正要换一个旅店时，呼噜大王忽然收到家里打来的加急电报，催他回去。这真是谢天谢地了！

这人一走，屋里静得出奇，好像搬走了一个乐队。我对同屋的东北小伙子说："你晚上别出去了，咱早点儿睡觉吧！我得把这半个月缺的觉补回来。"说到这儿，我心里忽有所动，有些顾虑地说："但愿今晚咱屋空出这铺位，别再有人来睡了。"

晚饭后，天阴上来，又是风，又是雨。嘿！天助人愿，这种天气，这种时候，多半不会有人来住店了。我打了一盆热水烫脚，打算今晚舒舒服服睡一大觉。那东北小伙子正在床上整理他白天抢购来的乱七八糟的东西。忽然有人推门进来，用一种平稳的低音问我："这屋里是有个空床位吗？"

呀，来新客人了。我的运气真糟！

对于我来说，任何一个同屋的新伙伴，没有经过睡一觉的考验，便都是一个令人担心的未知数。

二

这是一位五十来岁的中年男人，个子不高，手提一个耷拉着背带的黑色人造革皮包。一件旧蓝布上衣的肩头，给雨水打湿。一顶普普通通的蓝便帽，帽檐低低压在眉毛上边；帽檐下是一张发暗而陌生的脸。在我这常出差的人的眼里，一望而知，这也是个整年在外边奔波办事的人，而且准是刚下火车就赶来住店了。

他倒不像爱打呼噜那种人——这并非自我安慰。瞧他，干瘦、利索、沉稳，不是躺在床上就虎啸猿啼那副架势。他进来后，脱下外衣搭在椅背上，就从提包里拿出水碗斟一杯热水，放在眼前的桌角上。也不和我们说话，只是打量一下我和那东北小伙子两眼，随后就掏出烟，坐在床头，左臂肘支在床架子上，一动不动地抽起烟来。不多时候，这人就像山顶上烟云缭绕的一块石头了。

这大概是那种孤僻、冷漠、落落寡欢的人。如果他不打呼噜，有这么一个半哑的人做伴倒也省得说话应付，劳心费神。

可是那个事事好奇、没话找话的东北小伙子好像有事做了，他把嘴巴对准这位新来的陌客开了腔：

“您是出差来的？”

“嗯。”那人头也没抬，只出一声。

“采购吗？”

“不，到商业部办点儿事。”

“什么时候来的？”

“今天。”

那人明显地是在应付问话。东北小伙子却偏偏听不出来，仍旧蛮有兴致地问：

“您什么时候走呢？”

“明天一早。”

“您是打哪儿来的？”

“唐山。”那人依旧没有抬头。

“哎——”东北小伙子好似更来了兴致，目光都发亮了，“唐山？地震时您在唐山吗？”

“在。”

“怎么样？厉害吧！听说八层的水泥大楼都塌成一摊，真的吗？”

东北小伙子盘腿坐在床上。此刻他支棱着耳朵，把脑袋极力伸向唐山人，好像要钻进唐山人的嘴里去听。

唐山人对这话题却毫无兴趣，他依旧低着头，只是平静地回答一句：

“是真的。”

“呀！可真是呢！您给讲讲，还有什么特别的事吗？您当时怎么样，您家的房子也塌了吧？”东北小伙子真像遇到一种新奇的游戏。唐山人好像一块磁石，吸引他不停地挪动屁股，现在移到床尾这边来了。

唐山人始终低着头，默默地、一动不动地抽着烟，没有答话。我便说：

“我家在天津。虽然震得远不如唐山厉害，但地震时我家的屋顶塌下来，屋里的东西一点儿没剩，粉粉碎碎。所幸的是人没伤着。”

唐山人听了，一直半低垂的脸总算抬起来，看了看我。这是一张满是皱痕、显得苍老的瘦瘦的脸。他目光十分沉静，镇定自若，听了我的遭遇也没有半点儿惊愕之情。大概由于他是在惊涛骇浪里过来的人，自然不把我这个海边的弄潮儿当作一回事。

东北小伙子却在一旁大叫：

“老冯，你也遇过这种险事吗？你说说，你家是什么样的房子？地震时你躲在哪儿了？你又不是神人，怎么房子塌了，就砸不着你……”

我没回答。我的注意力一直没离开对面这位沉默寡言的唐山人。我问他：

“你家里人都还好吧？”

这是经历过大地震，我才学会的对于同经历患难的人所表示的一种含蓄的关切。

“嗯，还好吧！地震时，我失去了老母亲、爱人和一个女孩儿。现在还剩下一个男孩儿在家。”他回答。保持着出奇的平静，仿佛连目光也没颤动一下。真叫人难以想象——一个人失去这样几个连心的亲人，怎么还能够保持这般沉静和镇定？即令谈到别人这样的遭遇，也会不免带进感情呀！如果不是他个性过于冷漠无情，便是在那非同寻常的悲痛的打击下，有些变态了。

人家有这样的遭遇，我不便再说什么了。

旁边那东北小伙子，好像听到了一件头号奇闻。他一个劲儿地刨根问底，死死追问唐山人惨烈的遭遇。活人的悲剧比舞台上的悲剧，更能满足一个人的好奇心。这唐山人的遭遇中会有多少揪扯人心的细节啊！于是他问起大地震的经过，这唐山人的母亲妻小怎样丧命，唐山人和儿子又是怎么幸免于横祸的。这唐山人终于被问得一点点开了口。当这人谈到实情，就不再是勉强应付，而是认认真真回答了。东北小伙子也听得十分认真，他一边听，一边吃惊得呀呀直叫，感叹得唏嘘有声，流露出同情。同情才是真正打开别人心扉的钥匙。特别是东北小伙子问到唐山人和死去的亲人们的感情时，唐山人竟然完全变成另一副样子。他的目光不再是沉静和镇定的了，而是感触万千，时而涌出一阵泪光，亮晶晶地包住眼球，时而这泪光又被他强忍下去，剩下一对干枯而空茫的眸子。他瘦瘦的嘴巴微微直抖，声音给激情冲击得颤抖不止。此时，他已经不再需要别人再问他什么，自管滔滔不绝说下去。说得冲动时，一手抓起帽子扔在床上，露出一头花白稀疏的头发；手里的烟卷早灭了也不知道，还夹着一截烟蒂比比画画。

“……后来，我爱人和女儿的尸体找到了，和许多人合葬一起……我母亲的……却始终没有找到。我在废墟里只找到她老人家一根银分头针，作为纪念……”

他哽咽了，但他越过这感情的障碍继续说下去，就像涨满的湖水，突然决了堤，泛滥开来，恣情奔泻，任什么也阻挡不住了。

看他这样子，简直要大哭一场！

一个镇定自若的人，转眼变成这副样子，尤其使那东北小伙子莫解，他反倒想来阻止这人神经质发作般地发泄下去了，但他没办法。我便对这唐山人说：

“过去的事就过去吧，老兄！人的一生什么事都可能碰到的。但活着总要往前走，那就不能往身上背包袱，而要往下卸包袱，感情的包袱也是一样。再说，我很佩服你们唐山人，经受了有史以来罕见的大灾难，居然挺住了。能够这样坚韧顽强、充满信心地生活，的确了不起。人没有这股劲儿，哪行呢？”

没想到，我这几句话像一片镇静剂，立时使这唐山人不出声了。

他怔了一会儿，忽然发现夹在指间的早已熄灭的烟蒂，便扔了，重新点上一支烟抽起来。他神情渐渐复归平静，一时颤动不已的目光渐渐又凝滞成原先那镇定自若的样子。好似风暴歇止后的树木，依旧是肃立不动的。

那东北小伙子也就不敢再发问了。

我这才发觉，自己一双脚仍旧浸在水盆里，热水早变凉了。再一看表，禁不住说：

“哟，快十一点钟了，咱们睡吧！”

我去盥漱室倒掉盆里的水，用热手巾擦擦脚，又漱洗一番。回屋时，唐山人依旧坐在那里一动不动地抽着烟，那东北小伙子却已睡着了。

我脱衣上床，钻进被窝，便对唐山人说：

“老兄，睡吧，天不早了！”

“我再坐一会儿。你先睡吧！我给你闭灯。”他说着，伸手拉了灯绳。

灯灭了。一片漆黑，但在我对面四五尺远的地方，有个殷殷的红点儿，一亮一暗，一暗一亮，这是那唐山人在抽烟。我大概由于半个月来没睡好觉，今夜又没有那吓人的呼噜来威胁，神经放松，很快就进入梦幻。

三

半夜里，我似乎醒来一次，但并不完全清醒。只觉得面前那亮晶晶的红烟头，依旧静静地一明一暗。在睡眼蒙眬中，我迷迷糊糊地想，怎么这唐山人还在抽烟？是不是睡前那东北小伙子的问话，勾起他的心事，一时睡不着了？但我来不及去想，困倦好像个巨大的迷魂罩儿，重新把我笼罩起来。

第二天醒来时，天已大亮。屋里好静，空气里有股烟味儿。我坐起身，却见那东北小伙子早已起身去了，大概又去逛商店吧！再看左旁的床上，也是空空无人。被子叠得好好的，床单抻得平平整整，那包儿、外衣、杯子，都没有了。原来唐山人也已经离去了。

我一低头，一个景象如同画面一样跳入我的眼帘；在这唐山人睡过的床前，靠近床头的地上，竟有二三十个捏瘪了的烟头，一大片撒落的烟灰和废火柴棍儿。我心中不觉一惊，啊！他整整一夜没有睡觉呢！跟着我好像一切都明白了……

再看看这些烟头，我立即想起昨晚这位不知姓名的唐山人的每一句话。我心里立即泛起一阵深深的懊悔！我当时为什么不去阻止东北小伙子那些好奇的问话？为什么我也在一旁眼瞧着那小伙子揭开这唐山人好不容易才封闭起来的隐痛？不负责任地去触动别人心中的隐痛，是多么不道德的啊！懊悔过后，留下的是内疚。烟头是最常见的东西了，却从来没有像这些烟头，如此沉重又长久地留在我心中。至今我几乎一闭眼，就能清晰地记起那些烟头和那位陌生的唐山人……这是多么糟糕又无法挽回的一件事呀！

临街的窗

你有你的窗，

我有我的窗，

他有他的窗，

还有一个窗。

——题记

“等等，哎！等等——”

我叫。把胳膊尽量抻长，使劲儿摇，为了叫驾驶室里那穿花格衬衫的小子看见，听见。

小子！不知他真没听见，还是装的。黄色大推土机，举着亮闪闪的推铲，轰鸣着，直朝前边一片残垣断壁开去，好似一头巨型怪兽，眼看要吞掉这些大地震后遗留的残骸。我在满地硌脚的破砖碎瓦上连蹦带跳冲过去，怒气冲冲站在推铲前，对这小子大喊：

“等等！不行！”

推土机“哐当”一声猛地刹车。这小子一头天然卷发，像朵大葵花从驾驶室窗口伸出来，下巴由于使劲儿往前挺而发亮，对我恶吼：

“找死？我就轧死你！”

他那双凹在深眼窝里的漂亮的眼睛，凶起来，立即充血，像一对小红灯泡闪闪发光。

我没搭理他，扭身直往那片横七竖八的破壁走去。

“干嘛去？没金条，只有狗屎，傻蛋！”

一堵墙，一堵墙，一堵墙……早已破败、松散，有的只剩下半截，带着大地震时砖块错位形成的楼梯状裂缝。缝里已然钻出很长的草，甚至树芽、小花。但，这不正是那些住家的墙壁吗？残留的灰皮，已经很难辨认出原先刷过的颜色；有的净是钉子和钉子眼儿；有的还挂着塑料布，早给风撕成碎条儿，无精打采地飘呀飘……那一堵，那一堵，它在哪儿呢？就该在这儿呀！紧挨着福安街。对，瞧前边，碎砖块中凸露出来的那又细又长的石条，不就是先前大街两旁的便道边吗？

难道那墙地震时倒了？还是后来有人用砖，把它扒了？

“大个儿！你再不出来，我不干啦。我正想抽烟歇会儿呢，可活干不完，扣钱，你得掏……哎，听见没有？你戳在那儿干嘛，找地方上吊？哎哎，你直眉愣眼看嘛呢？”

在这儿，我看见了！找到了！它居然还在，还在！这墙，这墙上的窗子，这绝对是世界上绝无仅有的窗子，这绝对是第二个人想也想不出来的窗子，这绝对是任何人都不可能再重做的窗子！你就是走遍天下，看尽英国人的、德国人的、日本人的、印第安人的、充满怪诞想法的中世纪人的，还是同样充满怪诞想法的现代人的，他们都不会创造出这样一扇独一无二的窗子！

呵呵，这窗子！

嘿嘿，这窗子！

呀呀，这窗子！

唉唉，这窗子！

这是这窗子的歌。

一　呵、呵

七年前，我在教堂后房管站的修缮队木工组干临时工，跟着正式在职的木工们，入户给住家修理门窗、地板、顶棚。活是轻活，入户干活更是美差。户主好不容易把我们请去，自然是好烟好茶，好脸待承。进门照例一屁股坐下去，先和户主聊大天，抽足喝足，起身来锯锯刨刨，钉钉敲敲，也算活动一下坐紧巴了的身子骨。干个把小时，脚底下抹油，“哧”地就走，活没完，第二天接着，反正日子有的是。

这天打早就阴天，滴答雨点，老天爷开恩，索性也不用入户了。哥儿几个把桌上的刨花一划拉，“哗哗”洗牌，打“大跃进”，赌烟卷。组长黄茶壶（这是他外号，由于贪喝茶水得此大名），泡了一大缸子浓茶，把早晨从家带上身的一整包烟，从中掰开，往桌上一撂，打算这一下就干到晌午。不料没打几圈，烟盒瘪下去，就要空壳。他顾不得摸茶缸，双手抓着牌，竟攥出水来。目光变得如狼似虎，死盯着别人甩出的牌，连最爱耍贫嘴的骆小六，也不敢吱声，怕他翻脸。他浑身肉，干活时也从没绷得这么紧。我有意扔出张小牌，给他活路，他还是没牌出，看来这家伙今儿真是走倒霉字儿了。

这当儿，门一开，曹站长满脸不高兴地说：“行了，雨住了，你们也该打住了，找点儿活干吧！”说完立刻带上门走了。大概他知道，工人们不会给他好脸看。

黄茶壶不甘心这么结束，一拍桌子说：

“把口袋的烟掏出来，全押上，赢输就这一把了！”

这儿他说了算，洗牌，又来一把。那时这家伙阳气正壮，该他不绝，大小鬼，四个“3”，两个“2”，外加五星，叫他一手摸去，再一口气甩出来，谁也拦不住，满赢，全拿。哥儿几个大眼瞪小眼，骆小六一张牌没出手。“痛快！痛快！”黄茶壶乐得露出黑紫的牙花子，伸手把桌上的烟卷全塞进衣兜。

“不行，接着来，我们一把最多赢你三根，凭嘛你一把就兜底儿！

纯粹地主对长工那套，你是不是想换成分？”骆小六趁他高兴，拿话怄他。自己却真有点儿气。

“去你的！再来，叫你连裤子都输进来，走不出这屋子去！没见你老子转运了？换成分？老子家打根就是贫农，换血也换不了成分，你要看着眼馋，想沾光，现在过继给我也不晚，哈哈！不服气？今儿就老实在家，和老倪锯木板子吧！大个儿（指我，我身高一米九）、陈荣胜，跟我入户干活去！”

黄茶壶极得意，一条眉毛直往上挑。他忽然问我，他最后甩出的那张牌是几。

“梅花9。”我说，“怎么？”

黄茶壶笑呵呵，叫陈荣胜查查住户房屋修缮登记本。他说：

“你从头往后数，哪户登记排在第九，咱就去那家干活。叫这户也沾沾光，走点儿运。”

大家都觉得这法儿挺开心。

“找到了吗？找到了，哪儿？”黄茶壶问。

“福安街一百二十七号后院。”

“倒还近。姓嘛？”

“俞。”

“不认得。嘛活？”

“开窗户。这户登记快两年了，还是一九七〇年呢！这可真该他走运了。”

黄茶壶忽然脸一暗：

“噢，是那户，不去，换一户！”

“为嘛？”

“你和这家有过节？”

“不，压缩户。咱不伺候他们！”黄茶壶说。端起缸子喝茶，像往嘴里倒，嗓子眼儿响，肚子也响。

骆小六蹲在木条凳上说：“真是榆木疙瘩脑袋！愈是压缩户，待咱愈客气。不单你刚才硬夺去那两口袋烟卷省下了，还保准十块钱一两的龙井，灌足你这夜壶。你不去，我去！”他一挺肚子，从凳上跳下来。

我自己家挨了抄，也是压缩户。由于是临时工，他们不知道。我总穿绿褂子、破裤子，骂骂咧咧，他们便以为我和他们一样。大概出于一种同病相怜，不禁替这想开窗户的人家说话，当然，我用另一种口气说：

“黄头，你要换一户，不是第九，你可把手气也换掉了！”

黄茶壶怔一下，忽然“呸”的一口，把留在嘴里的茶叶吐出来，朝我和陈荣胜一撇脸说：

“走——叫他占一次便宜吧！”

“别中了糖衣炮弹。”骆小六笑道。

“滚蛋！这叫作‘生活上给出路’，这是政策，懂吗，傻小子！”

“咱三人这叫‘落实政策小组’，对吧！”我笑嘻嘻地起着哄，拥着一齐去了。

这是大杂院。走到顶头，一拐，穿过一条一人宽的夹道，再顶头，只一间小屋，单扇小门。门一边有个跟瞭望孔差不多大小的窗洞，装着几根炉条似的铁栏，不像住房，不知当初干什么用的。从方向上看，它背靠福安街，肯定是想在临街那面墙上开个窗子，好透气。这屋比院子低，站在门外，屋檐和眉毛一般齐。黄茶壶的嗓子挺冲：“有姓俞的吗？房管站的！”紧接着就又一句，“没人就走啦！”

“哗”地门儿打开，一张黄瘦脸儿，眼镜片闪光，客客气气把我们让进去。别看他没有任何反常，头一面，我就觉得这人不大正常。

屋里有股油漆稀料味儿，虽然混在浓重的潮气里，还是很明显，往鼻孔里钻。这人是干什么的？

“你不是登记要开窗户吗？经过研究，今儿决定给你……”黄茶壶挺神气，边说边找椅子，就坐下来，等这人拿烟沏茶了。可是他忽然“哟！”的一声。我们几个同时一怔，好像被大炮一起击中，不分先后。原来靠福安街那边墙上已经开了窗子！不大不小，对开的两扇窗，玻璃挺亮。

黄茶壶脸色变了，好像他的什么好东西叫人抢先截走了。

“谁叫你自己开窗户？”

这姓俞的瞪大眼，似乎比我们还惊讶。

“别装傻，公房原建筑一点儿不准动，私开窗户是违法的，破坏国家财产，谁不懂？”

黄茶壶好横，看来解释、认错、讨饶，都不济于事。谁料这姓俞的，眼镜片直冒光，却不像镜片反光，而是从镜片后边闪出来的。他居然挺兴奋。

“好，你还不当事！听着，现在——你马上给我堵上，随后再写检查。一式两份，一份交给你们单位，一份送到我们站里去。听明白了吗？堵吧，我看着你堵！”

姓俞的却摊开双手，表示不知该怎么做，神情要笑。这人！缺心眼儿，还是成心气黄茶壶？

“把窗子先落下来，再用砖、沙子灰堵，怎么开的，就怎么堵上，恢复原样，一点儿也不能差！”

“落下来？怎么落……”他终于露出笑容。

黄茶壶脸上的肉直抖，他受不了一个压缩户跟他装傻卖呆。

我虽然对这倒霉的人抱些同情，却也觉得他做得有点儿过分。又担心黄茶壶这火药罐子脾气炸了。才要说两句了事的话，忽然一激灵。因为我离窗子近，发现这窗子根本不是开的，竟然是画在墙上的！奇了，真奇了！站在三步外，冷眼一瞧，绝看不出来。这样逼真，木头窗框、窗棂，铁拉手，玻璃真像装上去的！天下还有这种以假乱真的能耐？没有亲眼见，绝没有我现在这种惊奇到顶的感觉。

黄茶壶哪知道，他把事情闹大，就会下不了台。我拉拉他衣袖，小声告他，这窗子是画的。黄茶壶一怔，一眼仍旧没有瞧出来，上去一步，才看出真相。为了验证虚实，弯起手指敲敲这窗，发出敲墙皮的声音。他也傻了。这一傻，使他有点儿蠢。泄了气的肉，就像放下的帘子，松松地耷拉在脸上，嘴呆呆成一个洞。“画的？”他半天才说。还是句等于没说的傻话。

姓俞的，像小孩做了得意的事那样，很高兴。在黄茶壶看来，就是气他了。他没认出画窗，白白神气一通，空发威，却没法再发怒，画窗户并不违法。下台阶的办法只剩下一个，就是朝我和陈荣胜说声：“走。”这个字说得倒厉害，实际上却是放空炮了。

我们出来时，好像打败仗。

“这家伙为嘛画窗户？”

寻思半天，谁也猜不透。

“别是特务暗号？”陈荣胜虽然瞎逗趣，却也想邪乎了。

黄茶壶突然叫道：

“我懂了。准是这四眼狗嫌咱们不给他开窗户，成心画一个，叫咱们认不出，给咱们难看，对吧！这四眼狗还真有两把刷子，也够阴损，不声不响，愣把咱涮了……这正好，冲这就不给他开了，叫他使唤这死窗户吧，闷死他！怎么样？哎，大个儿，听没听见？”

我听见又没听见。因为眼前总浮着刚才那窗户，心里总体会着头一眼瞧那窗户时信以为真的感觉。我上学时，喜欢画，眼力不错，它究竟怎么能硬把我的眼睛骗了？呵、呵，这窗子！

二　嘿、嘿

这天下班，我拿了几根大木头、小半口袋沙子灰，还有锯、凿子、锤子、瓦刀，去到那姓俞的家，进门坐下来就对他说：

“你犯不上和房管站置气！生气等于气自己。对不？别以为他们跟你认真，其实你开不开窗户，跟他们有嘛关系？只要你不认真，没有认真的事——这些都别说了！今儿我把家伙、材料全捎来，放在这儿，明天我歇班，帮你把窗户开了！”

谁料他马上伸出一只瘦瘦的手直摇，拦着我说：

“不，我不开了！”

“你又何必固执？这小屋矮，又不透气，伏天还不把你蒸熟了？”我笑，劝他。

“不——”

“为什么？”我有点儿不高兴，觉得这人有点儿不识路子。

“不——”他只说这一个字。

我瞅他一眼。他瘦得暴出筋来的细脖子，支撑着梨核似的小脑袋，还是馋嘴啃过的梨核，没剩下多少肉。厚厚的眼镜片，好比汽水瓶的瓶底，把他眼睛放大得像马眼。这眼直怔怔、没有任何内容地看着我，对我这诚心诚意、一厢情愿来帮助他的人，也没有半点儿感激之意。

我真想骂他。当然，我不会骂，话里也就不免夹些棱角：

“告你，我是临时工，不是房管站的人，没责任更没义务给你修房。今儿来，纯粹自愿，看你困难，帮你一把。再有……你是压缩户，我猜，多半是狗崽子吧！别生气，我也是，咱们同类，算有点儿狗气相通，我才来的，早知你就会说这个‘不’字，我不该动热肠子！”

人与人之间，有各种锁，各种钥匙，一把锁一把钥匙，碰对了就开。他马上冲动起来。这人冲动时好怪，两只手晃来晃去，好像不知放在哪儿才好，跟着放在我双肩上，摁我坐下，开口把底儿告诉我：

“原先我是打算开个窗户的，后来我发现，这房子隔街是‘清理指挥部’……”

对了，街那边的大楼就是“清理指挥部”呀！开了窗，正对着那大门。我想到自己——我哥哥爱鼓捣无线电，被审查过一个半月，我去送过一次绒衣和粮票。那气氛，叫我半分钟也不肯多待就跑出来了。他开开窗子，不等于搬进“清指”去住一样吗？太可怕了！

“可是，没窗子，憋得难受，我就画了一个——这个。”

原来他画窗子，并不为了跟任何人斗气，只为他自己，我点头，不用再说，全明白。

“要我也这么干！可惜我不会画画。过去我倒喜欢画，也喜欢写诗，没才，干不了这个。唉，跟你不值一提。哎，我说，你为什么不在窗上画点儿什么，叫窗外有点儿景致多好，这样光秃秃的！”

这随便一句话，竟在我俩之间产生通电般的效果。一下子，我觉得他亮了一下，整个人像灯泡一样亮了一下。他跳起来，从墙角拿起画板、颜料和笔，调颜色，在窗上画起来。动作快得像救火，或者像火一样扑到那窗上去。

活生生的一切，活生生地出现了。

树，远树，远树像沉默的人，一个个无声地站在雾里。那雾是它们的思索还是谜，它们给谜团般的思索包裹着；再远，是只剩下灵魂的远山。这灵魂是超脱的，因此永远清醒又永远宁静……这一来，坐在屋里的感觉全然不同了，就像在山间一座小楼里，透过窗户所望、所感受、所沉浸到的一样，一片万虑皆空、飘洒自如的境界弥漫心中。心被它洗了，干干净净，没有尘埃，像做隐士。我是凡人，但我想做隐士一定这样，这样美。我忽发奇想，顺口说：

“这可好，你会画，你想在什么环境里，就可以在窗子上画点儿什么。”

他的眼睛好像跑到镜片外边来，惊奇地闪了闪，朝我叫道：“呵，你救了我！”然后不再搭理我，背过身，面对这画窗，不住惊叹道，“嘿嘿，这窗子！嘿嘿，这窗子！嘿嘿……”

我对他说话，他竟听不见。

我想起，前年，表婶在学校，给学生们折腾死，我和表叔说话，表叔忽然瞪着眼说我是法海和尚。他的眼凶得像鹰眼。后来我知道他突然疯了。精神病急性发作，真吓人。那时留下的一种惊恐感，此刻又出现了。但这姓俞的并没疯，他转过脸来时，眼神并不发直，晶晶莹莹，颤动着。他恳求我：

“让我自己待一会儿吧！”

我点头，马上就走，留下他和那画窗。

三　呀、呀

我承认，我对这人有兴趣。由于他的画？神经质？他给人一种“不必提防感”——这是人与人之间最难得的。

可是，只和人家接触一次，怎好无缘无故再去打扰？我曾经想借茬修理房子去串门，但不久我就离开了房管站。原因是站里提出要我“转正”，大概看中我肯干活。临时工被“转正”，真是叫上帝吻脑门了。我一听，马上从房管站辞职，不干了。人家都骂我傻、蠢、怪，猜不透我，其实很简单，我认为临时工是我们社会上的吉卜赛人，到处游荡，没人管，最自由。我受不了各种“正规”约束。这样，我也没借口到那姓俞的家去了。

凡事有无意，一切都仿佛来得自然而然。

我给老婆买吸奶器，到处买不到，转来转去，忽然云彩上来了。一起风，大雨点就砸下来。我刚要钻进一个门洞躲雨，里边呵斥道："别在这儿，走！"一看牌子，竟是"清理指挥部"，吓我一跳，更不安全的地界！哎——我突然发现，对面不就是那姓俞的家吗？我跑去敲门，正巧他在。我俩说话的当儿，外边的雨狂了，正像天上的银河决了口子，一条大河掉下来了。

他还那样。眼镜、黄脸、细脖、瘦手。

我告他，我现在到罐头厂洗鱼；他说，他还在轧钢三厂看仓库。其实我头一次就知道他看仓库，我并不惊讶。真正画画的，未必在画画那些部门和单位，干什么和能干什么，向来是两码事。

人生从来不是对号入座的——我在自己的诗里写过这句，还挺自鸣得意，因为常常碰到这句。

我扭脸看那窗，目光没有浸进原先那恬淡的风景里，而是即刻被一种纯净的夜色所融化。窗子里换了景物！他重新画了，换成了黑黑而透明的夜空，只有一些疏疏落落又光秃秃的树枝；清冷的、微蓝的月光隐约分出这些枝丫的远近层次；似乎有几颗遥远的星星，在树枝间闪着微弱黯淡的光……

"这可不如原先的。"我说，"虽然也挺美……但有点儿凄凉，对吗？"

他正在给我斟水，听了我的话，水没斟，暖壶一放，走过来。他的脸与我的脸好近，他的眼睛与我的眼睛只隔那一对厚厚的镜片，他的呼吸好像用我的鼻孔了。他的声音激动又神秘：

“美，凄凉，全对！你的感觉全对！谢谢你，朋友！”

听到“朋友”两字，我心里一热。

他的脸忽然缩小——他猛然把脸后撤，扭过去，面朝着这夜色空蒙的窗子，木头一样立着，念念叨叨地说，分明讲给我：

“我和她天天就在这儿说话，那一阵，她害怕我的目光时，就命令我：‘你抬头看！’我抬头就看见这树。看这树时，我听见我俩的心跳声，乱成一团。……但她是师长的女儿。她终于相信，她爸爸更爱她，参军去了。临走那天，我们说好在这儿分手。我推着自行车走来，开始没看见她。我这眼镜真该重配了。我以为她不来了。走近，忽见她就站在树下，穿棉军装，一条深色围巾包着头，只露一张脸，好白，她那表情……我忙停住车，向她走去。走了两步，车子‘哐当’一声，在身后倒了。我没管，还往前，直走到她面前。她一瞧我的眼睛就说：‘你抬头看！’又是这树。我耳朵‘嘣嘣’响，但不再是我们的心跳声。我的心不跳了，心里只响着她走去的脚步……我就一直望着这树，不去瞧她走去的背影。瞧呀瞧呀……回来的当晚，我就把这树画在窗上。有了这窗子，熬过那段日子就不那么艰难了。有时，望着这夜空、这树，恍惚她并没走，还在我身边，只要一低头，就能瞧见她。但我不低头，使劲盯着这窗，直到能感觉到她身体的气息，感觉到站在我身边的活生生的她的实体……”

他喃喃不停。背后桌上的暖瓶，没盖盖儿，瓶口无声地飘着热气儿。

我看着这窗，渐渐也好似进入这窗中。听不见外边的风声雨声，现实和现在都不复存在了。我也浸在昨天那凄婉的故事里。这树，这夜空，我觉得更美，更凄凉，却不是一般感受上的空泛的美和凄凉，而是充实的美和充实的凄凉。显然，世界上没有比这更好的窗和比这窗子更好的了。虽然它中间，含着生活的冰冷与残酷……别说了，就这样，也只能这样。

如果没有这窗子，他会怎样?

呀呀，这——窗——子!

四　唉、唉

那是冬天，很冷。四面单砖的墙太薄，一个小煤球炉子烧不暖，屋角总聚着寒气。我俩各抱一个装热水的玻璃瓶暖手，望着那窗。窗外是暖洋洋的春天，从窗子上边垂下一些藤萝的枝蔓，绿叶都被阳光照得半透明，中间夹着几嘟噜怒放的淡紫色的花，一只大蜜蜂趴在玻璃上，大概采蜜采得太多太累，一动不动，一道黑、一道黄的肚子鼓胀得像个球儿。

“小时候，年年五月里，我家的窗户就这样。一开窗户，大蜜蜂就闯进来，不敢开，屋里挺热，但花香却从窗缝钻进来……妈妈总在屋里用鼻子使劲儿吸，吸花的香味，吸着吸着，她就闭上眼，享受这花香……”

他镜片后的眼睛也闭起来，醉了一般。我不觉冷了，甚至也感到了花的香味。这真是奇妙的感受！

这期间，我断断续续去过他家几趟。有时为了帮他的忙。他几乎没什么朋友，生活上没什么办法。他那装热水的瓶子还是我从医院里弄来的葡萄糖注射液瓶，因为这种瓶子放热水不炸。表面看来，他的心绪还好，但我总为他有点儿担心，担心什么，那时我并不清楚。有时，我说，你可以参加外边的美术活动，比如画展。其实那些画展我从来不看，也不认为报上的画是画。拿这些说服不了自己的话，去劝别人，自然没劲。

他倒常常更换窗上的画。有时换上一片忧伤的秋色，换上一片闪电照亮的云天；伏天里，小屋真像蒸笼，光膀子，有汗味和人肉味，他的窗子便换上一片灿烂而神奇的冰花，或是一片寥廓旷远、鸟兽绝迹的冰天雪地。目光放上去，心立刻就静了。

“你这窗子的季节，正好和大自然的季节相反。”

“不，它是我内心的季节。”

“反现实的？”

“还有一种内心的现实。”

"有人说过，生活追求一种现实，艺术追求两种现实。对吗？"

"是的。两种现实，两种真实！"

"真好！我就没有这么一扇随心所欲的窗子。生活没什么，你给它什么。"

"不不，我没什么，它给我什么！"

一次，我叩他门时，听到他在和谁说话。这是从来没有过的，我没在他屋里见过别人。

"你真可爱，天天陪着我，我唱个歌儿给你听好吗？呵……呵呵呵呵……呵呵……呵呵……"

又像情话，又像疯话。

"噢，是你。"

他开开门，把我让进去。屋里没别人，我正犯疑惑，只见窗台趴着一只胖胖的大花猫，隔着玻璃向里张望。一双大眼睛孩子似的直瞧着我。无论我站在哪里，它都瞧着我。这并不奇怪，我知道，画肖像画时，只要让被画的目光直对自己，结果都这样。

噢，原来刚刚他是和它说话。

"这倒好，不用喂，也跑不了，可惜不会叫。"我笑道，"齐白石在画上就题过——可惜无声。"

"喵喵——喵。"

忽听猫叫，我一怔。他大笑，原来是他学的。我俩一齐笑起来。

他边笑，还一个劲儿边学猫叫，直笑得接不上气，叫不出声来。忽然，他的笑像刹车那样突然停止，认认真真对我说：

“其实，它总在叫，只有我能听见。”

声音很低，最低的声音下边，好似压着一点苦味的东西。

我默然，没应和，更没往下谈，生怕把他那苦味的东西掀出来。

下一次再去看他，大花猫没了，换了一群开心的小麻雀，站在电线上，一齐朝屋里唱歌。此后，又换了几块飘忽忽的云块，飞在半空中打旋的落叶，沙漠，瀑布，苍茫水天中的一片孤帆，幽深的江南小巷……我最喜欢的是，他画了一些树影，映在玻璃上。我不明白，那玻璃和映在上边的树影是怎么画出来的。静静地瞧，还有被微风撩动时婆娑摇曳的感觉。真是美极了，宁静极了，安闲极了。

这一阵子，他的心绪似乎很好，窗上的画换得也勤。每换一幅窗景，小屋就换一种气氛，坐在屋里就换一种心境。然而，每每看这更换了画面的窗景，我还有一种惋惜和担忧。惋惜旧的画面被盖在下边，担忧不久它又被新的画面遮盖起来。那是一幅幅多么迷人的画面！纵使将来有天大的能人，也无法将这些重合在一起的画面，一幅幅剥离开，重现出来；我眼巴巴、无可奈何地看着这不为世人所知的独绝的艺术，一次次诞生，一次次毁灭。但生活，一切过往的、现时的生活不都这样吗？

一边创造，一边销毁。生活……

此后，大约半年多光景，我没去他家。这因为那年冬天，我转到东局子以北、地道外的一家印刷厂烧锅炉，老婆闹肾炎，一边盯着炉火，一边盯着老婆的尿里有没有沉淀，还得往托儿所接送孩子，忙得我几乎把他忘了。一天，赶巧到教堂后找人给厂里买红木，做刨床，想到他，绕个小弯儿来看他。进门就觉得气氛不对，他印堂发暗，没精神，好像生了大病，一下子老了许多。本来他这种人，既不显年轻，也不易显老的。怎么连眼镜片也不反光了？屋里这么暗！不等问他，却见那窗子挂着厚厚的帘子。

"怎么，你怎么了？"我问。

他不作声。我隐约感觉，曾经担心过的某种东西出现了。我走到窗前，"唰"地拉开窗帘，眼睛登时一亮，好像被什么刺了一下，原来他在这窗上画满阳光。一扇被阳光直射、照透的窗子。我兴奋地叫：

"呵，多明亮的窗子，多美好的阳光，你——哎，你为什么不望着它，你只要望它一眼，你的心都会被照亮、照透、照得发光的！"

我加高声音，想用热情冲击他，感召他。我还是认准这窗子能给他所需要的一切。

他却突然直着眼朝我叫起来：

"你为什么只瞧那里，不瞧别处？你瞧桌子！桌上的东西！瞧椅子！瞧暖瓶！暖瓶！瞧我！我的脸！瞧这屋里的一切……"

我不明白，他叫我瞧这些做什么？他疯了吗？他继续叫着：

“阳光？哪里呢？既然有光，那么影子呢？反光呢？在哪儿？哪怕一点点，你看呀！根本没有……没有！全是假的！”

他的神情，想笑又想哭。我反而放心了，他没疯，他现在最清醒，他从来没有这么清醒过。

“算了吧！朋友！”他说，“它骗了我们多么久！该……结……束……了。”他颓丧到极点。

阳光夺目的窗子，黑暗的屋子，这便是我看到的最逼真又最不可思议的景象。

他抬起手，把窗帘慢慢拉上。

这窗子本来是不存在的呵！

唉唉，这窗子！

大地震时，据说他这小屋正在地震带上。不管这说法科学不科学，塌了，他成了房顶和地面的“夹馅”。这是我在灯具厂做临时工时，另一个姓蔡的临时工告诉我的。这姓蔡的曾在轧钢三厂干过四年，常到仓库里领东西，认识看仓库的“俞眼镜”。他说这人不错，缺心眼儿，不琢磨人，只是有点儿神经，砸死之前的一年里，愈来愈不正常。下班时，叫另一个管仓库的稀里糊涂锁在库里，第二天上班才发现。他出来时，没有发火，还笑，脸冻得发青，腿脚全冻麻了。钢厂的仓库里没有遮身挡体的，没冻死他就算命大。听说，他父亲在运动初期寻了短，母亲改嫁给一个干部。父亲的污点便叫他一人担当，像一块黑记，挂在他脸上。他别无亲属，地震时屋里的东西被砸得粉粉碎。无论他对这世界，还是这世界对他，互无牵挂。他的尸体，是工厂去人弄出来火化的。丧葬费，连同他半个多月的工资，没人领，在账上销了。人间不动声色地打发掉他。

只剩下这窗子了，日晒雨洗，已然很淡，如模糊的梦境，但它毕竟还在。本来不存在的东西，反倒存在着。生活比人更会开玩笑。

我想，我们这些清理震后垃圾的工人中，肯定有人发现过这画在破墙上的窗户，肯定奇怪，却无人能解。世上的谜多的是，这一个算什么，哪有人费劲去猜？

唉唉，这窗子！

轰隆隆，轰隆隆，轰隆隆……

我惊醒。那穿花格衬衫的小子，已经把我身后的几堵墙推倒。透过腾起的烟尘，传来他的叫喊：

“你再不躲开，我连你一起推了！”

推！我恨不得尽快把它推倒，轧碎，铲平。我正要朝那小子喝道：“推呀，你还等什么？”忽然犹豫起来，我又希望它再多保留一会儿，哪怕一分钟，两分钟，三分钟……

匈牙利脚踏车

一

孟大发一直盼着来一笔意外之财，使他平淡拮据的生活像通上电的灯泡那样陡然辉煌起来，使他那间黯淡、简陋不起眼的斗室登时应有尽有，花钱不用愁，天天酒足饭饱，再用不着总去小饭铺里，硬着头皮大口吞食又咸又没味儿的麻酱拌面；也有几套讲究的衣服、新皮鞋和好表，使那些手头宽绰得令人眼馋的哥们儿反过来羡慕他。但哪来的那笔意外之财呢？他自小没父母，拉扯他成人的亲姨也在去年患风湿病死掉。没有遗产，没有一门有油水的亲戚可沾，更没人对他慷慨解囊，好运气好像与他隔着千山万水，呼唤它也不来。他只在四年前一个夜里，从大街上拾了半包烟卷。烟卷倒是好牌子，点着刚要抽时，忽然怀疑这烟卷有毒，最后还是远远地扔了……就这样，直到那场谁都知道的动乱之后，有关部门处理一批所谓“无主”自行车时，他托了人，仅仅花了四十元钱就买到一辆匈牙利“钻石”牌的自行车。这要算他有生以来碰到的最大、最幸运、最显赫的事了，有如拿破仑用了为数有限的士兵就在奥斯特里茨打了大胜仗。不过大人物有大人物的快乐，小人物有小人物的喜悦罢了。

这辆车买来时尘封土裹，漆皮发污，满是锈斑，好在没有硬伤；车把、架子、瓦圈等几大件都是原套的。但小处的毛病并不少，车条折了三分之一，前后还剩下两块闸皮，缺了大约十多个螺丝，没有铃铛盖儿。大概这车许久没人骑，推起来皱皱巴巴。他把这车子推到厂里，请一位相好的保全工帮忙，水擦油洗，拿了龙，所有零件都添补齐了，谁知这么一来车子竟然完全变了样。原来这车都是浮土浮锈，一经洗擦，电镀锃亮，漆皮乌黑发光，上边的“钻石”商标清清楚楚，总有七成新以上。尤其是放在半明半暗的地方，竟和新车相差无几。厂里的几位自行车行家看了，都说这车顶少能值八十块钱。这个鉴定使他心花怒放，每天关灯入睡之前，必定要拉开灯，再瞅它一眼，这样入睡便格外地香甜。

但是，世界上，无论好事坏事、大事小事总得过去。新鲜的玩意儿刚到手如获至宝，看惯了也就习以为常。他反而觉得这辆车不过使他省了些钱而已。他梦思夜想的那种好运气，依旧远在天外，依然还没在地平线上露出头来。这辆车再便宜也是辆旧车，骑新车的人还都满街跑呢，这又算得什么！于是他天天骑着这车上下班，日久天长，只当是个代腿儿的交通工具，全不当作一回事了。

二

他天天上下班都走解放路。这条笔直的大道原是半个世纪前横穿法、英、美、德四国租界的赫赫有名的“中街”。如今便是由市区往土城和陈塘庄两个工业区的主要干线。每天上下班时，这里便成了一条无穷无尽的自行车与其他各种车辆汇成的凶猛湍急的大河。那一片刺耳的、紧急的、催人的铃声和喇叭声就是这条大河通过的声响。如果有一辆车突然横过身来，迫使后边的大小车辆一停，就立即造成半个小时以上的交通阻塞，也使无数人在当天自己单位的考勤簿上记上迟误的时间。可是这样一条道路，对于孟大发娴熟的车技并不成为困难。他能在这人间车缝中像泥鳅一般滑溜溜地转来转去，拧着车把，扭动腰身，自由自在地穿行，甚至还能和偶然较上劲儿的同路的小伙子赛赛车。这辆结实、灵便、轻快的匈牙利车便成了他的好帮手，使他每次都能遥遥领先地骑到土城的交叉口，傲然地回过头去瞥一眼给他远远甩在身后的那个气喘吁吁的败将……只是这种赛车要常常招来同路行车人的怨骂，而且相当危险，如果给别人的车挂一下，即刻会摔得人仰马翻；尤其是在这条道与围堤道的交口处——由那条弯弯曲曲横插而来的道儿上，源源不断地拥来许多骑车的人，汇入这车流中。在冬天里，这些横冲而来的男男女女中间，一些人没戴帽子和头巾，给北风吹得前额的头发倒戗竖立，活像一队奔来的野马。他们一加入，车流的密度倍增，车把几乎蹭着车把，行者提心吊胆，唯有像孟大发这样年纪轻轻、手疾眼快、精力饱满又闲得难受的小伙子，才认为这正是他们的用武之地。

这天，他又骑到围堤道口。从那边过来一个骑车人，开始跟在他后边，骑了一阵子就赶上来，与他并肩而行。他感觉旁边这人不断地瞅他，他以为是熟人，扭脸一看，并不认得。这人很年轻，穿一件宽宽大大又粗又硬的劳动布面的制服棉衣，一张苍白、精瘦、轮廓分明的面孔，虽然给寒风迎面吹着，却没有冻红的颜色。那细长的眉毛和深陷的眼睛倒显得分外乌黑。在他与这个陌生人目光一碰的当口，那人竟对他露出一种温和、善意、礼貌的微笑，还和他搭讪道：

“今儿正顶风，骑起来真费劲。”

“可不！”孟大发应付一句。

那人不再说话，骑了一阵子，却又说：

“你这车是匈牙利‘钻石’牌的吧！”

“噢？噢，对！”

“这种车不大怕顶风上坡，钢好。”

“是啊！”

“你这车骑了不少年了吧！”

“嗯？嗯，是！”

孟大发哼哼哈哈说了几句，觉得对方有点儿没话找话，并非他天性不爱说话，只不过因为顶着风，一张嘴就有一股凛冽的风直灌到肚子里去，他不想说话。那人也不再说什么，一并骑到土城交叉口，孟大发向东拐弯，那人径直骑去，两人也没打个招呼就分道了。就像普通两个陌生的同路人那样，聚了又散开。

转天，孟大发骑车上班，恰巧在围堤道口，又遇到昨天那人。两人由于有了一面之交，更由于那人主动地对他表露出一种好意的、不期而遇的微笑，使他不由得对那人点了一下头。但孟大发无意与那人同行，好摆脱与一个不熟识的人同走一段长路所带来的尴尬。奇怪的是，他故意骑得慢些时，那人骑得并不快；他加快些速度，那人骑得也不慢。他恨不得自己的车能像小孩玩的弹力飞机那样“嗖”的一声蹿去。就在这当儿，那人又对他开了口：

“你在轧钢三厂上班吧！”

“嗯！”孟大发答应道。心里却想，他怎么会知道。

那人的话立刻使他明白：

“你车后的牌子上写着‘轧三’，我想你大概在轧钢三厂上班。我就在前边的红卫医疗设备厂。”

然后两人无话，到土城交叉道口又分手。

此后，孟大发经常在上班去的道上碰到这个苍白的脸儿、深眼窝、并不讨厌的青年人，渐渐熟了，他也就不想摆脱这萍水相逢的同路人了。

更何况这人平和、自然、大大方方，同他一边骑车，偶尔间随便说几句，便会不知不觉骑过了这条累人的长路。这样，他俩就更加熟识起来。他知道这人是个技术工，与自己同岁，但人家却是四级工了，赚钱也比自己多十几块。在这话来话往中间，他也把自己的情况零碎地告诉给那人。他问那人：

“你叫什么？”

“蓝大亮。蓝色的蓝。”

“嘿，真哏，你叫蓝大亮，我叫孟大发，中间都是个‘大’字。咱俩都没结婚，还都是二十六岁。”

“要不咱俩有缘分呢，在大街上就交成朋友。”

两人都笑了，全不以为然。

又过半个月。一天孟大发下班回家，只见前面有人慢慢而悠闲地骑着车，一看这人背影好熟，赶上去瞧，嘿，又碰上了，蓝大亮！这时候，天色已晚，路旁人家的灯儿像天上的星星，渐渐多了起来。蓝大亮忽然说：

“走，咱们到那边的小馆子里吃点儿什么去。我有些饿了。”

“不，不，我……”

“你不是单身一人吗？我想你平时下班常在外边吃饭，我下班后有时也在外边吃点儿什么。你现在要没什么事，咱俩就一块热闹热闹吧！”蓝大亮说。他的表情确实是很诚恳。

“不，不……”孟大发嘴里这么说，脸上竟有了无故受人恩惠而不大自然的神气。他肚子里还有条馋虫，已高兴地唱起歌来。

孟大发终于被蓝大亮请进一家小饭馆。在蓝大亮到柜台上买菜牌时，孟大发还过去装作争争抢抢的样子，随后就找到一张空桌，坐下来等候蓝大亮了。蓝大亮花钱可真冲，手面大，漂漂亮亮要了一桌子菜。红的、黄的，辣的、咸的、酸的、甜的，荤的、素的、腥的，都有；还有暖烘烘的白酒和冰森森的啤酒。在酒杯“叮叮当当”的碰响声里，美味的鸡块在舌头上舒舒服服地转动中，辛辣的芥末把鼻孔刺激得通气无比顺畅之时，他隔着模糊迷蒙的酒意，看着对面这个新交的朋友，他感觉在以往所结交的哥们儿中间，还没有过如此斯文平和的小伙子，尤其那双陷在眼窝里的黑幽幽又明亮的眼睛，温厚、亲近，又深邃莫测，尤使他心喜的，便是他从未交过这样一个花起钱来如此爽快大方的朋友。他心想:“我得和他交一辈子朋友！”就一把抓住蓝大亮的手腕，生怕对方要站起来跑掉似的。他含满酒气的嘴里，舌头像打了卷儿那样含糊不清地说:

“往后咱们日子长着呢！你就看咱孟哥们儿够不够朋友吧！只要你有用得着咱哥们儿的地方，你自管说。”

蓝大亮笑了。他依旧是那样温和地笑着。两人一边吃边喝，一边闲谈。蓝大亮问他:

“大发，你每天骑那旧匈牙利车上下班得劲儿吗？”

“得劲儿。虽然比不上新车，可是蹬起来一点儿也不费力。你别看它旧，一擦就变模样了。我，我，我不过是懒得擦它。”

“你骑这车有年头了吧？”蓝大亮边说边问，神情随随便便。

“没多少年。实话告诉你，我去年才买的。单位发的票，说是无主自行车，也有人说是查抄物资处理。才四十块钱。”孟大发咬着一个滚满糖汁的鱼头，同时咧一下嘴角表示挺得意，“你说便宜不？”

蓝大亮注视他一眼，问：

“你买来后没有拆卸开大擦一下？”

“没有，洗洗车轴，上点儿黄油，配齐了小零碎儿，就蛮好骑了。”

蓝大亮笑了，再没提这辆自行车的事，开始扯些别的事情。两人又吃又喝、又说又笑，在旁人眼里，简直是一对亲密的小哥们儿。

到了星期天。天气真好，上午十点多钟，日头暖极了，晒得桌面都发热了，简直有点儿春天的意思了。孟大发正在家里洗他的工作服。这工作服已经三个月没下水，都分辨不出它本来的颜色了。他正在起劲地搓，忽然蓝大亮出现在他屋门口。蓝大亮今天没有穿往常那件劳动布的棉外衣，而套了一件深灰色对开襟的罩褂。深蓝色、烫得平平的裤子，一条驼色的薄围巾宽松地绕在肩上。这穿戴虽不讲究，衣料也极普通，却不知为什么在他身上竟这样落落大方，连他那张脸看去也比道上相遇时越发显得清俊了。

“哟？你怎么来了，你怎么知道我住在这儿？”

“哎，你真糊涂，不是你告诉我的吗？今儿我也歇班，没有事，找你来玩了。”

“噢噢，好啊！”孟大发答应着。心想蓝大亮一来，今儿中午是不是又要请他美餐一顿？他要站起来给蓝大亮斟水。

蓝大亮一按他肩膀，说：“你先洗衣服，别管我，我坐坐。”说着四下看看，便坐到屋角一张木凳上，木凳旁正停放着那辆匈牙利自行车。蓝大亮解下围巾，顺手搭在车把上。一边与孟大发闲聊，一边仿佛无意地摆弄着那辆车，摇一摇轮子，摸一摸座鞍的螺丝母，再用手指随随便便弹着车架子的铁管。等孟大发洗好衣服，出去倒了脏水，晾好衣服回来，蓝大亮正坐在那里抽烟。他也递给孟大发一支烟。孟大发接过烟一看牌子，竟然是“凤凰牌”过滤嘴高级香烟。他平日只能抽廉价的又苦又呛的“战斗牌”烟卷，此刻上下嘴唇一夹那有弹性的过滤嘴，把香喷喷的烟缕吸入体内，便有种说不出的快感。这快感很快就转化成为对这位朋友的好感了。

蓝大亮吸了两口烟，平静地说：

“大发，我有件事求你，不知该说不该说。”

“什么事？瞧你说的！你只要不把咱哥们儿当外人，就自管说吧！”

“你知道——”蓝大亮吸一口烟，吐出来，停顿一下，好似难以启齿，随后才说，“我这人不喜欢骑国产车，总想买辆外国车。尤其是匈牙利‘钻石’牌的，我买了一两年也没买到……”

他说到这里，孟大发马上警觉到对方是想图自己这辆贱价买到手的车的便宜。他刚要挡住对方下边的话，不料蓝大亮好像知道他心中的想法，抢先畅快又干脆地说：

“你听我说，我这人想要什么东西向来不在乎钱，咱俩是朋友，我决不想图你的便宜。如果你愿意把这车子让给我，我也不能按你买车时的价钱付给你钱。我想出一百二十块钱。这样可以不耽误你用车，你拿这一百二十块钱马上就能买到一辆不太差的车骑。”

“什么？一百二十块！”孟大发吃了一惊，想不到世界上还真有为嗜好而挥金如土的人。开口就是一百二十块，比他买这车竟然多出两倍的价钱。要不说有钱的人大方、容易办事、好做人哪！这一百二十块钱到手后，顶多拿出一百块钱就能在旧车市场买到一辆七八成新的“红旗”或“飞鸽”牌的加重自行车，还能富余二十块钱。哪儿能碰到这种找到自己头上来的便宜事？！他心里高兴十分，只是碍着面子，一时难以应允。

“你别跟我客气了！”蓝大亮很是坦率，他说，“你拿着工作证或者户口册子，咱们到旧货商店办个过户手续。钱我这里有。”

孟大发扭捏一阵子，就推了车同他去了。

旧货店估车价的人是个肥得发喘的大胖子，别看他身子笨拙，弯一下身子看看车轴就要喘上半天，但眼尖面冷，还是个地道的行家。他对这车总共不过扫了六七眼，就说这车最多值八十块钱，还不时向买主蓝大亮斜眼示意，叫他不要被对方欺骗而花大价钱买这辆已入暮年、式样过时的旧外国车。孟大发马上急起来，说：

“我们愿买愿卖，一百二十块，您给办一下过户就成了。”

那胖子把脸一沉，说：

“小伙子，愿买愿卖是你们的事，可是要我办过户手续，就得价钱公平。一百二十块？哼，再添二三十块钱就买辆新车骑了。看样子虽然我比你多活一二十年，可你也不小了，做事得规矩实在。凭良心说，你看这老掉牙的车值多少钱？”

孟大发给胖子这一番说得面皮火辣辣的。他又羞又恼，想要争辩。蓝大亮却在他身后扯了一下他的衣襟，暗示他不要争执，然后出面客客气气对那胖子说：

“您有事先忙去。我们商量好价钱再找您好吗？谢谢您了！”

胖子没说话，转过肥大的啤酒桶一般的身子去了。

蓝大亮便对孟大发说：

“你真傻，跟他争有什么用。俗话说：‘货卖于识家。’他不识货，你跟他争得出什么结果来？我的意思，就按八十块钱办过户手续，其余的钱我另给就是了。怎么样？你要同意，就把自行车和户口册、工作证都交给我。我去办，你别出面了，省得跟他争执起来误事。”

孟大发看了蓝大亮一眼，觉得他的神情是诚实的，便说：“好！”他生怕失此良机，就叫蓝大亮去办。

蓝大亮自己去找那胖子，很快就办好了手续把过户发票和卖车钱交到孟大发手里。此时已到了中午，蓝大亮又把孟大发请到附近一家“苏闽饭店”里吃了一顿。这是个有名的高级馆，饭菜比前一顿自然讲究得多。这排场，加上两人的神情，都有种庆贺之意。在饭桌上，蓝大亮掏出钱包，又拿出四张十元的大票子给了孟大发。孟大发假意推让几下跟着就收下了。随后两人出了馆子。孟大发兜里揣着鼓鼓囊囊的钞票，肚子里填满酒肉，心里盈满喜悦，乐陶陶地朝蓝大亮摆手再见。蓝大亮腾身跨上那辆已归属于他的匈牙利车，面对孟大发依旧像先前那样温和地一笑，便飞也似的走了。他骑得又快又熟，好像这车原先就是他的。

孟大发当天下午就在旧车市场买了一辆“红旗”牌加重自行车，足有八成新，漆黑锃亮，比那辆匈牙利车像样得多了。他才花了九十块钱，手里还余下三十块钱。当晚他灯熄得很晚，坐在床头，抽着烟，看着以旧换新的车，再看看白白得来的几张大钞票，直到上下眼皮都快粘在一起了，他才熄灯入睡。这时，他真以为好运气从此跳到他脑顶上了。而这好运气正是那阔绰的蓝大亮给捎来的。他明白，一个人容易冲动正是他容易上当挨赚的时候，等利害在他心里渐渐苏醒过来，他就要权衡得失了。因此，孟大发要乘这蓝大亮正在结交新友义气昂昂的热火头里，不等他醒过味儿来，狠狠捞他几下子。孟大发想，明天在道上碰上大亮就要打听他的住址，主动找上他家的门去。

可是……可是为什么从这天起，他在道上就再也遇不到蓝大亮了呢？一天、两天，一周、两周，一月、两月……再不见蓝大亮的踪影。难道蓝大亮就像他这好运气一样，只是不期而遇，偶见偶散？像一只鸟儿从眼前飞过，他眼疾手快，最多不过抓它一把毛。等到他把那买车余下的三十块钱花得所剩无几时，一天夜里，他从梦里醒来再也睡不着，就想起这买车、卖车以及与蓝大亮的巧遇和突然断绝这段有点儿离奇的经历，咣嚼着其中的滋味，渐渐感到事情有些蹊跷；当他为这蹊跷的事设想种种答案时，就有一个猛然觉醒过来的不祥的结论来撞他的心扉。他突然不敢往下想了，只抑制不住地出了一声：

“看来，今后我再也见不到他了！”

他把这秘密藏在心里，没对别人说。但这秘密像个毛毛虫在他心里爬来爬去，又刺痒又难受。他终于忍不住了，就去找同车间的一个信得过又比较有脑筋的同事说了。那人以旁观者异常冷静的态度听完他的故事，忽然使劲儿一拍他肩膀：

“呀！你上当了。大发！”

“怎么？”他问，但他心里已经明白了。心中有了结论的事再经别人证实，更加确凿无疑。

“你那匈牙利车的大梁管里肯定藏着东西，要不那姓蓝的小子怎么再不露面了？再说他又不是傻蛋，肯出那么大价钱买你那辆旧车？你平常那些精气神儿都跑到哪儿去了？怎么没想到呢？”

“我……唉，先不说这个！你说，那大梁管里可能有什么东西。”他说。脸色都变了。

“那还用说，准是什么首饰、金条、存折、钻石、现款，这些都可能有。我猜这小子准是有钱人家，‘文化大革命’初期抄他家时，他藏在这里边的。后来这辆车也被抄走，或是丢了，他就到处找这辆车，碰巧看见你骑着，就跟你缠上了，然后乘你小子财迷，就花了大价钱把车弄走。就这么一回事，没错。完了！到嘴的鸭子飞了！你要长点儿心眼儿，说不定发大财呢！”

完了！一生中，可能唯一的一次发财的机会，竟从手边眼巴巴看着溜去了。“浑蛋！”他扬起光溜溜、什么也没留下的手掌，“啪”地打了一下自己的后脖子。

三

孟大发懊悔中忽然想起了一个故事：从前有个渔人，终日垂钓河边，幻想着有条红尾金鳞的大鱼游来咬食。但他守在河边二十年，那露出水面的漂儿就像死树枝的枝头，一动不动。日子久了，钩儿锈了，也不曾等来一条寻食的鱼，甚至连只饿虾也没有。可是有一天，忽来了一条不可思议的、奇大无比的、五光十色的大鱼，一口就把鱼食吞进口中，连钩儿也给一同吞进去。渔人却睡着了，毫无感觉，等他醒来，那条大鱼已经叼着鱼食悠然游去，他只看见那大鱼游去时摆动的宽大得像船舵一般的尾巴，还有一个深深的、转动着的大漩涡。他再一提竿，什么也没有了，只有一点鱼腥留在那光秃秃的鱼钩上……他感觉那渔人就是他。

他后悔、沮丧，他又不甘心啊！他便首先到土城南的医疗设备厂去打听蓝大亮，原来那厂并无此人。本来他可以到旧货商店找那办理过户手续的胖子，从过户发票的存根上查找蓝大亮的踪迹，但这事如何对人开口？他只有悄悄寻找，暗中留意。在上下班的道上，在电影院散场后的人群中间，在饭店、商店、杂货店里，在一切有人活动的地方去寻找那人、那车、那藏匿在车中的财宝。每逢公休日，他整整一天都在外边溜达，跑遍市区大大小小的公园，挤在市中心最热闹的地带，左顾右盼，累得双眼发疼，一双小腿却练得像铁棒那样坚硬；他还是头一次这样关心和注意每个人的容貌，感到世人的面孔竟然如此千奇百怪、千模万样。这样，一年一年地坚持下来，他似乎比居里夫人寻找镭的信心更为坚定，抱定宗旨非要找到那个蓝大亮不可。

四年以后，他在人民商场附近的存车处突然发现了一辆匈牙利“钻石”牌自行车，很像他原先那辆。当时他的心都快从胸口蹦出来了。他走到车前细细一看，一时又不敢确认这辆车就是自己那辆。事隔四年了，不单旧物难辨，车子本身新旧也会发生变化。这只有等着看取车的车主是不是蓝大亮了。于是他就站在存车处对面的便道上，目光死盯着那辆车。可是他足足站了两个多小时,仍不见人取车。那天真热,四下没有一块阴凉，他觉得自己很像远处的一根旗杆，立在这儿死晒着；直晒得汗都没有了，头又晕，口又渴，再这样下去，他就要燃烧了。他便到不远一家冷食店去买一根冰棒,等他举着这根冰棒跑回来时,那车子已叫人取走了。

又失去一次可以挽回过失的机会。

这一下对他的打击可不小。失望是他的大敌，一次次消灭他的企盼与希冀。他想,即使找到蓝大亮,如果蓝大亮不承认车子里藏着什么,他又有什么办法？于是他的热劲儿也就陡然冷却下来。时光如水，可以把任何浓烈的事情渐渐冲淡。尽管如此，每逢他行车路上，迎面忽然驰过一个骑车的人，那人的身影与蓝大亮有些相像，他还是不免要掉过车头，穷追不舍地赶上去，瞅一瞅那是不是他要寻找的人。而每一次误认，只能加重那件往事带给他的懊悔与沮丧罢了。

四

如今孟大发已经三十五岁，还是光棍，不过他日子好过多了，升了两级工，外加奖金，每月都有七十多块钱收入，于是烟卷的牌子和盘中餐都升为中等以上了。不过照他自己的话讲，他长了一张“吃钱的嘴”，自然没有足够的积蓄可以容他考虑娶妻养子之类的事。至于那辆匈牙利车，他很少再去想了。因为那是件想也白想的事。

一天，他在大街上闲遛，忽然有人轻轻一拍他肩头。他扭头一看，这人有些面熟，他不由得怔了一会儿。那人笑吟吟地说：

“不认得了？我是蓝大亮啊！”

“啊！蓝大亮，对，对，没错！”大发一看他那特有的爽快又温和的笑容就认准是他了。但他与十年前却大不一样，有一种人到中年而微微发胖的样子；原先瘦削苍白的脸，如今红光满面，皮肤发亮，鼓起来的嘴巴使脸盘的轮廓也不大清晰了；不过由他那深眼窝里闪出的目光仍旧幽深沉静。他的装束也依然如故，干净、整齐，并不讲究。孟大发“哎呀”一声，双手禁不住紧紧抓住对方伸过来的一双手。十年来踏破铁鞋无处找寻的人忽地站在面前，已成死灰的欲望重又熊熊燃起，他的手不觉很使力，好像要抓住那笔巨财，生怕它重新丢失似的。

“你、你、你……”他简直说不出话来了。

蓝大亮含笑着说：“你是不是一直在找我？”他跟着加重语气说，“你肯定到处找我，没有找到，对吧！”

“我，我确实找过你，但那红卫医疗设备厂并没有你这个人哪！”

蓝大亮笑起来。他告诉孟大发的话，越发使孟大发不解了——

“是的，你不会找到我的。我不叫蓝大亮，也不在红卫医疗设备厂工作。至于我的家，就在这附近。现在你如果没有什么事就请到我家来，我有话对你说。”

孟大发茫然地随着那人走了两个路口，拐进一条胡同，进了一扇透孔的镂花铁门，里边是一个小小的整洁的黄土小院，几株小杂树横斜穿插，都长满绿油油叶子，中间一条石板铺成的小径，通向一幢日本式、小巧精致、红色尖顶的小房。蓝大亮把孟大发让进一间屋子。这屋顶虽矮，间量却很宽敞，临院一面是弧形的玻璃窗，光线直入，满室通明，宽大的窗台上摆满清馨袭人的花草。一盆高高挂起的吊兰，长长的绿枝纷纷垂落，有的将及地面。临窗横放一台旧式的双人对坐的大书桌，上面一堆堆书报、杂志、稿纸、邮件；还有墨水瓶、糨糊罐、笔和笔筒……四周是许多整整齐齐放满书籍的大书柜和几把客坐的椅子，倒没有一般人家时兴的摆设：沙发、茶几和地灯之类。对于孟大发来说，屋里的一切都是陌生的，但在这重重叠叠的书籍所造成的一种沉静又神秘氛围中间，他反而感到莫名的拘束感，感到这间房屋的主人与自己全然是两种人、两码事。那人请他坐下，用香茶好烟款待他，然后那人坐在书桌后一把圈形扶手的大椅子上，问他：

“你是不是怀疑我骗走了你的自行车？”

这句话问得直爽，使孟大发猝不及防：

“我？”

“你是不是怀疑那辆车里藏过什么东西？”

这一句比前一句问得更为直露，孟大发无以应答，连连摇着一只手说：

“我？不！不！我没有！”

“不对，你怀疑了。你肯定认为这车原来是我的，‘文化大革命’初期抄家时，我曾在车里藏了什么财宝，后来车被抄走，我就到处找这辆车。见你骑这辆车，就设法从你手里把车弄走了。对不对？”这个托名“蓝大亮”的人说到这里，竟然朗朗笑出声来，然后神情变得严肃又郑重地说，“你想得并不错，‘文化大革命’初期我家的确被抄，我也确实在车里放了东西……”

“真的？”孟大发眉梢一扬轻叫起来。

“真的。但后来我的车也被抄走，我以为一切都完了，谁料到幸巧碰到了你。我在路上与你相遇之前，已经跟踪你半个多月了。认识你之后的一段时间里，也不敢确认那辆车就是我原先那辆。后来，我去你家找你，在你屋里仔细辨认一番，才确信无疑是我的车，便从你手里买来。那当天，我拔车鞍子一看，东西都在里边，一点儿也没少……”

“啊……”

那人的神情变得喜笑颜开，他说：“如今我所藏的那些宝贝都公开了。这几天，我正打算去找你，谁想竟碰到了你。我……”他停了一下，随后喜气洋洋地说：“我打算把这宝贝分出一部分赠送给你。”

孟大发大受震惊，双腿下意识地一用力，差点儿从椅子上站起来。“怎么？难道世界上真有这种得而复失、又失而复得的事吗？那岂不成了小说？难道这人如此慷慨，竟把自己的家产分送给我——一个并不熟悉、无甚关系的朋友？”他又窘又不敢相信，还有种狂喜压也压不住地从心中冒到脸上来。

“你，你这是干什么……”他竟不自觉地用了一种接受人家馈赠的口气说话了。

“不，我一定要送给你。但我先得请你原谅，当初我从你手里买回来那辆车时，欺骗过你。我活了三十多岁，仅仅欺骗过你一个人。这也是出于无奈，至于其中的缘故，你很快就会明白。”

“不不，那没什么。”孟大发说着已经站起来，完全是一副等待领奖的模样。

那人微微一笑，笑里含着一种很难猜透的意思。他站起身，从柜里拿出个长方形的、崭新的东西放在桌上。孟大发以为是什么宝物，这东西花花绿绿,好似个锦缎盒子,定眼一看,却是几本厚厚的新书。“这是什么？”他不明白对方为何拿出几本书来。

“你先看看。”那人笑吟吟地说。口气与笑意是先前那样的温和。

他奇异地翻动这几本与财宝毫无关系的书，以为这书里藏着什么秘密。但翻了几下，中间并无什么特别之处，不过是几本刚刚出版的新书,手一翻动,书页里便散出一股新纸与油墨的芬芳。一本书名是《烈火》，一本是《太阳将在早晨出现》，一本是《强者的眼泪》，还有一本诗集《为了未来的备忘录》。上边都署着同一个作者的姓名：蓝天。

“这蓝天就是我的真名。”这位终于袒露真名的人向他揭开过去的一切了，“当初我藏在那辆匈牙利车大梁内的东西就是这些。”

“什么？”孟大发说，“不可能！你不是说那是些宝贝吗？”

“这难道不是宝贝吗？”蓝天目光炯炯地瞧着他，开始把遮掩这桩往事的大幕缓缓拉开，“你想知道这几本书的来历吗？我可以告诉你——‘文化大革命’开始那一年，我和你一样，都是二十三岁，在这之前我几乎什么也不懂，而突然到来的大风暴使我周围的一切都发生变化。从广阔的社会到每一个小小的家庭，以至每一个人的内心。生活的骤变再一次考验着每一个人哪！它用一把同样刻度的尺子来重新衡量每一个人的思想、意志、信仰和品德。我看到那时，有的人悲痛欲绝，有的人移祸他人，有的人丧志变节，也有人依旧对未来充满希望。有的人在自己的利害上患得患失，有的人则忧国忧民，壮心未已。我的家在一夜之间被毁掉，但我的心并没能粉碎。如果你真正了解到每一个人的心，了解到他们的想法、倾向和渴望，你将会在这亿万颗心汇在一起时，看到那是一种有形的、实实在在的、不可抗拒的力量。为了使我们的后代不再重演这一悲剧，使历史不再出现这样痛苦的曲折反复，我们这代人应该跳出个人的恩怨和悲欢，从时代的制高点，正视生活现实，从中提炼出有益于未来的历史教训。于是我就在那一两年把一切耳闻目见，种种感受，作为素材忠实地记录下来。我知道，这东西在当时一旦被人发现，不仅自己会大祸临头，还会累及父母和亲友。我就想了一个好办法，把这些东西藏在自行车的大梁管里。谁知道，我父亲单位的人来搬运封存在我家的查抄物资时，把我这辆车也一齐推走了。我便到处寻找这辆车的下落，因为记在这些纸上的当时的真情实感与细节，在事后是很难回忆得起来的。如今这几本书其中的一部分素材，就是当初藏在车中的……”

“那、那怎么可能呢？”孟大发不甘心事情落得如此结果，同时也对这人的做法大惑不解，难以相信。

“你不信吗？好，我拿给你看——”

蓝天说着，回身从柜里又拿出一个挺大的纸包，打开一看，原来全是一个个又长又细、卷得很紧的旧纸卷儿，每个纸卷儿最外边裹着的纸还带着在车管里摩擦而沾上的铁锈。孟大发看得发呆了！

“当然，我这十年写的远远不止这些。但我做的这一切都没有白做。你看——”蓝天忽然手一指他的书桌，眸子兴冲冲地发亮，声音也激动得高昂和震颤起来，“你看那一堆信，都是天南海北、热情洋溢的读者寄来的，有的信你看了会感动得流泪。这不就是我工作价值的最好证明吗？当然，在别的一些人眼中，也许这不算什么，但对于我来说却是无比宝贵的了。它说明，在那人人抱怨的十年中，我没有虚度年华、滥用光阴，没有给生活的重锤压得变了形，没有变得百无聊赖、醉生梦死、颓唐衰志；但在当时要做到这些有多么困难！必须是绝密的，不能有半点儿的企求名誉的虚荣，还必须准备当黑夜过于漫长时，甘于埋没，无人知晓，一辈子默默无闻……这也是我买了你的车，从此再不见你的原因。我却一直相信，我是在悄悄地为祖国、为人民做了一点儿有用的事啊！当一个人确信自己生活得有意义，他才是一个幸福的人。从这点上来说，世界上真正的财富，是内心的充实，你说对吗？”

孟大发直愣愣地听着，他给这个突如其来、完全意外的结局弄得又惊讶、又迷糊、又绝望。但这位容光焕发、精神振奋的蓝天的一番话，却使他感到，他与蓝天中间隔着相当遥远的距离。他们是同龄人，一起来到这个世界上，走的却全然是无关的两条路。他们都在追求，追求的都是财富。自己追求的是金银财宝、酒肉享乐和意外之财。人家却在那非常岁月里冒着危险执着地追求另一种东西。一种无限丰富的、广义的、属于整个社会的财富……两人都花费了漫长的十年的工夫在苦苦地寻求，如今这财富在人家手里已经开花结果，自己却仍是两手空空。

当他有生以来头一次悟到这点儿道理时，他已经在这个人家中坐不住了。

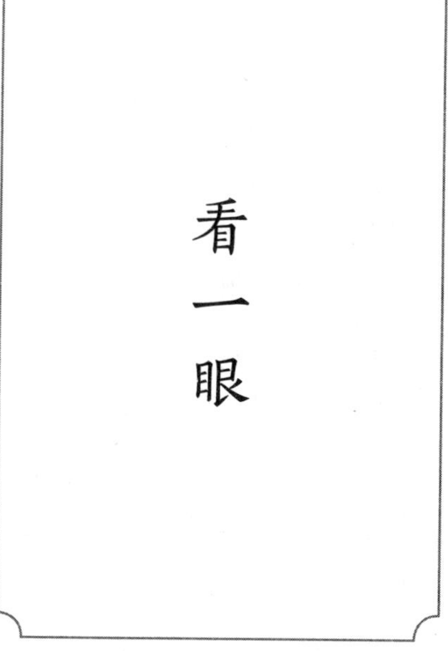

看一眼

一

她照例每月一次，来看一眼——

她手一甩，“啪”一声，熟练地关上车门，径直穿过一条打扫得十分洁净的林荫道。道路尽头是一座白色、雅致、两层楼的病房，这当然不是普通人的住院部。四周高高的杨槐上群蝉大噪，却显得环境更加清幽。楼门口通风的地方，放一把椅子，坐着一个看门老头儿，头靠门框，似睡未睡。她走过时，老头儿刚刚张开的眼缝又闭上了，显然，她是不需要阻拦和讯问的人。

她干巴巴的黄脸像纸板一样，毫无表情，微微抬着；发黑的眼圈中间，目光凝滞而淡漠，直视向前。她的步子追随自己的目光，仿佛这里除去她的目的，没有什么再值得看一看的。

走廊真静，水磨石的地面像结冰的小河那样光洁。一排病房的门儿都垂挂着白布帘儿，唯独走廊顶头一间病房的门紧闭着，门上有个镶玻璃的观察孔，玻璃外用一块白纱布遮挡。她在这门前停住，撩开纱布往里瞧，里面病床上躺着一个病人，容貌枯槁，面色死灰，闭合着眼，形同死人，身上插着许多管子。

她隔着玻璃，朝这病人看一眼。这一眼瞧向病人的胸口部位——那里正一上一下起伏着。病人在喘气。这就够了！她撂下布帘，走到病房医务人员值班室，问护士长："没问题吧？"她每月这样问一次。

护士长照旧这么简单地回答两个字：

"没有。"

"还能维持多久？"

"只要喘气，就是活着。"护士长完全懂得对方心理要求，答话直截了当。

她想了想，再没什么话可说。还是多年来每次来看一眼之后，临走时例行公事似的交代两句：

"要想尽办法维持。有什么困难，打电话给我！"

"嗯。"护士长低头整理床单，只出一声，头也没抬，显得有点儿冷淡。

她并不以为然，仿佛早就习惯了。转身走出来，在当院钻进等候她的汽车，对司机说一句："去市委！"随后头靠软软的椅背，脑子却像真空一样，什么也没想，因此也没有任何表情。

到了市委她直奔财务室。一个老会计正在"噼噼啪啪"打算盘。

她从手提包里掏出一块骨料的图章，放在老会计的桌上。老会计一见这图章，好似立即明白自己应该做什么。他拿起图章蘸蘸红印泥，盖在一张表格的空处，然后打开身边一个破旧而结实的保险柜，拿出厚厚一叠钱，连同图章一起递在她手里。她把钱放在手提包里转身就走，老会计也没说话，继续“噼噼啪啪”地打算盘；打算盘的声音单调、清醒、没节奏，也没感情，只计算金钱的数额。

二

今月今天，她手头宽绰。

富裕的日子就是快活的日子？反正今天孩子们对她会亲热一些。因为在这之前，她答应孩子们添置什么新东西的要求，今天要兑现。

这天，孩子们还打电话，约请几位要好的同学和朋友来玩。买罐头、啤酒、崂山可乐、小香槟、生肉蔬果，大家说说笑笑忙一阵子，就花花绿绿、香喷喷地摆满桌，然后是交谈、碰杯、逗笑、听音乐，像过节一样。

她呢？夹在这些年轻人中间也说也笑，心里并不轻松。孩子们正泡在蜜汁里，就很难把将来可能出现的困难想象得具体。她心里很清楚，此刻生活中的富裕、方便、福气、优于常人一等，都和她刚才看一眼的那个行将就木的丈夫直接相关。

五年前，她丈夫被落实政策，在市计委一次会议上讲话时，可能由于过分激动，突然昏厥过去，从此一直不很清醒。渐渐连张嘴闭眼、翻动身子，也不能自制。医生诊断为“脑干软化症”。这是饱受忧苦和刺激之后，积患猝发。病情难以制止地发展，最后连大脑的一切意识、想象、思维、记忆的功能全部消失，成了“植物人”。他活着，仅仅由于他在呼吸，她为他担心、掉泪、难过和着急。但几年过去了，现实是具有强迫性的，它凭靠着日久天长，往往能使人接受原先难以接受的事物。那样一个能言善辩、生气勃勃的男人，几年里已经变成这样僵直不动、抽缩干皱、奄奄一息、离奇怪诞的形象。她不怕他，因为这样子是一天天、一点点变成的。即使丈夫死去，她也不会大动感情，痛楚万分。这早已是注定的、迟早要发生的、有充足心理准备的了。

还说过去干什么呢？这不过是无希望的过去，孩子们却是满含希望的未来。

孩子们大了，上大学了，工作了，交朋友了，而且在家里的位置愈来愈重要。她的生活便逐渐与那个虽生如死的丈夫远远隔开，而和孩子们形成一个整体。孩子们有自己的生活内容和热衷的事情；那个长年住在病房、除去呼吸而没有任何生命机能的爸爸，似乎可有可无。但她明白，只要她丈夫胸口那地方不再一起一伏，她这幢由于丈夫的地位而安排的舒适的小楼，还有电话，随叫随到的汽车，都马上会被公家收回。她丈夫一月二百多元的工资也会戛然停止。那时生活将变成什么样子?

这一切都像赌注一样押在这个一息尚存的丈夫身上。利害能够褪掉情感，还能把世间的一切全都变成利害天平上的砝码，价值不同的兑换物。实际上，丈夫已经不是一个亲人，早已变成一份优等生活的活证件。他那看不见的体内呼吸系统真是一个奇迹，仅仅一口气，已经喘进喘出了五年。这是多么珍贵的一口气，每喘一下，都可以计算出价值来！他是为了她和孩子们，才这样艰难费力地喘息？不，不可能，他没有知觉，不会有任何想法。因此她是幸运的，又是不幸的。这个日渐微弱下去的生命不会是一架永动机，迟早要停，一切了结，但哪一天？哪一天？

为了这个原因，她每月在领取丈夫的工资之前，来看一眼。只看胸口那地方。

三

今月今天，她又该来看一眼了。

她穿过走廊，直奔走廊尽头那紧闭着的病房的房门。忽见门前站着一个高高的男人，正撩开观察孔外的白纱布帘向里看。这人是谁？他穿制服，披一件深色风衣，不是值班医生，也不是医院里的人。

她走近。这人仍旧一动不动，目光专注地投向病房里。只见这人的侧影，脸颊垂着沉沉的肉，鬓角已然斑白，粗粗的眉毛还很黑。她不认识他。这个陌生人是不是出于好奇心向里边张望？

“你在干什么？”她问。

那人扭过脸。一张似曾相识的脸。肯定由于相隔日久，一时想不起来。

“你……”

“怎么？你不认识我了？”那人扬起眉毛问她。

一见这容易跳动的粗眉，一听这声音，唤醒了她如梦的记忆。她赶紧把脸扭向一边，低下额头，竟不敢看一看这人了——

那是因为过去——

三十多年前。她，眼前这男人，病房里的丈夫，都还年轻。他们在为心中共同的目标吃苦、奔波、打仗。她叫刘翠花，丈夫叫张天亮。不过那时他们还没结婚，是未婚夫妻。别人叫他们“小公母俩”还害臊呢！张天亮在一支野战部队里当排长；刘翠花是一个流动式的战地医院中的小护士。两人在两个部门，很难见面。

虽说人指挥战争，战争也折腾人。今天从南向北跑，明天又由东往西奔。他俩，有时一连几个月谁也不知道谁在哪里，是生是死；有时得到对方消息，相隔不远，却由于时间紧迫而不得相见；有时跑去了，对方已经开拔了，黄土地上只留下人马辎重驰过的痕迹，还有一大片大大小小、深深浅浅的脚印，痴呆呆看半天，也辨不出哪个是自己亲人的……

有天夜里，刘翠花他们的战地医院转移，在河北泊镇边上的北三里村做短暂停留。她听到一个叫人心跳的消息，张天亮所在的部队，也途经泊镇，临时驻扎在镇西南的龙屯。她急渴渴地向医院的苏政委请假。苏政委也是个女同志，对她说：

“小刘，再过两个多小时，咱们就要走了。你到那里，来回就得两个小时，连话也不得说。”

她说：“我跑着去！就看一眼，看一眼就回！”她的目光灼灼发亮，燃烧着一种渴望。

苏政委笑了。

同时，张天亮也得知刘翠花和医院在不远的北三里村逗留的消息。他向连指导员请假。

这连指导员就是此刻站在眼前的高高的男人。

那时他不过二十多岁，身强体壮，人爽心热，力大善战。大家亲热地称他“大老李”。一双黑眉毛随着感情跳动，十分突出。

大老李用粗大的嗓门对张天亮说：

“你去一趟，说不定她已经走了。再说，咱们队伍不定啥时候得到命令就开拔。”

“我就去看一眼。”张天亮说。

大老李朗朗大笑，浓眉上下直动：

“看一眼干啥？打胜了仗整天看呗！”

张天亮心里矛盾了一阵子。他担心自己离开队伍时，队伍忽然开拔，他就掉了队。所以他没去。

刘翠花却从北三里村跑来了。那是秋天，风挺凉，天上有云，星月不亮。她在黑乎乎的大开洼地里深一脚浅一脚，几次差点儿踩进沟里。远处时有枪鸣狗吠，近处只有夜风簌簌吹动苇草的声音，总像有人躲在草里，还真有点儿吓人！她掏出驳壳枪，顶上子弹，一口气跑了十多里，到了龙屯一带，找到了张天亮的队伍。她找到了张天亮所住的一间老乡的土房，站在门外一瞧，里面十来个大兵都躺在一张大炕上，呼呼大睡。战士们你枕我的腿，我靠你的肩，有的放开手脚，把胳膊放在别人的当胸上，却都睡得好香。她从中一下子就认出张天亮的脸。

这张脸平时总是红红的，害羞时更红，此刻在绿衣服中间，就像叶丛中的花儿一样惹眼。不知他在做什么好梦，嘴角上浮出笑意。她正看得出神，忽然觉察出身边站着一条大汉，差点儿吓得叫出声来。原来是大老李！大老李面带笑容轻声问她：

“你干啥来了？”

她羞得脸发烧，小嘴一努：“我不兴来？”

大老李：“哟，还挺厉害。我马上就给你把张排长叫醒。”

“不！”她深知，战士们整天东奔西跑，难得躺下来好好睡一觉，哪怕几个小时也好。她说：“我就看他一眼！”

“哦！”大老李的粗眉毛习惯地一扬，“你也看一眼？”他这容易跳动的粗眉，最能表达心里的惊奇。

她不明白大老李这话是何意思。她转身跑出去。在回去的路上，手里也没拿着枪，胆子似乎壮了许多，心里满满实实，身心都有一种甜醉的感觉。为什么，难道是刚刚看了这一眼吗？

许多年过去了。时过境迁，风云变幻；时间的尘埃覆盖了旧生活的光华，功利主义的诡辩搅乱了纯洁的真理。往昔留下了什么？那时，十多个同志睡在一张炕上，大家挤在一起，别提多热乎，睡得也踏实。现在似乎一个人非得有自己的一张床、一间房、一幢楼不可？可怕的变化！逝去的岁月里，那些宝贵的、动人的、甜蜜的东西都到哪里去了？到哪里寻找？

打胜了仗，他俩一直在一起，直到张天亮做了市一级领导。大老李在北京，先是一个司长，又升为副部长。他们都很忙，偶尔在什么地方开会时才得碰面。见面时，大老李总是要提起当年在泊镇那件事，说起来大家一笑，这仅仅是值得一笑的事吗？

十年劫难又把这一切打乱。张天亮在苦受折磨之际，恍惚听说，大老李被监禁起来——消息就这么简单，而且从此音信断绝。直至今年年初，她才在报上见到大老李的名字。他已重返原先的工作岗位，还升任为部长。谁想到今天他竟然在这儿出现。他为什么没打个电话给她就直接跑到这里来？他是否知道她和这位活僵尸般的丈夫现在的关系？因此，她不敢正眼瞧大老李。此时此刻，她还怕大老李又提起当年在泊镇的那件事。在他们中间，那是记得最清楚的一件事。

她怯生生地问：“你怎么来了？”却一直没敢抬起眼。

没有回答。她等了一会儿，大老李依旧没出声。

她诧异地扬起脸来。只见大老李的双眼亮晃晃地包满泪水，目光穿过厚厚的泪水，说不清是难过、是惋惜、是谴责、是埋怨；然后一字一字有力地回答说：

“我——来——看——一——眼！”

她觉得突然给什么东西猛烈一击，身子摇摇晃晃站不稳，内心还有一种情感，像火山迸发时从地下释放出来的岩浆，热辣辣冲上来。她再也受不住了，转身跑去。多半生里，她受过不少次打击，但无论哪一次都没有这次来得强烈，深深震撼了她的心。

今天接着昨天

夜里，起大风了！

发狂的风是大自然无形的疯子。它把河水抛上堤岸，将大树压得弓弯欲折，放肆地闯入一切空间。如果它闯入人心，也会把那方寸之间一起搅乱。

他，一个小伙子，隐形在黑夜的大氅里，借助这遮掩所有响动的大风帮忙，用他洁净的、没有给邪恶玷污过的手指，头一次弄开一扇陌生的门，蹑手蹑脚摸进去，却不是房间，而是一条七八尺长，堆着破烂东西的走廊。走廊尽头还有扇门，牢牢关闭着。他在手指肚儿上逐渐增加了力量也推不开。

这时，他重新变得犹豫起来。

万一被发现和捉住，他在别人眼里将永远是个被鄙视的小偷。这些天他用种种可怕的推想，阻止自己行窃的欲望，他甚至想到自己将来老了，周围的人仍旧不放心他、防备他、在背后指手画脚地耻笑他，并尽可能把东西都收起来锁上……想到这儿，他几乎彻底打消掉偷窃的动机。不知为什么，今夜骤起的扰昏天地的大风，助长和放纵了他这个邪念。他的理智一下子失去控制力，贼胆子陡然冒出来了。

他在努力地说服自己：什么贼不贼？我家的东西被胡拿乱抄，那些人就不是贼？不是比土匪还凶？难道那些人清白？！清白顶个屁，流血受勋的将军们还不是一边撅着去！只有傻瓜去顺从那些过时的道德经呢！先痛快几天再说，哪怕就这一次！小偷就小偷，怎么不是一样活着！

当他的手指无所顾忌地摸向门板时，忽然门“呀”的一响——有人！

一惊之下，他竟然不知往哪里跑，仿佛原地粘住了。

跟着，眼前金煌煌地一亮，门开了——定睛一瞧，只见面前这弥漫迷蒙的橘黄色灯光的长方形门框里，站着一个头发蓬松的老婆婆。光线在她背后，看不清面孔。

“你……干什么？”老婆婆声音沙哑。

他慌乱得嘴巴也不听使唤。糟糕！自己肯定被识破了。逃吗？他正要逃掉。

“噢，你是那边等长途汽车的，到这儿来避风的吧！那你……就请进来，哎，进来吧！”老婆婆宽和地说。

他疑心这老婆婆要把他骗进去，再招人捉他。他想应付这老婆婆两句就赶紧溜掉。老婆婆却诚恳地说：“你进来暖和会儿，没关系，屋里就我一个孤老婆子……”说到这儿，老婆婆变得迫切又冲动，“你、你进来呀！不是为了你，为我！”

“您？”小伙子一怔。这话什么意思？

“对对，你进来自管暖和暖和，只要听我老婆子叨叨一会儿就成。那边汽车天亮时才来呢！我不叫你帮着干活儿，只求你陪我一会儿……”她竟用恳求的口气，而恳切得叫人难以拒绝。

他不明白自己碰到了什么事，回头望一眼大门，心想还是走掉好，但老婆婆依然拉着他的胳膊往屋里走，一边说：

“甭管那门，我经常忘了就不关……”

这当儿，他想一甩胳膊转身就跑，又怕这样反而惹起老婆婆喊叫，招来人捉他。他没拿定主意，就已经被老婆婆带进这间又大又空、并不温暖、也不明亮的房间。

老婆婆没骗他，屋里没有别人，他再也没有注意其他什么。深陷在眉骨下的黑黑的眼珠，不安地滴溜溜转，四处察看，万一有变，怎样夺路而逃。谁要是心生贼意，不管有多漂亮的一双眼睛也会变得这样鬼祟。

“我就怕夜里起大风。一听这风声，就别想再睡。我想儿子，我儿子就在这样的大风天里死的……”老婆婆哀叹地嘟囔着。

听到这话，小伙子才明白这老婆婆对自己毫无恶意。他立刻神定心安，紧缩着的浑身筋骨都放松开。他还感觉到手发烫，原来手中端着一杯热茶。这是什么时候拿在手里的？跟着，他发觉自己已经坐在一张大藤椅上了，那老婆婆坐在对面一个矮矮的木凳上，仰脸瞅着他说：“听，这风声，就和我儿子死的那天一样……”

这时，他好像才听到风响——一阵阵猛烈的、仿佛要摧垮这房屋的声音。他看见，身边有一扇又高又大、透着冷气的窗子。然后他意识到，自己置身在一间破旧的空荡荡的大房间里。那小台灯的灯光只能照亮一张堆着被子的单人铁床和周围不多的一圈地方。他和老婆婆就坐在这床前的灯光里。

他这些感觉就像从梦里逐渐醒来那样。

于是，他注意地瞅一眼这老婆婆。一个很普通矮胖胖的老妇。一双短小而皱巴巴的手齐齐地放在膝上；伛偻着的上半身和皮肉松弛、满是皱褶的脸，正努力朝自己探过来；直视着自己的双眼强烈又迷茫。显然，这大风之夜勾起她悲伤的心事，无处倾吐，无法摆脱，她有种把这在心里翻腾而受不住的东西倒出来的渴望……

“如果他活着，整整四十岁了。他死那年，差三天二十岁生日。我还给他预备好一套过生日的新制服呢！谁知竟是拿这套制服把他送走的……这孩子做衣服从来不爱试，也就没有过合适的衣服。这套制服是我硬拉着他去试过一次的，谁知合不合身，他是躺着穿上这套制服的……那么匀称的身子，你要是见过他也准会心疼的。瞧，那就是他——”

那边，灯光遮暗的墙壁上挂着一个旧镜框，框上油漆剥落褪色，但照片上那二十来岁的青年人光彩而透亮。乍一看，这镜框就像一个小窗洞，探进来一张讨人喜欢、英俊开朗的脸儿。衣着是五十年代最常见的式样：八角帽，长毛绒领的棉外衣，胸前那个说白不白的小块块是校徽吧……小伙子并没有什么触动地望了两眼。老婆婆的目光却停在照片上。照片上这个曾经活着的人，仿佛正把沉睡在她记忆中的一切全都唤醒：

“……聪明、能干，不是我夸他，人人都这么说。这孩子从小学一进校门就是班长，还一直是什么课代表。不光念书好，打球，吹口琴，写毛笔字，样样行，还样样拔尖，市里的毛笔字展览还得过奖状啊……”说到这儿，她脸上所笼罩的痛苦，便被一种痴醉的笑很快而又奇妙地消解了。老婆婆们都是这样夸赞自己心爱的儿子的。一种母亲的骄傲使她眉眼闪出神采，一时连脸上的皱痕都显得浅淡了。“他直到高中毕业，年年考试都是班里的头一名。就一次得了个第二，那是怪我闹肠炎，他在家侍候我半个多月，误了功课。不过他门门分数没有在八十六分以下的。你说这算不错了吧！”老婆婆的声音兴奋得有点儿颤抖。

“哦，哦……”小伙子心不在焉地随口应答。他无心称赞这个与他无关的、早夭的、平平常常的人。而且他还想着早早离开，因此声音平淡得几乎没有任何内容。

“怎么？你不信？我拿给你看——”老婆婆激动地站起身，转过又胖又弯的后背，猫腰从一只笨重的旧式五斗柜最下边的一层抽屉里，拿出一个破旧而变硬的黑皮包，从中抽出一个讲义夹递给小伙子。当她发现小伙子接过讲义夹后居然不知所措，便急切地叫着：“打开，看呀！”

小伙子就这样被迫地打开讲义夹。

合页锈涩，打开时得微微使点儿劲儿。

里边是厚厚一叠存放已久而夹得极平的分数单。他仿佛不由自主地一张张翻看。这是从小学一年级直到高中毕业全部的分数单，纸已经变得深黄发脆，却像古物一样精心保存，没有一点儿残破，而且按照时间顺序一张不缺地排列着。小伙子不由得把手放轻。上边的字迹虽已发黑，却能清楚地看到这些优异的成绩。老婆婆没有夸大她儿子，分数单上的每一个数字肯定早就印在她心里了……

忽然，老婆婆从小伙子手中把讲义夹夺过去，“啪”地一合，脸上的笑意一扫而空，那些皱纹陡然加深，好像画上了又密又重的线条。声调又是那样愁惨：

“别看了！其实我已经好几年不看这东西了。一看它，以前那些事就全涌上来，我受不了……尤其这大风天。那天，当人家给我送信儿，说他为了救一个孩子死了，我急着往医院跑，路上就起了大风。我是顶着风去的。我愈想快跑到，风就愈大，好难走啊！那天的风和今夜一样，像发了疯，直刮了两天两夜……”

救人？孩子？大风？

小伙子心里怦然一动。联想是思维中最不可思议的。他一下子想到自己的童年，不是也被人救过？他和邻居的孩子在铁路的路基上扒石子、捉蛐蛐，风大，没听见火车开来的声音，千钧一发时，被一个青年冲上来，猛地推下路基。火车开过去，他们得救了，那青年却被轧死了。当时他只有七八岁。这事究竟是当时的记忆，还是以后大人讲给他听的？分不清了。但他还模模糊糊记得，很长一段时间，家里人总带着他去看望人家父母。可是谁知道往后这联系怎么就断了呢？就像很早以前地面上有过一条波光闪动、浪花喧响的小河，它什么时候沉默、干涸，并被时光的尘土填平而无迹可寻了呢？那件曾经使他全家激动不已、感恩不尽的事，渐渐很少再提起来。他也更不曾去想：自己的命是另一条命换来的，用别人的生命换取的生命是负有责任的。怨谁？时间？二十年了，刻在石头上的字也不见得能看清楚了，更何况经历了多少次暴雨的冲刷……

一想到“二十年”，他心里又是一动。这老婆婆的儿子不也死去整整二十年吗？不也是刮大风？呀！难道老婆婆的儿子正是自己的救命恩人，自己又偏偏来偷窃人家？！太糟了！

似乎有种铅样的沉重东西压在他心上。

不不，这不可能！他努力否定这种推断。未免太巧了！这样太像戏、像小说、像电影。可是生活中什么意外蹊跷的事不会发生？他愈怕这样巧合，愈觉得事情就是这样，好像专门为了惩罚他才这样布置好的。

他想问明白，老婆婆的儿子是否在铁道上救孩子时死的，但他又不敢，万一是呢？

偷窃自己的救命恩人！

多么可耻，多么可卑，多么可怕！他不叫自己这么想，但思想是管不住的，无论别人还是自己。

一阵哀哭把他这些乱糟糟的想法打断。原来老婆婆正在轻声啜泣。两手抚摩着那讲义夹，就像抚摩着臆想中儿子头上的柔发，大股泪水止不住从布满层层细纹的眼眶溢出来，沿着脸颊上弯曲纵横、沟一样的皱痕颤颤流淌，在台灯斜射来的光束里闪闪发亮，有如月光下的河网。她已经浸进昨日的悲痛中，这样子真是哀婉动人，使小伙子不敢看了。呜呜的哭声与外边呼呼的风吼混在一起。

小伙子有种犯罪的感觉，还朦朦胧胧有种认罪的冲动。

老婆婆忽然指着那扇黑乎乎、给凶猛的气流推动得“嘎嘎”响的大窗子，说：

“听，这风，就是这风，没有这风，河里没浪，我儿子会水，救上那小孩子后也能上来……”

“呵！”小伙子的精神突然一振，睁大眼问，“他是在河里……”

“是啊，一个浪头把他压到冰下边去了。……差三天二十岁。过了生日也好……”老婆婆摇着头，悲恸欲绝，好像她最近才死了儿子。

然而，小伙子这时倒有种如释重负的感觉。

呵！老婆婆的儿子是掉进河里的，救自己那人是给火车轧死的。而且，这是冬天发生的事，自己那是秋天里的事，完全没关系的两码事！根本不是自己所担心的那种巧合！其实那种担心太多余，巧合都是戏里编造的，人和人很难连在一起。他的心重新一次松开。当他看见老婆婆脚尖前有一块揉成一团、湿乎乎的手绢，就伸手拾起来，递给这可怜的泪渍满面的老婆婆。这时，他心里只剩下同情，还有种局外人的轻松感。

但老婆婆好像没看见递来的手绢，没接，而是用她闪着泪光的眼睛冲他气呼呼地问：

"哎，你说，我儿子死得值吗？"

"值？"小伙子不明白这句话指什么，为什么。

"对！"她显得神志迷乱又清醒，"你听我说——我儿子刚死去那些天，我确实认为他死得值得，甚至挺光彩！那时，报纸天天登他的照片，还有写他的文章，他的名字用好大的字儿啊！人们称他'勇士'，要永远记着他。我便被当作这勇士的妈妈，被请到各处讲话。我哪会讲话？看着那么多人脸，我连嘴都张不开！人们还非问我是怎么培养儿子的。我怎么说？我就照实说了：'我儿子原本就是那么一个人，再说谁能见死不救呀！甭我教他，他也该那么做呗！我不过给他做饭、缝补衣服、纳鞋底子……哪个做母亲的不干这些事呀！'人们听我这些话，不点头，也不摇头，只是对我尊敬地笑着。我脸上也挂着笑，虽然笑得不是滋味，却不是装出来的……尽管我想儿子时也掉泪，但我不能在人前哭，我知道，我一掉泪，就给儿子减色了。我特别信一个干部的话，他说‘您想想，您儿子的死，叫多少人能够说出应该为什么活着’！这话叫我明白，我应当跟儿子一起做好这件大事。也许为了这个，我从来没有感到失掉一个人那么空！有时心里还满满实实的！尤其是那个被救的孩子常来看我，每逢年节，他们一家人准接我去吃饭，那孩子每次都对我说‘我就是您儿子’！我想，还要什么呢？这足够了，倒不是安慰自己，不拿出命来，谁甘心做你儿子？可是……时间一长就变了……热乎劲儿冷了……说过的话都忘了……那孩子也渐渐不来了……”

“他——”小伙子说“他”，却一下子想到自己。才放松的心，又被碰了一下。

“他不来，我能去找人家吗？救人一命，就得拖累人家一辈子？施恩求报多没劲！人家有人家的事，哪能总围着我转？再说……前几年我家被抄得一干二净，搬到这儿来，同我独身过活的本家妹妹做伴，妹妹又病死，只剩我一个人了！当年我守寡在家，儿子上学，常常一人待在家里，过惯了清静日子。不知为什么，现在变得怕静、怕闲着、怕夜里醒来，尤其怕这季节起大风……我愈琢磨愈觉得冤，我儿子死得太早，死得不值得呀！”

“不！”小伙子说。他仿佛急于打消老婆婆这些折磨自己的念头，其实并没认真想，而是情不自禁地说的。

“怎么不？且不说我这孤老婆子没人照管，就说当年那个被救的孩子吧，他在哪儿呢？今年他也得二十多岁，和你年纪差不多吧！”

“我？”他的心什么地方，好像又被碰了一下。

这两下，他觉得心头有点儿发紧，好像还有种什么东西朝他逼来的预感。

“是呵！你说，那孩子现在干什么？当工人？干部？什么样儿的人？他能和我儿子一样聪明、能干、仁义吗？也肯为别人去死？这都不说！如果他游手好闲，如果他是小人、坏人，如果他道德败坏？比方……小偷——”

小偷！

这个词儿就像一根又尖又硬的针，猛地戳在他心上，并像电光大火一样，热辣辣把他全身刺穿。谁知道，这一下才是真正刺向他的！他再没有勇气望着老婆婆，尤其这双眼：哭红的眼睛好像滚烫滚烫；跳荡着激情的目光犹如两道雪亮的强光，仿佛照透了他的灵魂，一点点儿龌龊的歹念也藏不住……为了躲开这目光，他只有低下头来，但耳边却响着老婆婆的声音。这沙哑的声音却把每一个字都异样有力、不可抗拒地送到他的耳朵里：“我不信，被救那人比我儿子还好！肯舍命救人的有几个？拿这种人去换一个比自己差的，怎么能说值得？有时，我想，如果那被救的人更好一些呢……不不，不可能，真要是那样，他为什么再不露面了？难道他死了？不，我也不该这么说。别叫我遭罪，咒人家死！可是他为什么一点儿音信也没有，他要是有心，总能找到我的……不说那人了！我现在就是想儿子！他要是活着，我至少有个伴儿，有人说话，有人疼我。他从小就孝顺，知道我守寡带大他不易，才好好念书，为我争气。别看他没这么说过，我心里全明白。你看这话匣子——”她指向桌上，一个用胶木肥皂盒改制的简易的小收音机，破裂处贴着橡皮膏。“他怕我待在家闷得慌，给我装的。这么多年，我一直靠它做伴。现在年纪大了，耳朵不行了，声音开得太大，坏了，人家都说东西太老，不能再修。唉！如果我儿子活着，他准能修好！可是我……我到哪儿去找他？二十年了，死了这么久的人谁还记得？谁还记得他为什么死的？即使记得，又和别人有什么关系？现在有几个人还记得过去？反正我再不拿那些没用的道理骗自己了。我算明白了——空的、空的，一切都是空的！哎，你说是不是？”她充满绝望地问，绝望是她感情的最高潮。

小伙子心里本来也装满这些想法。他自己就从绝望中走来，碰到了一个同样绝望的人，不知为什么，那些想法反而变了。

老婆婆没听见小伙子回答。她忽然觉得有点儿怪——这不知姓名的小伙子进屋来就没吭几声，好像连表情也没有，此刻索性连头也不抬了：“哎，你也说句话呀，哎哎——”她欠起身，把皱巴巴的手放在小伙子的肩上摇了摇。

小伙子慢慢把他这仿佛无比沉重的脑袋抬起来。咦！怎么他脸上罩满一层透明、颤动的泪光，还有一种不可理解的神情？不等她问，小伙子终于开了口。一句意想不到的话，从他厚厚的哆嗦的嘴唇中间吐出来：

“我就是被您儿子救活的人……找您来了！”

老婆婆顿时惊呆了。她站起伛偻的身子，用湿乎乎、发红的双眼，迷惑地盯着这张年轻的面孔。愈看愈陌生，还是愈熟悉？她不信这是真的，又怕不是真的。

然而，这是真的。

她从这小伙子的眼睛里渐渐看出来了。这黑亮亮的澄澈的目光，这真切、赤诚、坚定不移的情感，只有在当年那被救的孩子的眼里见过。于是，她的心，她全身都被一种强有力的温暖包裹起来。

她充满母亲的宽厚的柔情望着他。她忽然发现，这小伙子脸颊映上了一层淡淡的、金色的、异样清明的光辉。两人不觉一起向那窗子望去。

哦，什么时候天亮的？

风也无声无息停止了。

明洁的晨曦，静悄悄爬上这结满冰花的大窗户，展开一片晶莹而纯净的境界。

船歌

那时我们几个孩子天天准时聚到海边，全都暗着脸，谁也不跟谁说话甚至不打招呼，各就各位一起推动这只搁浅的船。已经干了二十多天，只推出两米远。船头前翘，有如伸长脖子探向远处茫茫大海，船尾却陷在泥河中痛苦呻吟。后边拖着两米长的深沟。船里还残积一汪昨日的海水，晃动明亮的天光和云。舷板披挂着厚厚长长穗子一样早已枯干变色的海草；还有死死生结上边的螺贝，好像一离开船板它们便失去生命。我们的手给贝壳刀口一般坚硬的边缘割破生疼流血，谁也不吭声，依旧大角度倾斜身子把全部力量压向双手，眼睛死盯住前边，那海。终于一天，大海涨潮了，潮水发出惊天动地的呼喊涌上来，把这船从海滩托起，带走。我们站在齐腰的海水里，望着大浪中狂乱颠簸而远去的小船，没喊没叫没欢呼，全都哭了……这场面这情景这感觉叫我记了三十年。可是至今不明白那时我们那群孩子为什么要推动那只船，为什么哭。

我认识你太偶然。

其他的偶然一万个，这样的偶然只一个。如果碰上其他任何一个偶然，我此生此世就与你无缘。于是，我想，我说，偶然才是命运中的必然。谁还找到这偶然？命中注定，你我。

那是因为那天无聊才去看望一位同样无聊的画友，让孤寂的灵魂相互靠一靠。正赶上抑郁症使他面临崩溃不得不送往精神病院，正赶上在他家门口碰上他。晚一步，后边的事全没有了。他说，他要到天国开画展去，说完推开我就走，走几步又回来说：你必须帮助一个女人。他没说为什么，只是清清楚楚告我一个地址和一个女人的姓名。推开我又走，又回来，再把这地址姓名告我一遍，一遍又一遍，直到别人把他劝走拉走。一个对世界绝望的人，念念不忘最后的责任必定是神圣的。于是，我找到你家。

当我说明来意，这女人眼睛立刻亮闪闪。

我一惊。白桌布上两块冷森森的黑纱。我知道的她都知道了。那画友进医院当天病就暴发，一头撞墙，把脑壳撞得粉碎，连墙皮都撞下来。立在他灵前，我想，如果他真能在天国开画展，世上的人也只得到下世纪才能去看。他还要等半个世纪一个世纪，也好，比活着有希望。可是送葬那天为什么没见这女人？她何时何地戴这黑纱？为什么两块不是一块，另一块是谁的？

她看起来不过四十岁，脸上的阴影倒像重叠了一百年的苦难。蓬松乱发中间一团柔弱疲惫的感觉。她说：

“为了我，这不值得……”

这是我全然不知的故事中的一句话，听起来自然没头没脑。却见她眼睛不再亮闪闪，衣襟也没泪痕。泪水被她眼睛克制了吸收了。后来才知道她只这样“哭”。我见过的，只有强者才这样“哭”，她怎么能。

她告诉我，她没工作。

“我们画社有外加工画书签的活儿，只要你能画几笔就成。”

“我过去弹钢琴。年轻时喜欢画画，都是瞎画……我怕画不好。”

“不难。”我高兴地说，“先试试吧，明儿我就送些白片还有样子给你，好吗？”

微微柔和的笑推开她脸上的阴影，解冻。我点点头，我愿意由于我使别人能这样。

“好像有小孩在房上，小心踩漏顶子。”我说。

“是我女儿。瓦坏了，拿块油毡压上。”

“压上哪行，我来，我会。”

我上阳台，一扬头，阳光好强，还是看见了你。你穿一条粗蓝布背带裤，肥裤腿显得笨重，挽着袖儿的白衬衫就显得又轻又薄。你坐在房顶的大斜坡上，下边一大片红瓦，上边一大片蓝天。白的灰的花的鸽子落在你前后左右。你拿着一块好大好沉的油毡，在做你根本不会做的事，有点儿笨手笨脚。你脸上身上蹭了灰土，好比那鸽群中一只弄脏的小白鸽。我笑。

“他要帮咱们。”你妈妈仰脸对我说。

“是。我会。我来。”我大声说。有种要承担一切的劲头，几下上了房，踩着瓦沟大步迈上去，鸽子在四周飞起飞落。不怕人的鸽子只向远一点走，挪动。我接过油毡时，你并没有客气或感谢地笑一笑。你用你黑黑的眼睛专注地望我一眼，这眼好深。你不是用眼，是用心灵望我。那时谁还会用全部心灵望一个陌生人，像人望大自然那样，无戒备的，感受的。后来我发现你也用这样的目光望一切。可是当你望我时，世界忽然变得一尘不染。

你家的挂钟指针总指着九点四十分。我说，也许发条坏了，我拿去修。你妈妈说，它没坏。我说，那是该擦油泥了，我一个朋友就能干。你妈妈说，不用，只是没上弦。为什么不上弦，叫时间永远停在过去某一个时刻？你和你妈妈眼睛同时亮闪闪，一会儿泪水同样被克制被吸收。原来你也是这样“哭”。你们不说，我不会问。我懂得怎么对付痛苦——绕开它。我就讲笑话，讲呀讲呀一直讲到你俩全笑了。

男人对女人就该有保护意识。女人乐不乐意接受是另一码事。要不怎么证实自己的性别，还称什么男子汉。

可那些年，我实际没帮过你们什么忙。你妈妈那两笔画不能担起画书签的活儿。你们打扫房子，搬煤，糊窗缝，挪东西，钉钉松动的桌子椅子腿儿，我一进门，你们立即停下来，从来不叫我干，虽然我比你们更会干这些事，甚至是行家专家。你们只想叫我坐稳，把你们碰到的一个个难题提给我。我高兴用我的机智把这些问号打碎，还有些问号你们明知道我也没辙，却喜欢看我拿笑话把它扭得变形，不再像问号，好玩。

“你刚刚上来时，二楼那个胖女人问你什么？”你妈妈说。

“问我吃饭了吗。嘿，她倒挺客气。”

“不可能。她是这楼里的治安代表，只要有男人来到家，她就不客气地盘问。有次一个医生来给我看病，她居然跑上来，闯进屋叫人家掏出工作证。”

你妈妈像背个铁包袱，沉重极了。我不知道这包袱里是什么。你那里好比一只受惊的小鸟望着我，求援。

我咧开嘴笑了，说：

“我预料再过一年，每家每户都进驻一个人，叫‘家庭大叔’。一同吃一同睡，不单你家来什么人要查，查出身查历史查祖宗八辈，还负责记录梦话，观察每个人神色态度情绪，每隔一刻钟问你一次，你在想什么。”

“那怎么可能。”你张大眼睛问我。你傻极了。

“这种‘家庭大叔’都是经过特种训练的。训练第一项，就是能从人放屁的声音辨别出有没有牢骚。”

忽然，你和你妈妈咯咯笑起来。笑一阵，琢磨一下，相互一看，忍不住又笑，愈笑愈厉害，直笑得折下腰，你扑在你妈妈怀里喘不过气来，还说：

“我真不能再笑了……”

难道你们向我只要这些？生活没有比这更容易，怎么你们看来竟如此难得？

又是那只搁浅的船。

第一次发现它时，它像受了伤横卧在荒漠的沙地上。在火样灼烫的日晒中，船板发出震惊人心的干裂声。我们几个孩子跑到海边，合拢手掬起凉滋滋的海水，捧回来浇它。路太长，海水从指缝间滴滴答答漏下，最后洒在船板上只剩下几滴，但我们执拗地这样做。一趟一趟，来来回回，从早到晚，从船旁到海边，从海边到船旁，被海水腌白的小手晃动这可怜的一点儿纯净透明的液体；沙地留下一串串圆圆的脚窝、水滴。不只是圣徒才有虔诚。

我的画只能画给自己。我这些画都是给自己画的。你却喜欢。

一半是横七竖八涂满黑墨，只剩下一小块白纸没被盖住，另一半空洞的白纸中央，一小块黑颜色在静悄悄扩散。我以为你看不懂。

捏瘪的空烟盒。我用摄影现实主义手法画得无比逼真。你准要笑我无聊、空虚。

还有那古怪凄凉的形体在空间运动。有人说这是只肚皮朝上的飞鸟。你不认为我在发神经？

你说，它飞得太累了。

我无言望你。你用你心灵的目光感受着我，又说："你画的都是你自己。"

我惊讶了。你这样年轻，又不知我那磕磕碰碰的经历，打哪儿猜到的？我一直觉得你是空玻璃杯，里边只有光。现在觉得那感觉完全不对。

至今我还记得，你那间不能再小的坡顶小阁楼，靠墙一架钢琴上永远蒙着一条灰色粗毯。屋子中间塞着小方桌和小凳。书架改作碗架，外面挂一块干干净净淡蓝色碎花布帘。布帘遮盖的最下一格塞满书，全包书皮，为了不叫别人知道是些什么书。这我明白。除去这些剩下的空间无法摆下两张床，尽管你和你妈妈好得像一个人，也只好睡上下铺。你小你轻你在上边。你身边那墙有扇小窗，至多一本杂志大小，这是我平生见到的最小的窗。但一样透光，一样有晴空，有云影，有星光，有晨昏雨雾，有暑日寒阳。还有一棵大槐树顶尖那点儿枝叶，春天鹅黄，夏天浓绿，秋天红褐斑驳，冬天几枝干枝，隔过模模糊糊的寒气热气水汽，如同墨勾几笔，挺绝。虽然都那么一点点，却都有。你说这窗是你活的年历，你每年六月十五日生日那天清早，树上准有几只小鸟把你叫醒。

我笑了。问你喜欢诗吗，画吗，钢琴吗，想学艺术吗?

你马上使劲摇头，有点儿神经质。那天你妈妈在街道加工厂钉衣扣没下班。你忽然告我，我那死去的画友是你生身之父。

我将近十分钟没说话。因为我不能不信，因为是你说的，绝对就是真的。

你只过分简单告我这个悲剧的原因，只一句，因为一个意外的爱。沉一沉，你似乎怕我的理解流于俗浅，你解释又不愿解释，因此也只是过分简单的一句：那个小提琴手太有天才了。

随后你沉默了,好像打算永久沉默。你肯定后悔对我说。你不再说，我不会再问。我脑袋里不知不觉构想出一个苦涩的故事：

乐团的女钢琴家被小提琴手的爱感动了。丈夫痛苦地离开她，她因此被乐团开除。小提琴手屈于世俗压力，怯弱地走了。她失去一切。后来她醒悟，艺术是欺骗人生的。从此与钢琴与艺术断绝，只与小女儿相依为命。可世俗那套并不放过她，死缠着她，到死……

这个虚构的故事太像小说。但我认定这就是她全部悲剧，不管情节细节有多少出入。我那死去的画友为什么一直严守这秘密，临死又放不下？他爱她，双重的悲剧。事情就该这样。

我对你说：

“我被感动着。爱，没有正确和错误，只有真实……”

你的眼睛变得露珠一样明亮。如果没有我上边的话，你绝对不会告我，墙上表针停止的时间就是你爸爸离开你们的时间，那晚。

噢。九点四十分。终结，然而——

爱的终结是爱的永恒。

我把大半杯酒吞进肚里，拔腿要走。父亲说：“大年三十晚上都在自己家过年，你去哪儿？”我又看一眼桌上小表，九点四十分，把棉帽扣在热乎乎的脑袋上就出来。

家家都在吃团圆饭。今年禁止放鞭炮，据说敌机听见声音看到火光会来偷袭。太静了，就听到：“最后一把花了，谁要？”寒冷寥廓的街头一个女人在喊。

路灯里这束花茸茸闪着光。银柳。

最后的花，有点儿凄惨。我说，我要。我是这样意外带着这束花去你家的。它却给你们的年夜带去欢乐。你家没花。没花的空间好比没音乐的空间。你说这花快冻死了，要用一杯温水泡上。我笑着说，温水里反而会死，再冷也必须在冷水里才活。你也笑了。我笑你过于善良，你笑自己傻，你妈妈分明笑你可爱。

“居然这么晚，还有人在街头卖花，我不信。”你妈妈说。

“我也觉得挺怪呢！再说银柳这花几年不见有卖的。”我说。

你俩相互诡秘地笑笑，都摇头，都说准是我白天就买好的，叫我招认。你们一向这样估计别人。其实我白天并没预备来，只是刚刚那一冲动便非来不可。为了你们，我只好认可，撒谎。

你的灯瓦数太小，光线太暗，花枝隐去，只剩一片银亮的花散在空间，像纷落的雪突然静在半空，不动。这感觉挺奇特。

你说："如果去掉这些花枝，花朵也这样悬在空中似的，多好。"你也正是这种感觉。

感觉相通最不易也最快乐。我随口说："只有绘画才能做到。"后来一想，我说到了绘画的本质。艺术服从理想并不服从现实，它依据现实却不依据理想。

小方桌上那点儿粉丝炒白菜丝，几个茶鸡蛋，两三根蒸腊肠，一碟韭菜馅饺子——你俩就这样几乎一无所有地面对着又大又空的新的一年。你说你们没酒，沏一杯热白糖水给我做"酒"。你说你们只有两个饭碗，就拿一个带把儿的白瓷茶碗给我盛满饭。这样好，这样更亲切。我以前也吃过大宴华宴，现在全忘了。我恳请你弹一支曲子庆祝新年，今晚。我知道你妈妈不准你手指沾琴。你偷偷告我，你总是偷偷弹琴。起先你妈妈知道就拿尺子打你手，打肿。一次她下班站在门口，可能给你琴声里什么东西感动了，从此不再管你。她回来只要听见你弹琴，就敲敲门，你马上停住盖好琴盖。两人见了都装作若无其事。

今晚我提出请你弹琴就需要点儿勇气。我是有意这样做，早有打算只等这一天。今天的气氛对今天最适合。我抱定决心非要打开这关闭太久的门。

你没准备，张大眼望你妈妈。

“弹吧。”

你妈妈的话出乎意料，她的平静更出乎意料。这样你才放心坐到琴前。她为什么改变自己，今天。我想。

你感觉太神圣还是太紧张，因为头一次在你妈妈面前还是头一次在我面前弹琴，你弹《少女的祈祷》，可是你完全弹乱了。你不断摇头，两个小辫梢左右刷着你瘦瘦的后背，你还大口喘气，想镇定一下你平平的然而大起大伏的胸脯。干什么这么紧张？最后你弹得一塌糊涂，无论如何弹不下去，只好扭身到桌前，朝我歉意微笑，笑里还深深埋着懊丧。我真不该请你弹琴。

“这曲子她本来弹得不错。”你妈妈对我解释，为你。

我举起糖水——糖水早凉了，说：

“祝你明年十八岁，大姑娘了。”

“也祝你……你明年该多少岁？”你说，你还没完全镇定下来。

“你别以为一年年下去就能赶上我。我永远比你大十二岁。就像你妈妈永远也比我大十二岁。”我说。

我们都笑，松松快快快快活活笑了。你妈妈忽然举起甜甜的液体说：“就为两个小十二岁的人和两个大十二岁的人一起祝福吧！”她第一次说笑话，你也感到惊讶。

是时候了。我想。

我撂下水杯起身走向那停摆的钟，伸手摘下来，一下子你俩神气都变了。你竟然从心里轻轻“噢”了一声。我浑身好烫，是不是刚才在家里喝的那些酒都冲上来，脑袋有点儿失控感？这事却只能由着我，不能由着你俩。我死死盯着你妈妈的脸，把停了有如一个世纪的时针拧动。轴生了锈，使上劲才吱扭吱扭转起来。再嘎嘎拧响上弦的钮，表壳里嘀嘀嗒嗒嘀嘀嗒嗒满屋响起。计算生活和生命的指针全都复活。当然，你明白这意味着什么。我看见你俩的眼睛一齐亮闪闪。我赶紧把脸扭过去，不愿意看见你们再把这泪水克制回去，也许是我自己已经不能克制了。

我们站在齐腰的水里，望着在风浪里颠簸的渐渐远去的小船。海面不断掀起的波涛终于遮住了它，好像把它吞没。大海最终吞没它，必然……我们忽然不哭了。说不清是心满意足还是无限自悔；说不清到底是叫它永远静静睡在岸上到死，还是粉身碎骨埋葬在大海里好呢？

这儿时的惶惑一直在我心里纠缠。

我在废墟中挖一个洞，把父亲弟弟背出来。大街上满是残砖碎瓦断树斜杆。被大地震吓掉魂的人东西南北又南北东西地跑。我打菜店门口搬个大竹筐，扣在一块空地中央，叫父亲、弟弟坐在上边等我，赶紧弄辆破自行车去挨个儿看我的朋友们，是死是活。

找到一个，不管他家毁成什么样，只要见人活着，用劲拍两下他的肩膀，上车就去看另一个朋友。

路上碰见朋友熟人，看我两腿血迹斑斑，二话没说，掏尽身上所有口袋，把钱硬往我胸前口袋里掖。我无法拒绝，这时他们每个人的手劲都变得比我大。没多会儿，我胸前口袋鼓成个球，多年来我没这么富过。

跑到教堂附近，我见一位画友躺在道边地上，脸灰得像瓦片。他的腰被砸断，身子下边垫着他的油画。邻居一伙小子正要抬他去医院。他对我说："今天才明白，艺术是最没用的。"我把口袋的钱一把抓出来，往他头旁一塞说："快去医院，我一会儿就去看你。"这时我已经被一个可怕的景象惊呆，远远的，你的楼已经变成巨大的土堆，不像金字塔，像坟。纯蓝的天笼罩着它。不知是碎玻璃还是别的，在那土堆上刺眼闪光。

我绕这大土堆转了三圈，心像往下掉，没有底，不知掉到哪里。忽然，我朝这小山似的废墟狂喊一声："完啦！"

一个人跑来，以为我疯了。多亏这人给我一线希望，说你们这一带逃出来的人都集中到了东边的骨科医院。这医院以前叫作老马大夫医院。

医院大院里外全是人，毒日头下冒着人味汗味药味酸臭味。这儿有临时救护站，还供应面包和水，可以活。大铁栅栏门关严，几个戴红袖章的街道老大娘把门站守，只准这一带居民进出，外人不行。我一眼瞧见你们楼下那胖女人，抓她袖子问："她们娘儿俩怎么样？"同时准备一个噩耗把我撕裂。

胖女人倒把我记得牢，一眼认出我。她说："没死，跑出来了。"她脸上没笑，斜眼等我的神气。

我差点把这胖女人抱在怀里："人呢？"

胖女人说："一早就出去了，不在里边。"她走开，不愿再搭理我，也许不愿看我高兴。

只要你们活着，不见也是好极了。这遍地废墟，对我们又算什么。我沿围墙走，忽然发现前面还有扇铁栅栏门，锁着。隔过栅栏我竟然一眼就瞧见你俩。我叫，你俩就像两只小鸟扑在铁栅栏上。你俩的脸怎么晒得这么红。这时我们的眼睛都盯在对方身上的伤上。多好，我们都活着。

你说，你最幸运，大地先是摇落一块砖不偏不斜贴着头皮立在你头顶前，房柁下来又正正好好架在这块砖上。你在一个死角里赢得了一个比世界还大的空间。你不该死，上帝也知道。我说：

"将来务必找到那块砖，刻上字，留起来，这是世界上最伟大的一块砖。"

你俩轻微地笑了，使我感到一阵松弛。

你妈妈说:“你永远再看不见我们那间小屋了。”这话像一大片阴云。

我忽然想到这些年那些事，再没心气儿说笑话。旁边有个水果摊，我一摸口袋，幸好还有一张五角钱的票子，跑过去，可着钱数买了两个好大好大的苹果，给你俩。我从铁栅栏往里塞，这情景有点儿像探监。铁格子间距太窄，苹果大，进不去，使劲塞啊塞进去，苹果两边被铁格子连皮带瓤刮去厚厚一层，到了你们手中，已经成扁圆的了……

下午回到家，邻居告我，一早来了两个女的，一大一小，手牵着手，在大太阳地里，面对我坍塌的房子足足站了两个小时，才走。

我这才明白，为何你俩脸晒得那么红。

退潮了。潮退了。一去到天边。几十里一片死寂。没有浪花迸溅的礁石失去了往日的雄奇与严峻，没有潮头掀腾的沙滩失去了昔时的骚动与激涌。海鸟与海风也退去。那虽然寂寞虽然不安虽然凶险却充满力量充满渴望充满光和影的生活到哪里寻找？谁告我。

长久沉陷在沙地上的船干了，裂了，散了。它不再属于海而属于陆地了。

那次我回到久别的故乡的海边，看见渔民夜里就搬这些船板在沙地上生火。红的光亮的火映衬着这些黝黑无言的废船。永不歇息永不平静的海在远处在月光笼罩下含糊地喧响。你是否听见这喧响中还有一种动人的声音在呼叫。

今儿打早已经迎来又送走四批客人。醒来时那股子作画的兴头全叫这些浑蛋来访者扰散扯碎带走。算了，今儿不干了。我把邮递员刚送来的一包邮件扔在地毯上，就劲儿往地上懒洋洋一躺，随手一件件拆开看。又是请柬，又是请题词请推荐作品请演讲，又是索画求画催画，又是祝贺获奖。天下的颂词总差不多，像黑蚂蚁爬来爬去。忽然一个浅蓝色信封，你的。你永远是这种宁静的颜色，到眼前也从不惊动我。

你告诉我，你研究生答辩已经通过，马上要到奥地利去进修，可能一年两年，可能三年。你说你行程在即，没时间来看我。你说你告诉我这些，为了使我高兴。你还说再见。

怎么这么快研究生都学完了。一算，哟哟，原来你去上海上大学已经八年。整整八年过去，为什么我不曾觉得？回忆起当初你妈妈陪你到我家来和我告别，那印象怎么那么模糊。时间又像过了十八年一样漫长。什么是衡量时间的尺度？记忆的清晰度，还是它中间那些实在的生活和难忘的细节？

八年里，你只是回来度假探望妈妈，才能来看我。你来过几次，记不得了。我的记性真是愈来愈糟。昨天我把开会的日子记错一天，赶到会场人家头天就把会开过了。似乎你每次来只坐一小会儿，也很少来信。你怕打扰我才不敢来也很少写信吧！就像我那些老朋友，真心请他们也不来。我不曾得罪或怠慢他们，到底什么东西使我和他们疏离？是不是我不曾为这疏离感到强烈的苦恼，反倒加大这疏离？

我使劲儿想才想起，你每次来，总还是当年那样用你黑黑的眼睛专注地望着我。你很少说话，只听我说，只点头，只微笑，然后就走了。你为什么很少谈自己而使我对你几乎一无所知呢？你仅仅看到我、坐一会儿、听我兴致所至胡说一通就足够了吗？忽然我记起，一次你来送我一本相册，贴满你的照片，那相册不知压在哪里。你为什么要送一整本你的照片给我？还有一次，我忘了哪年，你请我到你家非要弹一支曲子给我听，还是那支《少女的祈祷》，可是你又弹乱了，为什么你还弹那曲子，为什么你一弹就乱呢？你呀你呀，我呀我呀，多糊涂。

你把你妈妈接到上海后，你不再来了，那是哪年，哪年？距今几年？可是你这一走也许很久也许永远不能再见。你信上这“再见”意味着什么？瞧，你把“再见”这两个字拿笔反复描，变成好沉重的两个字。

忽然我觉得生活中有一部分东西抓不住了。我的心发空。我马上翻身起来把这感觉写给你。我也像你一样，把“再见”这两个字反复描得很粗，很重。

七天后，我和一位乐队指挥谈《柴可夫斯基第一钢琴协奏曲》。头天晚上，他指挥演奏这支曲子使我落泪。现在谈起来依旧激动得连喊带叫，像两只打鸣的公鸡。

有人轻轻敲门。我一拉开门，是你？笑眯眯站在门外，怎么可能是你。恍惚间，还以为你来看你妈妈。这当然是种错觉。

你身前立着一大束银柳，好长，几乎和你一般高。你两手轻轻把它拢抱胸前。你穿一身深灰，和银柳枝干颜色一样；你戴一双白茸茸兔皮手套，围一条白茸茸兔毛围巾，好比银柳的花骨朵。你故意这样穿的？简直是银柳的化身。

我说，快进来，我们正谈“老柴第一”，你也参加一起谈。我接过花戳在柜旁，你坐下来，我们接着谈“老柴第一”，谈第二乐章，那牧歌式静穆深远的第二乐章，还扯到列维坦，扯到契诃夫的《带阁楼的房子》，扯到俄罗斯民族的忧郁美，快谈醉了。那指挥几次蹿起来，他最得劲儿的表达方式还是挥动那两条会说话的手臂，“唰唰”甩动他散发着情感的长发。我不懂音乐，只谈直觉，止不住和指挥抢着说。我抓他的手叫他停住，他推我的胳膊，像打架。

你静悄悄在一旁，一直微笑望着我，还是不说话。

指挥要回家吃饭，我送他出门上电梯，回来时你已经站在门口，围好围巾。

“干什么，你要走？”

“我十二点三十一分的火车，回上海。”

“回去，你什么时候来的？”

“今天，刚来。”

“刚来就走？那、那你干什么来的？”我很奇怪，“你干什么来的呢？嗯？”

你没说，也没笑。两只黑黑的眼睛望着我。你用这双眼睛望了我十几年。忽然我全明白了，我的心立刻就揪上点儿劲儿。

“不行，现在已经十二点了，赶不上车，你多待一天，我去给你换票。”我说。

“我大后天去奥地利，实在没时间了。我是坐出租汽车来的，司机在楼下等我。”

我有点儿慌，克制一下，说：“那好，我送你下去。”我去按电梯钮。

你忽说：“别坐电梯，走下去吧，楼梯上还能说几句。”你用的是种请求的口气。

我依你。我已经痛悔刚才谈什么死“老柴”了。有多少话，只剩这点儿时间，只好说最该说的。什么是最该说的？

我住十一楼，我们走下去。从十一楼到十楼、九楼、八楼、七楼，然后是六楼、五楼、四楼、三楼、二楼……却没一句话，只有我们两人“噼噼啪啪”凌乱的脚步声。全是脚步声。

这脚、步、声，我永远忘不了。

到一楼，你停住，背对着我，低声说——似乎只有压低嗓子，才能保住声音平稳：

“我，不能回头了。你信里没写的话，我全明白……”

我呆住，看着你进汽车，远了，走了。

一连四天，我面对这大束辉煌的银柳，陷入一种难以言传又异常强烈的气氛里。任何人敲门也不开，各种信件全不拆，电话线拔了，只把自己关在屋里。生怕这气氛被扰散，消失。四天过后，一个熟人闯进来，看看我眼神奇怪地说，你有病啊。是啊，到底我怎么啦?

在早春的日子里

一

早春吗，就是你放开眼寻不到一点儿绿意，小河依旧覆盖着亮闪闪的薄冰，阳光还无力驱尽空气中的冷冽。早晨，你坐着马车在村道上，耳朵竟然感到有些冻得发疼；马儿的鼻孔里喷出一股股蒸汽似的热气……可是，偶然不知从哪儿吹来一阵挺凉的风，却与冬天扫荡大地的寒风全然不同了。你分明觉得有一种清新、有力、醉人的气息扑在脸上，这是春天将临的讯息啊！就在这一瞬间，你曾经在这个季节里一些经受过的、久已忘怀的往事，会重新零零碎碎地飞快地从眼前一掠而过。它只是一掠而过，抓也抓不住，连同那风里的春天的味儿忽然出现，忽然消失。你却陡然地被感动了！你全身会像那些伸向天空的修长、纤细、变软的枝条，微微抖颤起来，并感受到一阵子又甜蜜、又伤感、又淡薄、又浓郁的情绪。这便是早春。

有位画家说，四季中有两个最富有诗意的节气，一是早春，一是晚秋。据说从晚秋的天地间可以找到深沉又丰富的调子；早春的景物总好像飘忽不定，把握不住它的色调与形影……唉，我扯这些做什么呢？

我要写的实际上是另一个意思。

二

我十二岁时的一天，记得那是天气刚刚有点儿暖和的时候。妈妈叫我把楼梯一侧的几扇窗子打扫一下，揭掉粘在窗缝的挡风的纸条，擦净玻璃。我正干得起劲儿，忽然从楼下走上来一个很漂亮的女孩子，看样子年龄与我差不多。脚步很轻快，当时我只觉得有点儿不自在。她从我身边走过时，身子侧了一下，就上楼去了。

她半天没下来。又过一会儿，我楼上的邻居朱丽下来，招呼我上去一趟。朱丽是个随和的胖姑娘，比我大一岁，爱唱歌，胆子小，说话却总像喊一样。她从小就被父母过继给姑妈。家里只有她和姑妈两个人。我和姐姐常同她在一起玩，十分要好。

在朱丽的屋里，我见到了刚才上来的那个女孩子。她靠着床边坐着，手里端本书，我走进来时她并没扭头看我，不知是给书的内容迷住了，还是故意装作这样。

“来来，我给你们介绍一下。”朱丽说，“这是我的同学路霞。他是我楼下的邻居，叫杜伟。”

路霞这才把书放下，转过脸来对我笑笑。她可真漂亮！

朱丽在她身边坐下，一条胳膊亲热地搭在她肩上，噘起厚厚的嘴唇凑在她耳边嘀咕几句什么，跟着她俩一同看我，还笑，弄得我眼睛不知瞧哪儿才好，只得低下头来。我在和自己一般大小的孩子中间，还是头一次感到尴尬。是不是在一个陌生而漂亮的姑娘面前就会感到尴尬？我不知道。

“你在哪个学校？”路霞主动对我说了话。

“四十一中学。”

“上几年级？”

“初一。”

“哎呀！你才上初一呀！你这么高，你十几岁？”

“十二。”我一直没敢正视她。

“噢！你才十二。比我还小两岁呢！怪不得你才上初一。”她说。

“那你得叫她路霞姐姐啦！”朱丽在一旁嚷起来。她俩都笑了，越发弄得我不好意思了。朱丽却叫得更加起劲：“按规矩你也得叫我朱丽姐！”

要是在平时，我马上就会反驳朱丽，我的嘴也挺能气人哪！但我现在似乎什么能耐也没有了，又拘束、又老实，如果在老师面前也是这个样子，保准会使老师大吃一惊。

路霞倒挺大方，也爱说话，话题都很有趣。我们很快就兴致勃勃谈起天来，不知不觉也不那么拘谨了。这时我鼓足勇气，仔细地瞧了她两眼。原先我只想瞧她一眼，但她那张脸却迫使我再瞧一眼。

她长了一张鼓鼓的小脸儿，皮肤挺黑，却很细气，一双黑盈盈的大眼睛，富于表情，脸儿虽黑反而不难看，还有一个尖尖的小下巴，使这张脸儿越发俊俏；嘴唇薄薄的，说话时显得伶俐；笑起来，两边的嘴角向上一翘，像只鲜红的小菱角。

她个子不高，但很精神。朱丽相形之下就显得粗糙，而且像水泡过那样太胖、太白、太松，没有光泽。

后来妈妈叫我下楼吃饭。在饭桌上我表现得有些心不在焉，总觉得有些什么事要做似的。赶紧吃过饭，便说朱丽找我有事要上楼去。妈妈说:“什么要紧的事，像催命一样，看这顿饭把你赶的！”我没说话，到了楼上，屋里只有朱丽一个人。她随便地一说：

“路霞走了。”

噢……我站着。

三

路霞那次来过后，很长日子没再来。

天气很热的时候。一天我钓鱼回来，正在洗脸，朱丽忽然喊我上楼。

我上去了，可是她站在屋门口，门是关着的。她脸上带着挺神秘的表情问我：

“你猜谁来了？”

“朱锐。”

“不对，你再猜。”

“冯宽？”

“也不对。你猜吧！是个女的。”

“女的？……你表妹林娜娜吧！”

“还是不对。你真笨！”

我忽然灵机一动——

“谁也没有，你骗我！”

屋里发出一阵清脆的笑声。朱丽把门推开，我完全没猜到，是路霞。她站在屋中央，一双黑亮亮的眼睛笑盈盈地看着我。她穿了一条深蓝色的背带裙，短短的，显得腿挺长。上边是旧白短衫，系着一条红绸领巾。那时我们都喜欢戴绸领巾，给风儿一吹，在胸前飘飘摆摆，滑溜溜地蹭着下巴和脸颊，非常神气。她的小辫儿好像比前次来时长了，细细的辫梢挨着肩头，显得又俏皮又精神。不知为什么，我一见到她，前次所感觉过的那股尴尬劲儿又来了。路霞却像遇到老朋友，马上和我说笑起来，很快就使我放松开。

我们快活地说着。忽然我觉得短裤的口袋里有什么东西在动。我立刻明白这是早晨在野地里捉到的一只大青头蚂蚱。我瞅了一眼胆小的朱丽，惯常所喜欢的恶作剧又触动起我的兴致。我双手插着口袋，一本正经地对朱丽说：

“朱丽，我送你点儿好东西。”

“什么东西？”胖姑娘睁大她的小眼睛。

“你必须先谢谢我——”我故意逗起她的好奇心。

“谢谢！”

“这不行！你说得不清楚，我没听明白！”

“谢——谢！”朱丽拖长声地叫着。她真要急坏了。

“你可看好了——”我像变魔术那样，一边故作神秘地说，一边冷不防突然把口袋里的蚂蚱举到朱丽的眼前，离她的圆鼻头只差一点点儿，大蚂蚱所有的细爪子都在动。

朱丽先是瞪大眼睛瞅着一下子来到面前、没来得及看清楚的东西，跟着就爆发出一声刺耳的尖叫，她捂着脸，满屋乱跑，都快吓哭了。

路霞却一点儿没有害怕，反而觉得我手里的玩意儿挺有趣。她向我要了过去。

“真有意思。这么大,你怎么捡的？呀,它的翅膀和腿怎么都坏了？”她说着，兴趣十足地摆弄着手里的蚂蚱。

“我怕它跑了，把它里面的红翅膀揪下来了。它的腿是在我口袋里揉搓坏的。现在不能蹦，也不能飞，只能爬了。”我说。

路霞把它放在手背上，大蚂蚱就顺着她滚圆的小胳膊慢慢往上爬，她感到非常好玩。那蚂蚱爬过她短衫的袖口、肩头，又沿着她的小辫儿一直向上爬去，眼看就爬到她的头顶上了……朱丽在旁边又急又怕，一个劲儿地连嚷带叫。这在我看来，路霞可不是个一般的女孩子！

四

暑假里，路霞来得勤一些。今天她又来了。朱丽的表妹林娜娜也来了。晚饭后，姐姐请她们下楼到我家来玩。

在我家，朱丽先扯着她那又尖又细的嗓子唱了几支歌。这几支歌她近来天天唱，几乎唱了半个夏天，连同院里的蝉叫，吵得四邻不安，早听腻了，因此大家都没有邀请她再唱下去，便一起研究怎么玩。路霞提议玩“藏人”。这大概是每个孩子都会玩的游戏。就是找一个人先到屋外去，把门关上，再关上灯，大家各自找个隐蔽处藏起来。等大家藏好，就把屋外的人叫进屋，任他寻找，先找到谁，谁就算输。输了的人到屋外去，大家重新再藏。

我的两个妹妹也会玩这种游戏，为了热闹也叫她们参加进来。妹妹们高兴得拍手跳。让哥哥姐姐带着玩是小孩子们的荣幸。

林娜娜自告奋勇先出去。大家就关上门，闭了灯，在漆黑的屋里摸索着钻进自己选好的角落。大家在黑暗里跑来跑去，难免互相碰撞，甚至撞个满怀。虽然都尽量抑制着自己，却还是忍不住发出笑声。我原想藏到门后，可是我恍惚看见路霞躲到书桌下面。不知什么缘故，我也摸到书桌前，弯腰钻了进去。但马上就感到有只很热的小手往外推我，还咯咯地笑。这时不知谁喊了声："藏好了，进来吧！"门一响，林娜娜走进来，我只得蹲好，不敢出声，却听林娜娜的脚步直奔书桌这边来，脚步声就在我的身前。我忙往里倾身。这时我觉得路霞和我紧挨着，我的脸似乎感到了她呼出的热气，她的发丝蹭着我的耳朵。我很难形容当时的感觉，好像有点儿害怕、有点儿紧张，还有点儿快乐，并觉得自己一动也不能动了……

"找着了！叫我抓住了！快开灯！"林娜娜忽然在大柜那边叫起来。灯亮了，原来是我最小又最笨的妹妹被发现了。她藏在柜子里，那是个最容易被想到和被发现的地方。这时我扭头一看，啊！身边的人哪里是路霞？原来是朱丽！她躲在里边，被挤得脸儿通红，汗淋淋的，头发都粘在额头上，还对我"哧哧"笑着。我却有点儿懊丧之感！路霞呢？她藏得真是巧妙极了——她站在窗台上，然后拉上窗帘，就是开着灯也不易发现。她这想法和做法是出人意料的。

这么玩了一阵子，有些腻了。路霞教给我们一个新玩法，实际上是捉迷藏的一种。就是随便指定个人，眼睛蒙上布去捉人。但这种玩法的唯一特别之处，就是捉人的人可以招呼被捉者的名字。被捉者听到招呼到自己的名字时必须出声应答。他一旦捉到人就可以揭去蒙眼的布，被捉到的人代替他，眼睛蒙上布再去捉别人。

姐姐、林娜娜她们都叫路霞先去捉人。大概这是她们对路霞刚才表现出的聪明机智的一种挑战吧！路霞笑了笑，似乎胸有成竹，她丝毫没有推却、扭捏和争让，而是从裙兜里掏出一块淡红色的小手绢，给自己蒙上眼睛。这时妈妈、爸爸和朱丽的姑妈都来了，他们站在屋门口，看我们玩。路霞先在屋子中间转了两圈，大家都屏住气，忍着笑，不敢出声，蹑手蹑脚地躲闪，向后边靠……路霞却忽然站住了，身子一动不动，只是小脑袋晃来晃去，也不唤任何人的名字，我有点儿沉不住气了……

“你怎么不叫别人的名字呀！”我朝她叫。

她听见我的声音就扭过身来，那用淡红色手绢蒙住眼睛的脸儿直对着我，却不上来捉我，仍旧一动不动。

“哎，你怎么啦？！”

我刚刚又喊。她突然像猫儿那样异常敏捷地蹿过来，一伸手非常准确地把我抓住。她拉下蒙眼的手绢，脸上露出胜利者的愉快，还带着一点儿狡猾的劲儿。我上当了！在大家的笑声里显得挺狼狈。

朱丽的姑妈不住地夸赞路霞的机敏和聪颖。这位矮小、干瘦、和善的老妈妈只有林娜娜那般高。她靠着门框，手里拿杯茶，眯起的笑眼像一对小“逗号”。

这时，路霞跑到我身后，微微踮起脚，用她那条温馨而细软的手绢给我蒙上双眼。我眼前顿时一片漆黑。为了当众尽快挽回面子，急于捉到人，就张开胳膊胡乱抓起来。我太慌了，好几次撞在家具上。还有一次险些扑倒在床上。林娜娜这死丫头真坏，她几次绕到我身后，拍一下我的后背就躲起来。我听见她们的笑声，就是捉不到人。人呢？人都在哪儿？我站住了，一点儿声音也没有了，好像屋里只我自己。看来不用脑筋，单靠一股子情绪，什么事也做不成。我想了想，就开始挨个儿呼叫大家的名字，但要叫路霞时总好像羞口似的。后来冒冒失失地叫一声“路霞”，朱丽就嚷起来：“不行，你必须叫路霞姐姐，要不路霞就别答声！”

姐姐和林娜娜也都应和着，逼我非叫“路霞姐姐”不可，我还听见妈妈的声音：

“是应当叫人家路霞姐姐，大两岁呢！”

我只得叫“路霞姐姐”。我一叫，就听见她答应了。但手一伸过去就抓空了，总也抓不着她，要不手指就碰到什么东西上，引得左右和身后发出笑声。我好容易一把抓住她的衣袖，却听面前发出一个苍哑又温和的声音：

“这孩子，抓我做什么呀！”

原来是朱丽的姑妈！

我急了，索性就叫路霞一个人，而且叫得很快，一声紧接一声。

她就一连串地答应着。我觉得她就在我眼前躲来躲去，听得见她蹦跳的脚步声，偶尔指尖还触到她的辫梢、衣角和裙带。我只管叫下去，并加快了两只手的动作。忽然路霞不出声了，谁都不再响动。我大声叫了两声，只听见林娜娜忍不住笑出了一声，路霞仍不出声音。我刚要问这是怎么回事，只听到：

“行了，算你抓着了。”

路霞的声音就在眼前。

我拉下手绢，屋子亮得晃眼。好像在大太阳地里，一切都异样地明亮。我发现路霞竟和我面对面站着，原来她被我逼进大柜和衣架之前的空隙间，跑不出来了。她的脸颊泛着一种羞红，黑盈盈的大眼睛显出不好意思的神情。

后来，姐姐说，那天晚上我叫“路霞姐姐”，叫得实在太多了，而且有几声的嗓音还挺怪呢！

五

在那个长长的、炎热的、轻松的暑期里，我和路霞结成了熟朋友。她很能玩，朱丽的姑妈称她为“玩将”。而且她与一般娇里娇气的女孩子不一样，玩起来则更像一个男孩子。男孩子们喜爱的游戏，譬如：捉蜻蜓啦、踢皮球啦、下象棋啦，等等，她都行。我的象棋是一向颇为自许的，却不是她的对手。但她不能常来，据说她母亲有重病，起不了床，家里需要她。

我只去过她家一次，是和朱丽同去的。离我家并不算远，隔着三条街和两个路口，她家挨着一个占地面积相当大的苗圃，里面栽满树，开满花，有许多鸟儿叫。

在她家，我认识了她的哥哥。她只这一个哥哥，名叫路安，戴一副眼镜，个子修长，脸上浮着一种病态的苍白的颜色，气质文弱，很少说话，有种大姑娘似的文静，和路霞全然两样。看样子，哥哥在家听她的。不过她对哥哥也很尊敬。路安称得上一位图书收藏家，他有一个高高的玻璃柜，里边一排排放满书。书是一种挺神奇的东西。如果到一个人家去，这家四壁全是书，你会不自觉地产生对主人的敬畏心情，并感到自己粗鲁、无知、拘束，甚至举止惶然失措，生怕绽露出自己的浅薄。我在路安面前就有这种感觉，我很注意自己的举止，尽量使自己显得稳重和文雅一些。我站在他的书柜前看了看，他的书可真是琳琅满目。我爱看的《说唐》《薛仁贵征东》《铁木儿和他的伙伴》《汤姆·索亚历险记》《敏豪生奇遇记》，等等，他都有。我问他有没有《大人国和小人国》——这是我爱读的一本书。我提到它，实际是为了显示自己也有点儿“学问”。谁知他听了，笑了一笑，跟着从书柜里拿出一本厚厚的书来。书名是《格列佛游记》。我不明白他何以拿出这本书来。经他一说才知道，这本书写的就是“大人国和小人国的故事”。我所说的《大人国和小人国》，是由这本书改写的专供幼年读者看的通俗读物。我听后，脸颊火辣辣，感觉到惭愧和自己的粗浅，并为自己唐突和愚蠢地显露自己丢了丑而后悔。幸巧这时候，路霞不在屋里，她给我和朱丽斟水去了。由此，我便再不敢在他面前随便说话了，而是一声不出地细细浏览他的藏书。

路安很有耐性。他的书装修得本本平整，排得很齐，并编上号码，还有一本详尽的目录册，密密的小字写得工整、清晰、漂亮。路安说是路霞帮他抄写的。真没想到，路霞这个欢蹦乱跳的玩将，还有这样的细心，写得如此一手漂亮的字。路霞和她哥哥都住在这屋里，屋子收拾得挺干净，墙上挂着许多画片。还有些外国人的画像，大都是老头，有的戴一副夹鼻眼镜，有的蓄满胡须，不知是些什么人。他们的屋门上还钉着一个纸牌子，写着“路安图书室”五个字，四边用彩色水笔画了一圈美丽的花边。据说这都是路霞绘制的。

过一会儿，路安被他的同学招呼走了。他临走时说柜里的书任我随便看。我想，对于一位珍惜书的人来说，这便是对来客最诚心的欢迎和优待了。

这天，路安的书把我迷住。我翻着一本本从未见过的有趣的书，心里十分羡慕路霞有这样一间富有魔力的小屋和这样好的一个哥哥。此时，朱丽却在一旁始终滔滔不绝地对路霞瞎扯。从她们的班主任偏心眼扯到她姑妈怎么疼爱她，不一会儿又听她兴致颇浓地描述着幻想中的一条裙子的图案。路霞似乎倒没说什么。后来，朱丽没什么可说的了，就催我走。说实话，我可真想在这里多待一会儿，但挡不住朱丽的死催硬拉，还是依从她了。

我们走出屋来，那是一条大的穿堂，我们上来时没有留意到，这穿堂真够宽大的，一侧是三扇大玻璃窗，偏西的日光射进来，明亮，却有些闷热。朱丽小声告我，穿堂尽头那端就是患病的路霞妈妈的屋子。

我透过从窗外射进来的一道道光束，渐渐看清楚穿堂尽头有一个门。门是开着的，但那屋里可能拉着窗帘，只能见到一堆黑乎乎的影子。由于想到了屋里的重病人，那堆黑影就有种阴森森的感觉，并能闻到一阵阵酒精的气味从那边飘来。这时，在那堆黑乎乎的影子中间发出一个有气无力的声音：

“路霞，这就是朱丽的邻居、杜家的小伟吗？”

“是的。”路霞答应着，又扭过头来对我小声说，“我母亲。”

我根本看不见她母亲，便朝着那堆黑影鞠一个躬。

“伯母。”

“伯母！”朱丽也叫一声。

“啊啊，朱丽，孩子们都来了。好啊……杜伟，你让我看看你……咳咳，你再往前站站，窗棂的影子正好挡着你的脸。哎，你站住吧，我看清楚你了。你别走太近了，我有病，你别走得太近……好孩子，你长得好高呀！我当初看见你时，你刚会走步。那时我总去找朱丽的姑妈，也认识你妈妈。你妈妈还好吧！瞧呀，我病了多少年啦，一直没有出去串门……咳咳，小杜伟都长得快跟大人一般高了，还这么漂亮……”

她最后这句夸赞我的话，使我发窘，但不知为什么，当着路霞，我心里还是挺舒服的。路霞把话接过来：

“妈妈，他们要回去了。朱丽的姑妈叫她回去得不要太晚。”

“好好，孩子们，你们常来玩呀！我有病，不能起来招待你们……咳咳，路霞很愿意你们来玩。她总和我提起你们。好了，杜伟，问你妈妈好啊……咳咳咳咳——”跟着她就一阵止不住地咳嗽起来了，声音挺响。一直到我们走出院子，还听见她的咳嗽声。

在路上，朱丽告诉我一个关于路霞的秘密，路霞的妈妈十年前就得了肺病，长期吐血，卧床不起，如今已是两肺空洞，到了活一天算一天的时候了。路霞的爸爸是个薄情人，他在鞍山工作，借口工作忙很少回来。据说他在鞍山有个相好的女人，只等路霞的妈妈归天了。路霞妈妈的死期便是她爸爸的婚期。但路霞和哥哥路安很疼爱妈妈。多年来，妈妈的吃喝一切都由他兄妹俩细心侍候。他们自己的生活也早在上小学时就自理了。朱丽还告诉我，他兄妹的功课都很好，路霞是个非常要强的姑娘，家务的重负并没影响她的学业，她年年期终考试都在班级的前三名之内。

这一天的所见所闻，使我对路霞产生一种新的特殊的敬意。她在我心里的分量陡然加重了许多倍，并占据了相当重要的位置。此后，我禁不住几乎天天都要想到她。

六

整个秋天里，路霞只来过几趟。多美丽的秋天啊！有多么好玩的游戏和有趣的事啊！都好像空空过去了，跟着是冬天来了。今年冬天雪下得分外多，有两场雪足有一尺多厚，清早连通凉台的门都推不开了。我盼望路霞来和我们一同到房后的空地上“打雪仗”去。我猜想她准爱玩,一定还是其中灵活机敏的一员。而我是个“打雪仗”的老手，渴望在她面前显显自己的本领和勇气。但她没来……此后整整一个寒假也没露面。

后来，我从朱丽的口中得知，她妈妈病得厉害，大概不久于人世了。据说路霞的爸爸最近也赶回来了。她爸爸待他们兄妹很严厉，人又懒，繁重的家务事肯定都落在路霞的肩头上，她哪里还出得来？朱丽说，路霞每天下学就往家里跑，近来的功课也明显退步了。寒假前的期终考试在班上仅仅考个第七名。这是她从未有过的事。由这些话引起了一种比同情更为难过的心情，加强了我早就想去看看她的念头。但我来到她家门口时就变得犹豫了。我见到她怎么说呢？我为什么要来找她呢？我说是来看她，但为什么要来看她……跟着我想出一个比较有力的理由：我是向路安借书来的！可是当我的手在她们门上敲得很响的时候，便觉得这个理由也非常无力了。

幸巧无人开门。我刚要走，楼上的窗子哗啦一声开了，露出一个多肉的大脸盘的男人的脑袋，可能就是路霞的父亲。

"你找谁？"他的嗓音很响，口气也挺凶，显得非常不耐烦。

我心慌了。"路安！"我脱口而出。

"你是谁？"

我更慌了，竟然把话完全说错：

"我是路安的……我和路安同学。"

"有事吗？"

"学校里的事。"我索性错下去。

"你等会儿。路安就下去，他正在洗碗。"

他说完，脑袋就在窗口消失，随后"啪"的一声，关上窗子。

我站着，愈想刚才自己说的话愈不对劲儿。我怎么能说我是路安的同学呢！一会儿在路安、路霞和他们的爸爸面前怎么说、怎么解释——我顾不得这些了。忽然我像闯了祸又胆小的孩子一样，转过身就慌慌张张、飞一般地跑了。

我跑得好快，我一直是全校运动会上短跑的第一名。但此刻我觉得自己的两条腿又短又重，动作又慢，好像两条象腿。当我跑到路口时，听见路安在身后的叫喊声：

“喂！你怎么跑啦，你是谁呀？”

我赶紧一猫腰，扭身拐过路口。

七

我一直担心那天路安认出我来了。

过了些天，路霞忽然来了，天已经很晚。她看见我就笑起来，我以为她知道了那天的事，登时脸颊发热，很难为情。

朱丽问她笑什么，路霞却指指我的脚。原来她笑我穿错了袜子：一只蓝的，一只绿的。我也笑了，并因此舒坦地放下心来。

今天我发觉路霞的模样有点儿变化。是不是四个来月没见面，有些陌生之感？不，我们一见面就感到一种亲切的意味。虽然许久未见，见了面却像昨天刚刚见过一样。我细细端详之下，发觉她瘦了许多，脸上还隐隐罩着一层薄雾似的疲倦；不知是不是灯光下照的缘故，她的眼圈淡淡发黑，但她的眼睛依然是黑盈盈的、聪慧、富于表情的……这次她来，不知为了什么，我们的话很少，她也不像往常那样兴致冲冲，似乎没什么可说的；我心里想说的话很多，但这些话大多是关于她的，一句也说不出口来。朱丽已经困倦了，竟然控制不住自己而不顾礼貌地打着一个又一个哈欠。

尽管如此，尽管我们都没说什么，尽管这是我们相识以来最无趣的一次谈话，我却并没有感到尴尬与困窘。相信此时的路霞也有许多话而不愿意说出来。我第一次感受到，一个人把话存在心里，他才是充实的。

路霞站起身要走了，我和朱丽送她下楼。外边真黑，朱丽叫我送送路霞，她也没拒绝，我当然高兴这样做。

走了挺长一段路，谁也没说话。还是路霞首先打破沉默，谈起了她春假的计划，她谈得倒是蛮有兴致的。

“最好到野外去，愈远愈好。约上朱丽、你姐姐、林娜娜，再把我哥哥也拉去，他太古板了，整天看书，应该到郊外透透空气去。春天的空气最好，那时草都绿了，河也开了，哎，你可以把鱼竿带去。我也想学学钓鱼。我看了屠格涅夫的《白净草原》以后，就特别想学会钓鱼，还特别想到野外去……”她说着忽然戛然停住，然后仿佛自言自语地说，“但愿我妈妈的病见些好转。要不……”

“要不怎么？”我问。

“唉，别问了。我连想都不愿意想。”

我俩又沉默了。却感到有种沉重的东西压着她。

这夜晚很美。虽然树都是光秃秃的，空气却一点儿也不冷了，没有一丝儿风，也没有树枝轻微的响动。路灯把柏油路照得像冻了一层冰那样明亮；在路灯周围的秃枝，横斜交错，穿插有致，好像用浓黑的笔画上去的那么好看……

“我真不想离开这儿。”路霞忽然说。

“离开这儿？你要去哪儿？”我听了这话，感到惊奇和突然，又茫然不解。

路霞把脸一扭，朝着我。她没有回答我的话，而是接着她刚才的话说：“我也不想离开你们！”她那黑盈盈的眼睛闪烁着一种激情。

我们已经走到她家附近的苗圃了。这段路很黑，格外宁静，偶尔从道旁的树后会闪过一对青年男女的身影——这环境、这气氛、这夜，以及她这黑盈盈的目光，混成一种模糊、幸福、温存的感觉，好像新月，带着一片云影、星光、银白的境界，在天边升起，改变了大地上的情景。一种从来没有过的莫名的东西在我心中鼓动着，弄得我的心都快跳出来了。我脑袋嗡嗡响，似乎要说，要表达，要吐露什么。我需要鼓起全身的勇气来，可是此时我的勇气全是不中用的了。

“我知道……”我费了很大力气，只说出了这三个字，而且声音特别小。

她没说话，低下头来。

“我知道……”我再次鼓足劲儿，但最多还是说了这三个字，声音似乎更小。

这时，不知怎么回事，我们已经站在她家门前。她直条条地站着，看着我，直看得我都听见自己胸前“怦、怦、怦”心跳的声音了。她一扭身，掏出钥匙迅速打开门，跑进去，带上门；从门里传出了她的声音：

"再见！"

随后便是她穿过小院跑进屋的一连串的脚步声和开门关门的声音。

直到现在，我还清楚记得那个夜晚，从路霞家回来路上的情景：乌蓝的天，缀满亮晶晶的星星，像闪闪发光的宝石；沿路上一幢幢房屋高低错落的黑影，金黄色亮灯的窗子，都像假的，像童话剧里的布景；大圆月亮跟着我走，一会儿躲到烟囱后面去，一会儿又在矮房上露出它圆圆、明亮、可爱的脸来；苗圃的地刚刚翻过，发出潮湿的泥土和腐叶所特有的气息，这气息预示大自然一轮新的开始、新的繁华已经来临。虽然没有风，这气息却更有力地扑在脸上，使人感到清新、振作，心里跃动着倾向于所有美好事物的朦胧的欲望……

八

路霞和我来往只有这么一年。这年夏天，路霞的妈妈就死了。她正好初中毕业。她爸爸把她家那所两层楼的小房卖掉，带着她和哥哥路安去鞍山了。她临行前还来向我和朱丽辞行。不巧，那年暑期，我爸爸去北戴河疗养，把我和姐姐都带去了。我回到家，路霞早已走了。我带着一种重温梦境般的心情，去到她家门前看看。那所房子已经住进新人，她在这个城市里便一点儿痕迹也没留下。朱丽交给我一个小纸包，说是路霞留给我的。我打开一看，原来是《格列佛游记》，上边有路霞和路安的赠言和签名，这是路霞留下的唯一的纪念物！我一直保存着这本书，而且绝不是把它当作一般书籍收藏。因为它给我的内容是任何书所不能比拟的。这是一本神奇的书——它的内容是双倍的，尽管一半内容没写在书页内；它中间还有我，虽然在字面上找不到我的名字……

路霞到了鞍山之后，曾给朱丽来过几封信，信中还问我好。朱丽很懒，只回过一封信，慢慢她们就断了联系。但她始终没有单独给我写过一封信。

是啊，就是现在，我始终不明白，那个夜晚究竟在我们之间发生了什么事，却使我曾经一度胡想了许多日子。记得一次上课时，我竟糊里糊涂地在桌上写了一大片“路霞”的名字。可是，路霞在那个夜晚之后又来过几次，她见到我，脸上没有任何异样……是啊，是啊，那夜晚，她说了些什么呢？我又说了些什么呢？似乎什么也没有。回想起来，那曾使我战栗不已的话，不过是一些极平常、极普通的话而已。然而，在路霞与我后来的几次接触中，她却从来不提那个夜晚。那个夜晚是否于她毫无印象，而只是我的多想、错觉和一种幼稚的痴情呢？

这以后，我再也没见过路霞，也不曾听到关于她的任何事情。每个人都有自己童年和少年时代的朋友，好像朝日、曙照、云霞、露珠一样，总是属于那一段时光里同时出现的，互相为伴，汇成一片灿烂缤纷的景象，过后就纷纷散失了。路霞不过是我少年时代这样的无数朋友中的一个，早已无踪无影，深藏在重重叠叠的往事之中。对于我这个饱经风霜、世事娴熟的人来说，那童年和少年就好比一条干涸已久的小溪，再也看不到它澄澈透明的流水，闪光的泡沫，感受不到它的清甜和凉爽。然而在我的心底却永远潜下它迷人的淙淙的清响……

有些时候，一个完全偶然的意外的影响，路霞的影子会很快地从我心中一闪而过，我会十分清晰地记起我们相处的时候，她某一个细小的习惯动作,一个特殊的眼神,或她那清脆而开心的笑声。每每在这个时候，我就会感到一种新鲜、畅快和甜美，引起我对少时的深深的怀恋……

那时，我对路霞是一种什么感情呢？我不知道，但我觉得，这正像我们一起相处的那个早春的日子——整个大地还没有从冬眠中睁开它的睡眼，梦境缭绕；早来春意在这灰茫茫的背影上忽隐忽现，模糊不清；微风吹来，你会一下子感到春之将至，感到大自然的萌动和它无限的生机。但这种感觉游离不定，转瞬即逝；你睁大眼睛，在田野、在山坡、在林间、在枝梢，却找不到一块春天的色彩。

等我二十多岁时，认识一位几乎是一见钟情的女友，我们一起谈生活、谈理想、谈爱、谈未来的时候，那就像从碧绿的山野和芬芳的花丛中来认识美丽的春天一样了。

高女人和她的矮丈夫

一

你家院里有棵小树，树干光溜溜，早瞧惯了，可是有一天它忽然变得七扭八弯，愈看愈别扭。但日子一久，你就看顺眼了，仿佛它本来就应该是这样子。如果某一天，它忽然重新变直，你又会觉得说不出多么不舒服。它单调、乏味、简易，像根棍子！其实，它不过恢复最初的模样，你何以又别扭起来？

这是习惯吗？嘿，你可别小看“习惯”！世界万事万物中，它无所不在。别看它不是必须恪守的法定规条，惹上它照旧叫你麻烦和倒霉。不过，你也别埋怨给它死死捆着，有时你也会不知不觉地遵从它的规范。比如说，你敢在上级面前喧宾夺主地大声大气地说话吗？你能在老者面前放肆地发表自己的主见吗？在合影时，你能叫名人站在一旁，你却大模大样站在中间放开笑颜？不能，当然不能。甭说这些，你娶老婆，敢娶一个比你年长十岁，比你块头大，或者比你高一头的吗？你先别拿空话戗火，眼前就有这么一对——

二

她比他高十七厘米。

她身高一米七五，在女人们中间算作鹤立鸡群了；她丈夫只有一米五八，上大学时绰号“武大郎”。他和她的耳垂儿一般齐，看上去却好像差两头!

再说他俩的模样：这女人长得又干、又瘦、又扁，脸盘像没上漆的乒乓球拍儿。五官还算勉强看得过去，却又小又平，好似浅浮雕，胸脯毫不隆起，腰板细长僵直，臀部瘪下去，活像一块硬挺挺的搓板。她的丈夫却像一根短粗的橡皮辊儿：饱满、轴实、发亮；身上的一切——小腿啦，脚背啦，嘴巴啦，鼻头啦，手指肚儿啦，好像都是些溜圆而有弹性的小肉球。他的皮肤柔细光滑，有如质地优良的薄皮子。过剩的油脂就在这皮肤下闪出光亮，充足的血液就从这皮肤里透出鲜美微红的血色。他的眼睛简直像一对电压充足的小灯泡；他妻子的眼睛可就像一对乌乌涂涂的玻璃球儿了。两人在一起，没有谐调，只有对比。可是他俩还好像拴在一起，整天形影不离。

有一次，他们邻居一家吃团圆饭时，这家的老爷子酒喝多了，乘兴把桌上的一个细长的空酒瓶和一罐矮墩墩的猪肉罐头摆在一起，问全家人：“你们猜这像嘛？”他不等别人猜破就公布谜底，“就是楼下那高女人和她的矮爷儿们！”

全家人哄然大笑，一直笑到饭后闲谈时。

他俩究竟是怎么凑成一对的？

这早就是团结大楼几十户住家所关注的问题了。自从他俩结婚时搬进这大楼，楼里的老住户无不抛以好奇莫解的目光。不过，有人爱把问号留在肚子里，有人忍不住要说出来罢了。多嘴多舌的人便议论纷纷。尤其是下雨天气，他俩出门，总是那高女人打伞。如果有什么东西掉在地上,矮男人去拾便是最方便了。大楼里一些闲得没事的婆娘，看到这可笑的情景，就在一旁指指画画。难禁的笑声，憋在喉咙里咕咕作响。大人的无聊最能纵使孩子们的恶作剧。有些孩子一见到他俩就哄笑，叫喊着：“扁担长，板凳宽……”他俩闻如未闻，对孩子的哄闹从不发火，也不搭理。可能为此，也就与大楼里的人们一直保持着相当冷淡的关系。少数不爱管闲事的人，上下班碰到他们时，最多也只是点点头，打一下招呼而已。这便使那些真正对他俩感兴趣的人，很难再多知道一些什么。比如，他俩的关系如何？为什么结合在一起？谁将就谁？没有正式答案，只有靠瞎猜了。

这是座旧式的公寓大楼，房间的间量很大，向阳而明亮，走道又宽又黑。楼外是个很大的院子,院门口有间小门房。门房里也住了一户，户主是个裁缝。裁缝为人老实，裁缝的老婆却是个精力充裕、走家串户、爱好说长道短的女人，最喜欢刺探别人家里的私事和隐秘。这大楼里家家的夫妻关系、姑嫂纠纷、做事勤懒、工资多少，她都一清二楚。凡她没弄清楚的事情，就要千方百计地打听到；这种求知欲能使愚顽成才。她这方面的本领更是超乎常人，甭说察言观色，能窥见人们藏在心里的念头；单靠嗅觉，就能知道谁家常吃肉，由此推算出这家收入状况。不知为什么，自六十年代以来，处处居民住地，都有这样一类人被吸收为“街道积极分子”，使得他们对别人的干涉欲望合法化，能力和兴趣也得到发挥。看来，造物者真的不会荒废每一个人才的。

尽管裁缝老婆能耐，她却无法获知这对天天从眼前走来走去的极不相称的怪夫妻结合的缘由。这使她很苦恼，好像她的才干遇到了有力的挑战。但她凭着经验，苦苦琢磨，终于想出一条最能说服人的道理：夫妻俩中，必定一方有某种生理缺陷，否则谁也不会找一个比自己身高逆差一头的对象。她的根据很可靠：这对夫妻结婚三年还没有孩子呢！于是团结大楼的人都相信裁缝老婆这一聪明的判断。

事实向来不给任何人留情面，它打败了裁缝老婆！高女人怀孕了。人们的眼睛不断地瞥向高女人渐渐凸出来的肚子。这肚子由于离地面较高而十分明显。不管人们惊奇也好，质疑也好，困惑也好，高女人的孩子呱呱坠地了。每逢大太阳或下雨天气，两口子出门，高女人抱着孩子，打伞的事就落到矮男人身上。人们看他迈着滚圆的小腿、半举着伞、紧紧跟在后面滑稽的样子，对他俩居然成为夫妻，居然这样形影不离，好奇心仍然不减当初。各种听起来有理的说法依旧都有，但从这对夫妻身上却得不到印证。这些说法就像没处着落的鸟儿，“啪啪”地满天飞。裁缝老婆说:“这两人准有见不得人的事。要不他们怎么不肯接近别人？身上有脓早晚得冒出来,走着瞧吧！”果然一天晚上，裁缝老婆听见了高女人家里发出打碎东西的声音。她赶忙以收大院扫地费为借口，去敲高女人家的门。她料定长久潜藏在这对夫妻间的隐患终于爆发了,她要亲眼看见这对夫妻怎样反目,捕捉到最生动的细节。门开了，高女人笑吟吟迎上来，矮丈夫在屋里也是笑容满面，地上一只打得粉碎的碟子——裁缝老婆只看到这些。她匆匆收了扫地费出来后，半天也想不明白这对夫妻之间到底发生了什么事。打碎碟子，没有吵架，反而像什么开心事一般快活。怪事!

后来，裁缝老婆做了团结大院的街道居民代表。她在协助户籍警察挨家查对户口时，终于找到了多年来经常叫她费心的问题答案，一个确凿可信、无法推翻的答案。原来这高女人和她的矮丈夫，都在化学工业研究所工作。矮男人是研究所总工程师，工资达一百八十元之多！高女人只是一名普普通通的化验员，收入不足六十元，而且出生在一个辛苦而赚钱又少的邮递员家庭。不然她怎么会嫁给一个比自己矮一头的男人？为了地位，为了钱，为了过好日子，对！她立即把这珍贵情报，告诉给团结大楼里闲得难受的婆娘们。人们总是按照自己的思维方式去解释世界,尽力把一切事物都和自己的理解力拉平。于是，裁缝老婆的话被大家确信无疑。多年来留在人们心里的谜，一下子被打开了。大家恍然大悟：原来这矮男人是个先天不足的富翁，高女人是个见钱眼开、命里有福的穷娘儿们。当人们谈到这个模样像匹大洋马、却偏偏命好的高女人时，语调中往往带一股气，尤其是裁缝老婆。

三

人命运的好坏不能看一时，可得走着瞧。

一九六六年，团结大楼就像缩小了的世界，灾难降世，各有祸福，楼里的所有居民都到了“转运”时机。生活处处都是巨变和急变。矮男人是总工程师，迎头遭到横祸，家被抄，家具被搬得一空，人挨过斗，关进牛棚。祸事并不因此了结，有人说他多年来，白天在研究所工作，晚上回家把研究成果偷偷写成书，打算逃出国，投奔一个有钱的远亲。把国家科技情报献给外国资本家——这个荒诞不经的说法居然有很多人信以为真。那时，世道狂乱，人人失去常态，宁肯无知，宁愿心狠，还有许多出奇的妄想，恨不得从身旁发现出希特勒。研究所的人们便死死缠住总工程师不放，吓他，揍他，施加各种压力，同时还逼迫高女人交出那部谁也没见过的书稿，但没效果。有人出主意，把他俩弄到团结大楼的院里开一次批斗大会；谁都怕在亲友熟人面前丢丑，这也是一种压力。当各种压力都使过而无效时，这种做法，不妨试试，说不定能发生作用。

那天，团结大楼有史以来这样热闹——

下午研究所就来了一群人，在当院两棵树中间用粗麻绳扯了一道横标，写着那矮子的姓名，上边打个叉；院内外贴满口气咄咄逼人的大小标语，并在院墙上用十八张纸公布了这矮子的“罪状”。会议计划在晚饭后召开。研究所还派来一位电工，在当院拉了电线，装上四个五百烛光的大灯泡。此时的裁缝老婆已经由街道代表升任为治保主任，很有些权势，志得意满，人也胖多了。这天可把她忙得够呛，她带领楼里几个婆娘，忙里忙外，帮着刷标语，又给研究所的“革命者”们斟茶倒水，装灯用电还是从她家拉出来的线呢！真像她家办喜事一样！

晚饭后，大楼里的居民都给裁缝老婆召集到院里来了。四盏大灯亮起来，把大院照得像夜间球场一般雪亮。许许多多人影，好似放大了数十倍，投射在楼墙上。这人影都是肃然不动的，连孩子们也不敢随便活动。裁缝老婆带着一些人，左臂上也套上红袖章。这袖章在当时是最威风的了。她们守在门口，不准外人进来。不一会儿，化工研究所一大群人，也戴袖章，押着高女人和她的矮丈夫，一路呼着口号，浩浩荡荡地来了。矮男人胸前挂一块牌子，高女人没挂。他俩一直给押到台前，并排低头站好 。裁缝老婆跑上来说：“这家伙太矮了，后边的革命群众瞧不见。我给他想点儿办法！”说着，带着一股冲动劲儿扭着肩上两块肉，从家里抱来一个肥皂箱子，倒扣过来，叫矮男人站上去。

这样一来，他才与自己的老婆一般高，但此时此刻，很少有人对这对大难临头的夫妻不成比例的身高发生兴趣了。

大会依照流行的程序召开。宣布开会，呼口号，随后是进入了角色的批判者们慷慨激昂的发言，又是呼口号。压力使足，开始要从高女人嘴里逼供了。于是，人们围绕着那本“书稿”，唇枪舌剑地向高女人发动进攻。你问，我问，他问；尖声叫，粗声吼，哑声喊；大声喝，厉声逼，紧声追……高女人却只是摇头，真诚恳切地摇头。但真诚最廉价，相信真诚就意味着否定这世界上的一切。

无论是脾气暴躁的汉子们跳上去，挥动拳头威胁她，还是一些颇有攻心计的人，想出几句巧妙而带圈套的话问她，都给她这恳切又断然的摇头拒绝了。这样下去，批判会就会没结果，没成绩，甚至无法收场。研究所的人有些为难，他们担心这个会开得虎头蛇尾;乘兴而来，败兴而归。

裁缝老婆站在一旁听了半天，愈听愈没劲。她大字不识，既对什么“书稿”毫无兴趣,又觉得研究所这帮人说话不解气。她忽地跑到台前，抬起戴红袖章的左胳膊，指着高女人气冲冲地问：

“你说，你为什么要嫁给他？”

这句突如其来的问话使研究所的人一怔。不知道这位治保主任的问话与他们所关心的事有什么奇妙的联系。

高女人也怔住了。她也不知道裁缝老婆为什么提出这个问题。这问题不是这个世界所关心的。她抬起几个月来被折磨得如同一张皱巴巴的枯叶的瘦脸，脸上满是诧异神情。

“好啊！你不敢回答，我替你说吧！你是不是图这家伙有钱，才嫁给他的？没钱，谁要这么个矮子！”裁缝老婆大声说。声调中有几分得意，似乎她才是最知道这高女人根底的。

高女人没有点头，也没摇头。她好像忽然明白了裁缝老婆的一切，眼里闪出一股傲岸、嘲讽、倔强的光芒。

“好，好，你不服气！这家伙现在完蛋了，看你还靠得上不！你心里是怎么回事，我知道！”裁缝老婆一拍胸脯，手一挥，还有几个婆娘在旁边助威，她真是得意到达极点。

研究所的人听得稀里糊涂。这种弄不明白的事，就索性糊涂下去更好。别看这些婆娘离题千里地胡来，反而使会场一下子热闹起来。没有这种气氛，批判会怎好收场？于是研究所的人也不阻拦，任使婆娘们上阵发威。只听这些婆娘叫着：

“他总共给你多少钱？他给你买过什么好东西？说！”

“你一月二百块钱不嫌够，还想出国，美的你！”

……

会开得成功与否，全看气氛如何。研究所主持批判会的人，看准时机，趁会场热闹，带领人们高声呼喊了一连串口号，然后赶紧收场散会。跟着，研究所的人又在高女人家搜查一遍，撬开地板，掀掉墙皮，一无所获，最后押着矮男人走了，只留下高女人。

高女人一直待在屋里，入夜时竟然独自出去了。她没想到，大楼门房的裁缝家虽然闭了灯，裁缝老婆却一直守在窗口盯着她的动静。见她出去，就紧紧尾随在后边，出了院门，向西走了两个路口，只见高女人穿过街在一家门前停住，轻轻敲几下门板。裁缝老婆躲在街这面的电线杆后面，屏住气，瞪大眼，好像等着捕捉出洞的兔儿。她要捉人，自己反而比要捉的人更紧张。

“咔嚓”一声,那门开了。一位老婆婆送出个小孩。只听那老婆婆说：

“完事了？”

没听见高女人说什么。

又是老婆婆的声音：

“孩子吃饱了，已经睡了一觉。快回去吧！”

裁缝老婆忽然想起，这老婆婆家原是高女人的托儿户，满心的兴致陡然消失。这时高女人转过身，领着孩子往回走，一路无话，只有娘儿俩的脚步声。裁缝老婆躲在电线杆后面没敢动，待她们走出一段距离，才独自快快地回家了。

第二天一早，高女人领着孩子走出大楼时眼圈明显地发红，大楼里没人敢和她说话，却都看见了她红肿的眼皮。特别是昨晚参加过批斗会的人们，心里微微有种异样的、亏心似的感觉，扭过脸，躲开她的目光。

四

矮男人自批判会那天被押走后，一直没放回来。此后据消息灵通的裁缝老婆说，矮男人又出了什么现行问题，进了监狱。高女人成了在押囚犯的老婆，落到了生活的底层，自然不配住在团结大楼内那种宽敞的房间，被强迫和裁缝老婆家调换了住房。她搬到离楼十几米远孤零零的小屋去住。这倒也不错，省得经常和楼里的住户打头碰面，互相不敢搭理，都挺尴尬。但整座楼的人们都能透过窗子，看见那孤单的小屋和她孤单单的身影。不知她把孩子送到哪里去了，只是偶尔才接回家住几天。她默默过着寂寞又沉重的日子，三十多岁的人，从容貌看上去很难说她还年轻。裁缝老婆下了断语：

"我看这娘儿们最多再等上一年。那矮子再不出来，她就得改嫁。要是我啊——现在就离婚改嫁，等那矮子干嘛，就是放出来，人不是人，钱也没了！"

过了一年，矮男人还是没放出来，高女人依旧不声不响地生活，上班下班，走进走出，点着炉子，就提一个挺大的黄色的破草篮去买菜。一年三百六十五天，天天如此……但有一天，矮男人重新出现了。这是秋后时节，他穿得单薄，剃了短平头，人大变了样子，浑身好似小了一圈儿，皮肤也褪去了光泽和血色。他回来径直奔楼里自家的门，却被新户主、老实巴交的裁缝送到门房前。高女人蹲在门口劈木柴，一听到他的招呼，“唰”地站起身，直怔怔看着他。两年未见的夫妻，都给对方的明显变化惊呆了。一个枯槁，一个憔悴；一个显得更高，一个显得更矮。两人互相看了一会儿，赶紧掉过头去，高女人扭身跑进屋去，半天没出来，他便蹲在地上拾起斧头劈木柴，直把两大筐木块都劈成细木条。仿佛他俩再面对片刻就要爆发出什么强烈而受不了的事情来。此后，他俩又是形影不离地一起上班，一起下班回家，一切如旧。大楼里的人们从他俩身上找不出任何异样，兴趣也就渐渐减少。无论有没有他俩，都与别人无关。

一天早上，高女人出了什么事，只见矮男人惊慌失措从家里跑出去。不一会儿，来了一辆救护车把高女人拉走。一连好些天，那门房总是没人，夜间也黑着灯。二十多天后，矮男人和一个陌生人抬一副担架回来，高女人躺在担架上，走进小门房。从此高女人便没有出屋。矮男人照例上班，傍晚回来总是急急忙忙生上炉子，就提着草篮去买菜。这草篮就是一两年前高女人天天使用的那个，如今提在他手里便显得太大，底儿快蹭地了。

转年天气回暖时，高女人出屋了。她久久没见阳光的脸，白得像刷一层粉那样难看。刚刚立起的身子左倒右歪。她右手拄一根竹棍，左胳膊弯在胸前，左腿僵直，迈步困难，一看即知，她的病是脑血栓。从这天起，矮男人每天清早和傍晚都搀扶着高女人在当院遛两圈。他俩走得艰难缓慢。矮男人两只手用力端着老婆打弯的胳膊。他太矮了，抬她的手臂时，必须向上耸起自己的双肩。他很吃力，但他却掬出笑容，为了给妻子以鼓励。高女人抬不起左脚，他就用一根麻绳套在高女人的左脚上，绳子的另一端拿在手里。高女人每要抬起左脚，他就使劲儿向上一提绳子。这情景奇异，可怜，又颇为壮观，使团结大楼的人们看了，不由得受到感动。这些人再与他俩打头碰面时，情不自禁地向他俩主动而友善地点头了……

五

高女人没有更多的福气在矮小而挚爱她的丈夫身边久留。死神和生活一样无情。生活打垮了她，死神拖走了她。现在只留下矮男人了。

偏偏在高女人离去后，幸运才重新来吻矮男人的脑门。他被落实了政策，抄走的东西发还给他了，扣掉的工资补发给他了。只剩下被裁缝老婆占去的房子还没调换回来。团结大楼里又有人眼盯着他，等着瞧他生活中的新闻。据说研究所不少人都来帮助他续弦，他都谢绝了。裁缝老婆说：

“他想要什么样的，我知道。你们瞧我的！”

裁缝老婆度过了她的极盛时代，如今变得谦和多了。权力从身上摘去，笑容就得挂在脸上。她怀里揣一张漂亮又年轻的女人照片，去到门房找矮男人。照片上这女人是她的亲侄女。

她坐在矮男人家里，一边四下打量屋里的家具物件，一边向这矮小的阔佬提亲。她笑容满面，正说得来劲儿，忽然发现矮男人一声不吭，脸色铁青，在他背后挂着当年与高女人的结婚照片，裁缝老婆没敢掏出侄女的照片，就自动告退了。

几年过去，至今矮男人还是单身寡居，只在周日，从外边把孩子接回来，与他为伴。大楼里的人们看着他矮墩墩而孤寂的身影，想到他十多年来一桩桩事，渐渐好像悟到他坚持这种独身生活的缘故……逢到下雨天气，矮男人打伞去上班时，可能由于习惯，仍旧半举着伞。这时，人们有种奇妙的感觉，觉得那伞下好像有长长一大块空间，空空的，世界上任什么东西也填补不上。

胡子

有本时尚杂志说，胡子是男性美最鲜明的标志。还说男人的雄性、刚性、野性都在这黑乎乎糊满了下巴的胡楂子上——这话可不是真理！对于我认识的老蔡来说，胡子可不是什么美，而是他的命运。

老蔡从十三岁起唇上就长出软髭。这些早生的黑毛长长短短，稀稀拉拉，东倒西歪，短的像眉毛，长的像腋毛。他正为这些讨厌的东西烦恼时，黑毛开始变硬，渐渐像一根根针那样竖起来。一次和同学扭打着玩，这硬毛竟把同学的手背扎破，多硬的胡子能扎破人的手背？那不成刺猬的刺了吗？因而他得了一个外号，叫刺猬。从此再没人敢和他戏耍了。

他执意要把这个耻辱性的外号抹去，便偷用父亲的刮脸刀刮去唇上和下巴上的那些硬毛。头一次使刮脸刀，虽然笨手笨脚地划出几条血伤，但刮出来的光溜溜的瓷器一般的下巴叫他快乐无穷。这一下真顶用，刺猬的绰号不攻自废。可时过不久，一茬新生的胡子从他嘴唇四周冒出头来，反而变粗一些，也硬一些。他急了，再刮，更糟！原来胡子天生具有反抗性。愈刮愈长，愈刮愈硬。到了高中二年级，已经非得一天一刮不可了。

这时，他不得不在自己的胡子前低下头来。认头人家称他“刺猬”，不和他亲近。他呢？渐渐被别人这种惧怕“刺猬”的心理所异化，主动与别人保持距离。他是不是因此变得落落寡合？并在上大学时选择了远离世人的古生物研究专业，工作后主动到那种整天戴着口罩的化验室工作？

后来，这胡子还成为他和女友之间的障碍。一次看完电影，女友忽然把手中的电影票递给老蔡，说：“你用它蹭蹭脸。”

“为什么？”他不明白她的用意，却还是这样做了。当电影票从脸颊上蹭过，发出非常清晰的“嚓嚓”声。

真是挺可怕。三个小时前他从家里出来时刚刮过脸。难道只是一场电影的工夫，胡子就冒出来了？！

还能怪女友不准他凑过脸去吗？这位与他结交的第一位女友送给他一个比刺猬更具威胁的绰号，叫“铁蒺藜”。无疑，这绰号里边包含着一种恐惧。

从此他一天不止一次刮胡子了。一位同事笑他：“这应上了那句俏皮话——一天刮三遍胡子——你不叫我露脸，我不叫你露头！”

老蔡面对镜子里黑乎乎的自己，真不明白这些坚硬的、顽强的、不可抑制的硬毛是从哪里来的。皮下边？肉里边？到底他身上多了些什么怪诞的元素，使他如此难堪与苦恼。他发现自己进入二十岁之后，胡子变得更加癫狂。不仅更黑更粗更硬更密，而且沿着两腮向上攀升，与鬓角连成一体。不可思议的是，有时面颊上也会蹿出油亮的一根。这别是人类的“返祖”现象吧。他去看过医生，医生笑道：“指甲长得快能治吗？汗毛儿长得多也能治吗？你这不是病！比你胡子多的人我也见过。你父亲胡子是不是也很盛？要是遗传就谁也没办法了。你天生就得这样。”

没办法了。任凭这命中注定、霸气十足的胡子把他第一个女友打跑。虽然女友没说分手的原因是为了胡子，但谁会一辈子天天夜里睡在铁蒺藜旁边？用下巴上的胡子把女朋友吓跑，可谓天下少有，真算得上蝎子屁屁——毒（独）一份了。

从此老蔡变得自卑起来，甚至不敢主动去接近女人。至于他后来的妻子，完全是人家自己主动走进他这一团荆棘的。若说这段姻缘的起始，那可是再普通不过的一件小事——

一次老蔡出差杭州办完事，买了回程的车票在火车站等车。站台上有一个很长的水泥水池，上边一排七八个水龙头，这是为了方便来往的长途旅客洗洗涮涮的。可有的人只顾洗，完事不关龙头，三个龙头正在“哗哗”流水。过往的人没有一个人当回事。老蔡上去把这三个龙头全拧上——这个细节叫坐在车窗边的一个女子瞧见，心中生出敬意。老蔡上车后凑巧坐在这女子的斜对面，谁想这女子就主动和他交谈起来。这女子在杭州上大学，念中文，喜欢文学的女子都很看重人的心意。而真正的爱慕，往往是从对方身上感触到自己人生理想的准则开始的。还有比关水龙头再小的事吗？但对于这念文科的女子，它就像一束细细的光照亮一个世界。有了这样的来自心灵的因由，胡子就不会是任何障碍了。

如果爱一个人，一定爱这个人的一切，包括缺欠。缺欠甚至可以被美化。比如对老蔡的胡子。妻子称之为“温柔的锉”。

老蔡自己却很小心。刚结婚时，他怕在激情中扎伤妻子，每天睡觉前都把下巴刮得锃亮。一天早晨醒来，睡意未尽的妻子无意间伸过来的手触到他的脸，手马上闪开，好像触到一个硬棕刷，被扎了一下。妻子不知道睡了一觉的老蔡的胡子竟会长成这样。

老蔡说：“我马上起来刮脸。”

妻子笑道：“不，这是你的识别物。如果摸不到胡子就不是你了，换别人了。”妻子逗他。

老蔡有点儿急。他赌气说：“还有一种情况就是我死了，人一死就不会再长胡子了。”

妻子忽然翻身起来，使劲捂住他的嘴，朝他大声叫着：“说什么浑话呀，快敲木头，敲木头！”

老蔡很惊讶。娴静的妻子怎么会变得这样地气急败坏。

老蔡不是学文的。也许他没想过，爱的本质就是生命的相互依赖。

再往后，老蔡与胡子的关系不但不小，反而更大了。

比方六十年代末被关进牛棚时候，他最受不了的并不是那些批斗等，而是不能刮胡子。

于是，被放纵的胡子便在老蔡的脸上像野草那样疯长起来。五天后像卡斯特罗，十天后就像张飞了。他感到下半张脸发热，捂得难受，好像扣着一个厚厚的棉帽。这时候正是八月天气，不时要用手巾去擦胡子中间的汗水——好似草里的露水。不久，他感到胡子根儿的地方奇痒，愈搔愈痒，大概生痱子了。

他原以为自己这么硬的胡子，长得太长会像四射的巨针。在他刚被关起来的头几天胡子还真是长得又长又硬，使他想起少年时代那个"刺猬"的绰号。但没料到，胡子过长，反而变软，就像柳枝愈长愈柔，最后垂了下来。可是他的胡子垂下来并不美，因为这胡子没经过修剪和梳理，完全是野生的。一脸乱毛，横竖纠结，在旁人看来像肩膀上扛着一个鸟窠。于是，他的胡子就成了被审讯时的主要话题——成了审讯他的那帮小子要坏取乐的由头。

一次，一个小子居然问他：

"你怎么不说话，哑巴了？你那堆毛里边有嘴吗？那里边只会尿尿吗？"

他没生气，过后也没拿这句话当回事。如果他拿胡子不当回事，这世上就没什么可以特别较真儿的事了。

四个月后，他可以回家了。

他从单位的牛棚走出来，即刻拐向后街一家小理发店。由于在牛棚里没人看他，也不怕人看，整天扬着一脸胡子，已经惯了；此刻走在大街上，竟把一女孩子吓得尖叫起来，仿佛见了鬼。待进了理发店，坐下来，对镜子一瞧，俨然一个判官，一时把站在椅子后边的剃头师傅吓了一跳。自己也完全不认得自己了。

剃头师傅问他："怎么剃法？"

他说："全剃去。"

师傅放下椅背，叫他躺好。拿过一块热气腾腾的手巾焐在他下巴上，真是温暖！不一会儿剃头师傅掀去手巾，用胡刷蘸着凉滋滋、冒着气泡的肥皂水涂在他的下巴上，好似清冽的溪水渗入久旱的荒草地。当大大小小的肥皂泡儿纷纷炸破时，每根胡子都感到了愉悦。跟着一刀刮去，便感到一股凉爽的风吹到那块刮去胡子的脸上。一刀刀刮去，一道道清风吹来。他闭上眼，享受着这种奇妙的快感。鼻子闻着肥皂的香气——其实只是一种最廉价的胰子而已；耳听着又薄又快的刀刃扫过面皮时清晰悦耳的声音，还有胖胖的剃头师傅俯下身来喘着暖乎乎的粗气……随后又一块湿漉漉的热毛巾如同光滑的大手在他整个脸上舒舒服服地抹来抹去。最后只听师傅说："好了。"他被推起来的椅背托直了身子。

睁眼一瞧，好似看到一个白瓷水壶摆在镜子中央——他更认不得自己了。

怎么？刚才有胡子的不是自己，此刻没胡子的也不是自己，究竟谁是自己呢？自己在哪儿呢？

他付了钱。口袋里有五六块钱，是两个月前妻子送衣服来时放在口袋里的。他跑到小百货店给妻子买了一瓶雪花膏，又跑到街口买了一小包五香花生，两支刚蘸着玻璃般亮晶晶糖汁的糖葫芦。这都是妻子平日最喜爱的东西。天已经暗下来，他回到家。一手举着糖葫芦，一手敲门，想给妻子一个突然的意外的惊喜。她并不知道他今天被放回来。他们已经四个月没见面，音讯断绝，好似生活在阴阳两极。

里边门一开。妻子看见他立即惊得一叫，声音极大，好像出了什么事。他说：

“你是不是不认识我了？我是老蔡呀。”

妻子把他拉进屋，关上门，扑在他怀里，哭起来，边说：“你变成狗，我也认得你。你怎么不事先告我一声呀！”

老蔡说：“我还以为我刮脸，刮得太白太光，你认不出我来呢！”

妻子抬头看他一眼，带着眼泪笑了，说：“什么太白太光，你什么时候刮的脸，那些胡子又都出来了。”

他一怔，抬起手背蹭蹭下巴，这么短的时间已经又毛茬茬地冒出一层！但这一次他对胡子的感觉很例外，很美妙。就这层胡楂，使他忽然感到，往日往事，充溢着勃勃生机的生命，还有习惯了的生活，带着一种挺动人的气息又都回来了。

老蔡的病是八十年代开始得的。

先是视力下降，干不成他化验室的工作；后来是一根脑血管不畅，走道打斜，也无法在办公楼里传送文件和里里外外跑跑颠颠；跟着是负面的遗传基因开始发作——血糖高上来了，他父亲就是从这条道儿去天国的；随后是内分泌乱了套，他称自己的体内正在“闹革命”。各大医院都去过了，各大名医也托人引荐见过了，最终还是躺在了床上。奇怪的是，虽然身体各部分都很弱，唯有胡子依然很旺，黑亮而簇密，生气盈盈。他依旧习惯地早一次晚一次刮两遍。一位朋友说：“这表明老蔡生命力强。毛发乃人的精血呀！”

于是，胡子成了老蔡和妻子隐隐约约的一种希望与寄托。这期间经常挂在妻子嘴边的，是她从古诗中改出来的两句：

“胡子除不尽，剃刀刮又生。”

然而，胡子从来就不听老蔡的，只给他找麻烦。

最早发现胡子发生变异的，不是他自己，而是妻子。

自从他躺到床上，一早一晚刮胡子的事就由妻子来做。自己刮自己的脸，脸蛋和刮刀相互配合，不会刮破脸；别人来刮就难了，常常会刮破。老蔡血糖高，伤口不好愈合，幸好那时市场上出现一种进口的电动刮脸刀，刀头上蒙着一种带网眼儿的铁罩，绝对安全。妻子赶紧买了一个，倒是十分得用。但一天，妻子发现老蔡下巴上有一根胡子怎么也刮不掉，奇怪了？怎么会刮不掉呢？戴上花镜一看，竟是一根很怪异的胡须，颜色发黄，又细又软，须尖蜷曲。它弯弯曲曲很难进入网罩上的细眼儿。老蔡的胡子向来都是又黑又硬，怎么冒出这么一根？好似土地贫瘠长出的荒草。妻子只当是偶然。谁料从此，这蜷曲的黄须就一根根甚至攒三聚五地出现。随后，她发现他下巴上的胡须变得稀疏，开始看见白花花的肉皮了。

她心里明白，却不敢吱声。反正老蔡很少照镜子，肯定不知道脸上所发生的变化。一天傍晚，妻子给他刮脸，迟暮的余晖由窗口射入，一缕夕阳正照在他的下巴上。妻子陡然觉得这日渐荒芜的下巴，好似晚秋时节杂草丛生的土岗子那样萧瑟而凄凉。她不觉落下泪来，泪水滴在老蔡的脸上。

老蔡闭着眼，却开口说："从小我就巴望它们长得慢点儿、慢点儿，现在终于遂了我的愿。你该高兴才是。"

妻子反而哭出声来。

从老蔡病倒卧床那天开始计算，七年后的一天，一个平平常常的春天的早晨，妻子醒来，习惯地用手去摸老蔡的下巴。手心抚处，奇异般的光滑，像一块卵石。她下意识地感到了什么，又摸一下，感觉更不对，老蔡的胡子呢？

此时此刻她分明听到一个声音，是老蔡的声音，很遥远，那是许久许久以前老蔡说过的一句话：

“人一死就不再长胡子了。”

她猛地翻过身，叫一声老蔡。老蔡极其刻板地仰面躺着，灰白而瘦削的脸一片死寂，没有一根胡子。她第一次看到老蔡不生胡子的脸，原来不生胡子的脸这样难看。

抬头老婆低头汉

一

这世上的事说复杂就复杂，说简单就简单。要说复杂，有一堆现成的词儿摆在这儿，比方千形万态、千奇百怪、千头万绪、千变万化，等等等等，它们还互不相干地混成一团，复不复杂？要说简单——那得听咱老祖宗的。咱老祖宗真够能耐，总共不过拿出两个字，就把世上的事掰扯得清清楚楚明明白白。这两字是：阴阳。

老祖宗说，日为阳，月为阴；天为阳，地为阴；火为阳，水为阴；男为阳，女为阴，对不对？大白天，日头使足力气晒着，热热乎乎，阳气十足，正好捋起袖子干活；深夜里，月光没有什么劲儿，又凉又冷，阴气袭人，只能盖上被子睡觉。日，自然是阳；月，自然是阴。至于天与地、水与火、男与女，更是阴阳分明，各有各的特性。何谓特性？阳者刚，阴者柔。然而单是阳，太刚太硬不行；单是阴，太柔太弱也不行。阴阳就得搭配在一起，还要各尽其能，各司其职。比方男女结为夫妻，向例都是男主外，女主内；男人养家，女人持家；男人搬重，女人弄轻……每每有陌生人敲门，一准是男人起身迎上去开门问话，哪有把老婆推在前头的？男人的天职就是保护女人，不能反过来。无论古今中外全是这样。这叫作天经地义。

可是，世上的事也有格路的、另类的、阴阳颠倒的、女为阳男为阴的，北方人对这种夫妻有个十分形象的俗称，叫作抬头老婆低头汉。

二

这对夫妻家住在平安街八号一楼那里外间房。两人同岁，都是四十五。

先说抬头老婆。姓于，在街办的一家袜子厂当办公室主任。但从来没人叫她于主任，不论袜子厂上上下下还是家门口的邻居都喊她于姐。这么叫惯了，叫久了，连管界的户籍警也说不出她的名字来。

于姐精明强干。鼓鼓一对球眼，像总开着的一对小灯亮闪闪。她身上的一切都和这精明外露的眼睛相配。四十开外的人，没一根白发，满头又黑又亮齐刷刷。嘴唇薄，话说得干脆利索；手瘦硬，干活正得用；两条直腿走路快，骑车也快，上下车骗腿时动作像个骑兵。别小看了这个连初中也没毕业的女人家，论干活她才是袜子厂的一把手。凭着她勤快能干，办法多，又不惜力气，硬叫这小厂子一百来号人有吃有喝有钱看病一直挨到今天。

再说低头汉，姓龚。他可不如他老婆，不单名字——连他的“姓”也没人知道。所有熟人，包括他老婆都叫他老闷儿。

他人闷，模样也闷，好像在罐里盒里箱子里捂久了，抽抽巴巴，乌里乌涂。黑脸的人本来就看不清楚，一双小眼再藏在反光的镜片后边，很难看出他的心思。他从不张嘴大笑，不知他的嘴是大是小。虽然没听说他有什么病，但身子软绵绵，站直了也是歪的。多少年来，他一直像个小学生那样斜挎着一个长背带的黑色的人造革公文包上下班。他在大沽路那边的百货公司做会计。有人说他这样挎包是因为包里边装的全是账本，提在手里不保险，会丢，会被抢，套在身上才牢靠。他走路很慢，不会骑车，每天走路要用很多时间，他为什么不学骑车呢？不爱说话的人的道理是无法知道的。

他的脚步极轻，没有声音。这脚步就像他本人，从不打扰别人，碰上邻坊最多抿嘴一笑，不像他老婆兴冲冲的步伐像“咚咚”敲鼓。老婆喜欢和人搭讪，喜欢主动说话，不在乎对方是不是生人，也不在乎别人什么想法，求人帮忙时也一样，就像工厂派活时，一下子就交到人家手里。可是老闷儿不行，逢到必须开口求人帮忙时，嘴上就像贴了胶带。于是家里所有要和外边打交道的事就全落在老婆身上。

老婆在门外边，他在门后边；老婆与人谈判，他站在一边旁观，也决不插嘴。可户主是他老闷儿呀。

其实不只是家外边的事，家里边的事也都摊在老婆身上。

老婆急性子，老闷儿慢性子；性急的人遇事主动抢着干。老婆能干，他不会干；能干的人遇事不放心交给别人干。这就是为什么世上的事总是往急性子和能干的人身上跑的缘故。

久而久之，这个家庭形成的分工别有风趣。老婆做饭，老闷儿洗碗；老婆登梯爬高换灯泡换保险丝，老闷儿扶梯子；老婆搬蜂窝煤，老闷儿扫煤渣，老婆还总嫌他扫不干净一把将扫帚夺过去重扫。这个家里给老闷儿只留下一件正事，就是给不识数的儿子补习数学。所以，老婆常常会对人说，我在家是两个人的“妈”。在这个老婆万能的家庭里，老闷儿常常找不到自己。从属者的位置是可悲的。这是不是老闷儿总那么闷闷不乐的根由？

于是平安街上的人家，常常可以看到这对抬头老婆低头汉儿近滑稽的形象——

于姐习惯地扬着脸儿、挺着胸脯走在前边。一个在家里威风惯了的女子会不知不觉地男性化。她闪闪发光的眼睛左顾右盼，与熟人热情和大声地打招呼。老闷儿则像一个灰色的影子不声不响紧紧跟在后边。老婆不时回过头来叫一声：“你怎么也不帮我提提这篮子，多重！”

这一瞬，老闷儿恨不得有个地沟眼没盖盖儿，自己一下掉进去。

改变这种局面是一天夜里。老婆突然大喊大叫把老闷儿惊醒。老闷儿使劲儿睁开睡眼才明白，一只大蝙蝠钻进屋来，受惊蝙蝠找不到逃路便在屋里像轰炸机那样呼呼乱飞，飞不好就会撞在头上。

老婆胆子虽大，但她怕一切活物。从狗、猫、老鼠到壁虎、蟑螂、屎壳郎全怕。更怕这种嗞嗞尖叫、乱飞乱撞的蝙蝠。儿子叫道："老师说，叫蝙蝠咬着就得狂犬症！"吓得老婆用被子蒙头，一手拉着儿子，光脚跳下床，拉开门夺路跑到外屋。动作慢半拍的老闷儿跟在后边也要逃出去。被老婆使劲儿一推，随手把门拉上，将老闷儿关在里边。只听老婆在外屋叫着："该死，你一个大男人也怕蝙蝠，不打死它你别出来！"

老闷儿正趴在地上打哆嗦，老婆的话像根针戳在他的脊梁骨上。他忽然浑身发热，脸颊发烧，扭身抓过立在门后的长杆扫帚，一声喊打，便大战起蝙蝠来。他一边挥舞扫帚，一边"呀呀呀"地喊着。这叫喊其实是一种恐惧，也为了驱赶心中的恐惧。

然而，于姐在门外看呆了。她隔着门上的花玻璃看见丈夫抡动扫帚的身影，动作虽然有些僵硬，但从未有过如此的英勇。伴随着丈夫的英姿，那一闪一闪的东西就是发狂的蝙蝠的影子。只听几声"哗哗啦啦"瓷器碎裂的声音，跟着像是什么重东西摔在地上，随即没了声音。于姐怕老闷儿出什么事，正疑惑着，突然屋里爆发一阵大叫："我打死它啦，我胜啦，我胜啦！"

老婆和儿子推门进去，只见满地的碎壶、碎碗、糖块、闲书、破玻璃，老闷儿趴在中间，手里的扫帚杆直捅墙根。一只可怕的黑乎乎的非鼠非鸟的家伙被扫帚杆死死顶住，直顶得蝙蝠的肚肠带着鲜血从长满尖牙的嘴里冒出来。

老婆说："老闷儿，你还真把它弄死了。"伸手把他拉起来。

儿子兴奋极了，说："我爸真棒，我爸是巨无霸！"

老闷儿一身是土，满头是汗，眼镜不知掉在哪儿了；抖动的手还在紧握着扫帚杆。过度的紧张和兴奋，使他的表情十分怪异。他对老婆说：

"我行——"

然后，直盯着老婆，似是等待她的裁决。

老婆第一次听到他用"我行"这两个字表白自己，心里一酸，流下泪来。对他哽咽地说：

"是、是，你行，真的行！"

三

进入二十一世纪的第一个月，老闷儿流年不利，下岗了。一辈子头一遭没事干，或者说干了一辈子的事忽然没了，人也就空了。

这并不奇怪。公司亏损，无力强撑，便卖给私企老板，老板精兵减员，选人摘优汰劣，这都是在理的。但老板只讲效益，不讲人情，人裁得极狠，下去一半，老闷儿自然在这一刀切下的一堆一块里边。

老闷儿和他老婆慌了神，着实忙了一阵，托人找事，看报找事，到人才中心找事，在大街上贴条找事；用会计的单位倒是有，但那种像模像样的企业一见老闷儿就微笑着说拜拜。小店小铺小买卖倒也用人，可就是另一层天地另一番人间景象了。经老婆的袜子厂一位同事介绍，有三家店铺都想用人，铺子不大，财务上的事都不多，想合用一个会计，月薪不算低。说要老闷儿和他们“会会”。老婆怕老闷儿不会说话，好事弄坏，便和他同去。这两口一前一后走进人家的店铺，很像家长领着一个老实的孩子来串门。

待和这三家的小老板一一见过谈过，才知道在这种店铺里，会计这行当原来只是一台数字的造假机器。前两家的小老板说得直截了当，不管他用偷税漏税加大成本还是开花账造假账等什么花活，只要保证账面上月月“收支平衡”就行。小老板对老闷儿龇着黄牙笑道：

“您是见过世面的老手，这种事对于您还不是小菜一碟？”

这话叫老闷儿冒一头冷汗。

第三家是一家国营的贸易公司下边的实体。老板的左眼是个斜眼，眼神挺怪，话却说得更明白：“我们这买卖就是为领导服务。领导的招待费‘礼品费’出国费用全要糅到账里。”他用食指戳戳账本，“你的工作是在这里边挖口井。”

老板的话是对老闷儿说的，眼睛却像瞅着于姐。老闷儿听不懂他的意思，没等他问，于姐便问：

“什么井？您说白了吧。”

老板一笑，目光一扫他俩，一时弄不清他的眼睛对着谁，只听他说：“你们怎么连这话也听不懂？小金库嘛！井里不管怎么掏，总得有水呀！”

这话叫于姐也冒出冷汗。走出门来，于姐对老闷儿说：“咱要干这个，等于把自己往牢里送！”

打这天，于姐不再忙着给老闷儿找事，老闷儿便赋闲在家了。

在旁人眼里，老闷儿坐着吃，享清福，整天没事，有人管饭，多美！但世上的美事浮在表面，谁都能看见；人间的苦楚全藏在心里，唯有自知。为了表示自己的存在价值，老闷儿把接送儿子上下学、采买东西、洗碗烧饭、收拾屋子全揽在自己身上。一天两次用湿布把桌椅板凳擦得锃亮。

可是老婆并不满意他做的事，干惯了活的人的手闲不住，随手会把不干净不舒服的地方再收拾收拾。这在老闷儿看来，都是表示对他价值的否定。

老闷儿便悄悄地通过他有限的熟人，为他介绍工作。邻居万大哥也是下岗人员，靠卖五香花生仁度日。五香花生仁是他自己炒的，又脆又酥又香，卖得相当不错，有时还能挣到些烟钱、酒钱、零花钱。

万大哥对他说：“哪有老爷儿们吃老娘儿们的，这不坐等着别人说闲话？跟我卖花生去！喂不饱自己的肚子，起码也能堵住别人的嘴。”

老闷儿跟着万大哥来到不远的大超市那条街上，按照万大哥的安排，两人一个在街东口，一个在街西口。可是老闷儿总怕碰见熟人，不敢抬头，抬起头又吆喝不出口。不像卖东西，倒像站在街头等人的。直等到天色偏暗，万大哥笑嘻嘻叼根烟，手里甩着个空口袋过来了。老闷儿这口袋的花生仁却一粒不少。

就这一次，万大哥决定把自己的义气劲儿收回了。

一天，老闷儿上街买菜。一个黄毛小子叫他，说一会儿话才知道是七八年前到他们百货公司会计科实习过的学生，只记得姓贾，名字忘了。小贾听说老闷儿下岗陷入困境，很表同情，毅然要为老闷儿排忧解纷。他说，卖东西最来钱的是卖盗版光盘。卖光盘这事略有风险，但对老闷儿最合适，不但无须吆喝也根本不能吆喝，一吆喝不就等于招呼“扫黄打非”那帮人来抓自己吗？只要悄悄往商店门口台阶上一坐，拿三五张光盘放在脚边，就有人买，卖一张赚两块。其余光盘揣在书包里，背在身上。万一看到有人来查光盘，拾起地上的那几张就走，如果查光盘的人来得太急，拔腿便跑，地上的光盘不要了，几张光盘也不值几个钱。

不等老闷儿犹豫，小贾就领着老闷儿到不远一家商店门口，亲眼看见一个人半个小时就卖掉五六张光盘。十多元钱的票子已经装进口袋。

身在绝境中的老闷儿决心冒险一搏。晚上就向老婆伸手借钱。家里的钱从来都在老婆的手里攥着。老婆听说他要干这种事，差点儿笑出声来。可是老闷儿今儿一反常态，老婆反对他坚持，老婆吓他他不怕，看上去又有点儿当年大战蝙蝠的气概。老婆带着一点儿风险意识，给了他三百块本钱。转天一早老闷儿就在菜市场等来小贾。小贾答应帮他去进货，还帮他挑货选货。他把钱掏出来，留下一百，其余二百交给小贾，一个小时后，小贾就提来满满一塑料兜花花绿绿的光盘，对他说：

“您运气真够壮，正赶上一批最新的美国大片，还有希区柯克的悬念片呢！都是刚到的货，保您半天全出手！”

老闷儿把光盘悉数塞满那个当年装账本的黑公文包，斜挎肩上，自个儿跑到就近的一家商店门口坐在台阶上，伸手从包里掏出五张光盘，亮闪闪放在脚前边。没等他把光盘摆好，几只又黑又硬的大皮鞋出现在视线里。查光盘的把他抓个正着。他想解释，想争辩，想求饶，却全说不出口来。人家已经把他所有光盘连同那公文包全部没收。只说了一句：“看样子你还不是老手。你说吧，是认罚，还是跟我们走。”说话这声音，在老闷儿听来像老虎叫。

他的腿直打哆嗦，走也走不动了。只好把身上剩下的一百块钱掏出来，人家接过罚款，把他训斥一番，警告他“下不为例”，便放了他。他竟然没找人家要罚单，剩下的只有两手空空和一个吓破了的胆。

当晚，老婆气得大脸盘涨得像个红气球，半天说不出话来。待了一会儿，她眼皮忽然一动，目光闪闪地问道：

“没罚单怎么知道他们是‘扫黄打非’的？他们穿制服了吗？别是冒牌的吧？”

老闷儿怔着，发傻。他当时头昏脑涨，根本没注意人家穿什么，只记得那几只又黑又硬的大皮鞋。

老婆突然大叫：“我明白了。这两个人和你那个小贾是一伙的，他们拴好套，你钻进去了。老闷儿呀——”这回老婆气得没喊没骂，反倒“咯咯”笑起来，而且笑得停不住也忍不住。

老闷儿像挨了一棒。这一棒很厉害，把他彻底打垮。

世上有些事，不如不明白好。

四

小半年后的一天晚饭后，于姐的弟弟于老二引一个胖子到他们家来。

胖子姓曹，人挺白，谢顶，凸起的秃脑壳油光贼亮，像浇了一勺油。这人过去和于老二同事，在单位里伙房的灶上掌勺，手艺不错，能把大锅菜做出小灶小炒的味儿来。近来厂子挺不住，刚刚下岗。于老二想到姐夫老闷儿在家闲着，而姐夫家在不远的洋货街上还空着一间小破屋，不如介绍他们合伙干个露天的“马路餐馆”，屋里砌个灶做饭，屋外摆几套桌椅板凳，下雨时扯块苫布，就是个舒舒服服的小饭摊了。

于老二还说，洋货街上的人多，买东西卖东西的人累了饿了，谁不想吃顿便宜又好吃的东西?

“你给人家吃什么?”于姐问曹胖子。

曹胖子满脸满身是肉，肚子像扣个小盆，一看就是常在灶上偷吃的吃出来的。他神秘兮兮地说出三个讨人喜欢的字来：

“欢喜锅。”

“从来没听过这菜名。”于姐说，脸上露出颇感兴趣的样子。

于老二插话说，听说过去南方有个地方乞丐挺多，讨来的饭菜都是人家剩的，没有吃头儿，只能填肚子。可这帮乞丐里有个能人，出一个主意，叫众乞丐把讨来的饭菜倒在一个锅里煮。别看这些东西烂糟糟，可有鱼尾有虾头有肉皮有鸡翅膀有鸭脖子，一煮奇香，好吃还解馋，从此众乞丐迷上这菜食，还给它起个好听的名字，叫“欢喜锅”。

“瞎说八道！我听怎么有点儿像‘佛跳墙’呢，是你编出来的吧。”于姐笑道。

曹胖子接过话说：“还不都是种说法。那‘李鸿章杂碎’呢，不也是把各种荤的、腥的、鲜的全放在一锅里烩?要紧的是得把里边特别的味道煮出来。”

“这些东西放在一块煮说不定挺香的，就像什锦火锅。再说鸡脖子鱼头猪肉皮都是下脚料，不用多少钱，成本很低。”于姐说。

“您算说对了！”曹胖子说，“其实这锅子就是‘穷人美’，专给干活的人解馋的，连汤带菜热乎乎一锅，再来两个炉干烧饼，准能吃饱。”

“怎么卖法？”于姐往下问。

“我先用大锅煮，再放在小砂锅里炖。灶台上掏一排排火眼，每个火眼放上一个砂锅，使小火慢慢炖，时候愈长，东西愈烂，味愈浓。客人一落座，立马能端上来，等也不用等。一人吃的是小号砂锅，八块；两人吃，中号，十二块；三人吃，大号，十五块。添汤不要钱，烧饼单算。”曹胖子说。看来他胸有成竹。

这话把于姐说得心花怒放。凭她的眼光，看得出这欢喜锅有市场，有干头。合伙的事当即就拍板了。往细处合计，也都是你说我点头，我说你点头。于姐和曹胖子全是个痛快人，不费多时就谈成了。小饭店定位为露天的马路餐馆。单卖一样欢喜锅，一天只是晚上一顿，打下午六点至夜里十一点。两家入伙的原则是各尽所有，各尽所能。老闷儿家出房子和桌椅板凳，曹胖子手里有成套的灶上的家伙。两家各拿出现金五千，置办必不可少的各类杂物。人力方面，各出一人——老闷儿和曹胖子。曹胖子负责灶上的事，老闷儿担当端菜送饭，收款记账。谈到这里，老闷儿面露难色，于老二一眼瞧见了。他知道，姐夫是会计，不怵记账，肯定是怕那些生头生脸的客人不好对付，于是说：

“姐夫，反正你们这马路餐馆只是晚上一顿，晚上只要我没事就来帮你忙乎。”

于姐斜睨了老闷儿一眼，心里恨丈夫怕事，但还是把事接过来说道：“我晚上把儿子安顿好也过来。”

老闷儿马上释然地笑了。老婆在身边，天下自安然。

曹胖子却将这一幕记在心里。这时，于姐提出一个具体的分工，把餐厅买菜的事也交给老闷儿。曹胖子一怔。不想老闷儿马上答应下来：“买菜的事，我行。”

老闷儿因为刚刚看出老婆不高兴，是想表现一下，却不知于姐另有防人之心。曹胖子老经世道，心里明明白白。他懂得，眼前的事该怎么办，今后的事该怎么办，于是说道：“那好，我只管一心把欢喜锅做成——人人的喜欢锅！”说完哈哈大笑，浑身的肉都像肉球那样上下乱颤。

在分红上，于姐表现得爽快又大方，主动说十天一分红，一家一半。这种分法，曹胖子原本连想都不敢想，连房子带家具都是人家的呢！可是曹胖子反应很快，赶紧说了一句：“我这不是占便宜了吗？”便把于姐这分法凿实了。随后，他们给这将要问世的小饭铺起了一个好听好记又吉利的名字：欢喜餐厅。

于姐这人真是给点儿阳光就灿烂，给个舞台就光彩，而且说干就干！打第二天，一边到银行取钱和凑钱，一边找人刷浆收拾屋子，办工商税务证，购置盘灶用的红砖、白灰、沙子、麻精子、炉条、煤铲、烟囱，还有灯泡、电门、蜡烛、面缸、菜筐、砂锅、竹筷子、油盐酱醋、记账本、手巾、蝇拍、水桶、水壶、暖壶、冲水用的胶皮管子、扫马路的竹扫帚和插销门锁，等等。但是，能将就的、家里有的、可买可不买的，于姐一律不买。桌椅板凳都是袜子厂扩建职工食堂时替换下来的，一直堆在仓库里，她打个借条从厂里借出七八套，连厨房切菜用的条案也弄来一张，并亲手把这些东西用推车从厂里推到洋货街。她干这些活时，老闷儿跟在后边，多半时候插不上手，跟着来跟着去，像个监工的。

于姐还请厂里的那位好书法的副厂长，给她写个牌匾，又花钱请人使油漆描到一块横板子上，待挂起来，有人说字写错了。把餐厅的“厅”上边多写了一点，成了“庁”字。这怎么办？曹胖子不认字，他摆摆肉蛋似的手说，多一点总比少一点强，凑合吧。偏有个退休的小学教师很较真儿，他说繁体的“廳”字上边倒有个点，简体的“厅”字绝没点，没这个字，怎么认？怎么办？于姐忽然灵机一动，拿起油漆刷子踩凳子上去。挥腕一抹，将上边多出来那一点抹到下边的一横里边。虽说改过的这一横变得太粗太棱，但错字改过来了，围看的人都叫好。老闷儿也很高兴，不觉说：

“她还真行。”

站在一旁的曹胖子说：

“你要有你老婆的一半就行了。”

老闷儿不知怎样应对。于姐听到这话，狠狠瞪曹胖子一眼。对于老闷儿，她不高兴时自己怎么说甚至怎么骂都行，可别人说老闷儿半个不字她都不干。这一眼瞪过去之后，还有一种隐隐的担忧在她心里滋生出来。这时，一阵“噼噼啪啪”的声音打断她的思索。两挂庆祝买卖开张的小钢鞭冒着烟儿起劲儿地响起来。洋货街不少小贩都来站脚助威，以示祝贺。

不出所料，欢喜锅一炮打响。

人嘴才是最好的媒体。十天过去，欢喜锅的名字已经响遍洋货街，跟着又蹿出洋货街，像风一样刮向远近各处。天天都有人来寻欢喜锅，一头钻进这勾人馋虫的又浓又鲜的香味中。自然，也有些小饭铺的老板、厨师扮作食客来偷艺，但曹胖子锅子里边这股极特别的味道，谁也捉摸不透。

老闷儿头一次掉进这么大的阵势里，各种脾气各种心眼各种神头鬼脸，好比他十多年前“五一”节单位组织逛北京香山时，在碧云寺见到的五百罗汉。他平时甭说脑袋，连眼皮都很少抬着，现在怎么能照看这么多来来往往的人？两眼全花了，心一急就情不自禁地喊：

“老曹。”

曹胖子忙得前胸后背满是汗珠。光着膀子，大背心像水里捞出来似的湿淋淋贴在身上。灶上一大片砂锅中冒出来的热气，把他熏得两眼都睁不开。这当儿，再听老闷儿一声声叫他，又急又气回应一嗓子：

“老子在锅里煮呢，要叫就叫你老婆去吧。”

外边吃饭的人全乐了。

人和人之间，强与弱之间，都是在相互的进退中寻找自己的尺度。本来曹胖子对他还是客客气气的，可是冒冒失失噎了他一句，他不回嘴，就招来了一句更不客气的。渐渐地，说闲话时拿他找乐，干活憋手时拿他撒气，特别是曹胖子一个心眼想把买菜的权力拿过去，老闷儿偏偏不给——他并不是为了防备曹胖子，而是多年干会计的规矩。曹胖子就暗暗恨上了他。开始时，拿话呛他、损他、撞他，然后是指桑骂槐说粗话；曹胖子也奇怪，这个窝囊废怎么连底线也没有。这便一天天得寸进尺，直到面对面骂他，以至想骂就骂，骂到起劲儿时摔摔打打，并对老闷儿推推搡搡起来。老闷儿依旧一声不吭，最多是伸着两条无力的瘦胳膊挡着曹胖子的来势汹汹的肉手，一边说："唉唉，别，别这样。"他儒弱，他胆怯，不敢也不会对骂对打；当然也是怕闹起来，老婆知道了，火了，砸了刚干起来的买卖。

每次曹胖子对老闷儿闹大了，都担心老闷儿回去向于姐告状。可是转天于姐来了，见面和他热情地打招呼，有说有笑，什么事没有，看来老闷儿回去任嘛没说。这就促使曹胖子的胆子愈来愈大，误以为这两口子不一码事呢。

洋货街上的人都是人精，不干自己的事躲在一边，没人把老闷儿受欺侮告诉于姐，相反倒是疑惑于姐有心于这个做一手好饭菜并且一直打着光棍的胖厨子。有了疑心就一定留心察看，连她对曹胖子的笑容和打招呼的手势也品来品去，终于一天看出眉目来了。这天收摊后，歇了工的老闷儿夫妇和曹胖子坐在一起，也弄了一个欢喜锅吃。不止一人看到于姐不坐在老闷儿一边，反倒坐在曹胖子一边。吃吃喝喝说说笑笑之间，曹胖子竟把一条滚圆的胳膊搭在于姐的椅背上，远看就像搂着老闷儿的老婆一样。可老闷儿叫人当面扣上绿帽子也不冒火，还在一边闷头吃。

人们暗地里嘻嘻哈哈议论开了。一个说，看样子不是曹胖子欺侮他，是他老婆也拿他不当人，当王八。

另一个说，八成是这小子不行。干那活儿的时候，这小子一准在下边。

前一个说，等着瞧好戏吧，不定哪天收了摊，这女人把他支回家，厨房的门就该在里边销上了。

后一个说，那“欢喜锅”不变成了“欢喜佛”？

打这天，人们私下便把欢喜锅叫成“欢喜佛”，而且一说就乐，再说还乐，越说越乐。

可是世上的事多半非人所料。一天收摊后，老闷儿动手收拾桌椅板凳，曹胖子站在一边喝酒，他嫌老闷儿慢，发起火来，老闷儿愈不出声他的火反而愈大，到后来竟然带着酒劲儿给了老闷儿迎面一拳。老闷儿不经打，像个破筐飞出去，摔在桌子上，桌面一斜，反放在上边的几个板凳，劈头盖脸全砸在老闷儿身上，立时头上的血往下流。

曹胖子醉哄哄，并不当事。看着老闷儿爬起来回家，还在举着瓶子喝。

不一会儿，于姐突然出现，二话没说，操起一根木棍抡起来扑上来就打。曹胖子已经醉得不省人事，却知道双手抱着头，蜷卧在地，像个大肉球，任凭于姐一阵疯打，洋货街上没人去劝阻，反倒要看看这里边是真是假谁真谁假。于姐一直打累了，才停下来，呼呼直喘，只听她使劲儿喊了一嗓子："别以为我家没人！"

这话倒是像个男人说的。

打这天起,欢喜餐厅关门十天。第十一天的中午曹胖子来卸了门板，收拾厨房，从里边往外折腾炉灰炉渣，不一会儿黑黑的烟就从小屋顶上的烟囱眼儿里冒出来，看样子欢喜餐厅要重新开业。

下午时分,于姐就带着老闷儿来了。于姐扬着头满面红光走在前边，老闷儿提着两筐肉菜跟在后边——抬头老婆低头汉也来了。

洋货街的小贩们都把眼珠移到眼角，冷眼察看。不想这三人照旧有说有笑，奇了，好像十天前的事是一个没影儿的传说。

五

一个卖袜子的程嫂听说，于姐已经在袜子厂停薪留职，来干欢喜锅了。她放着袜子厂的办公室主任不做，跑到街头风吹日晒，干这种狗食摊,为嘛？为了给她的宝贝老公撑腰,还是索性天天"欢喜佛"了？

如果是后者，那天那场仗的真情就变成——曹胖子打老闷儿是给于姐看，于姐打曹胖子是给大伙看。这出戏有多带劲，里边可咀嚼的东西多着呢!

可是,于姐的为人打乱了人们的看法。她逢人都会热乎乎地打招呼，笑嘻嘻说话，有忙就帮，大小事都管，看见人家自行车放歪了也主动去摆好。最难得的是这人说话办事没假，一副热肠子是她天生的，很快于姐就成了洋货街上受欢迎的人物。这种人干饭馆人气必然旺，人愈多她愈有劲儿，那双天生干活的手从来没停过；从地面到桌面，从砂锅到竹筷，不管嘛时候都像刚刚洗过刷过擦过扫过一样，桌椅板凳叫她用碱水刷得露出又白又亮的木筋。而且老闷儿在外边听她指挥，曹胖子在厨房听她招呼，里里外外浑然一体。自打于姐来到这里，再不见曹胖子对老闷儿发火动气，骂骂咧咧。老闷儿那张黑黑的脸上竟然可以清晰地看到笑意。

她来了三个月，马路餐桌已经增加到十张，但还是有人找不到座位，把砂锅端到侧边那堵矮墙上吃；四个月过去，于姐给曹胖子雇个帮厨；半年过后，曹胖子买了辆二手九成新的春兰虎摩托，于姐和老闷儿各买一个小灵通。到了年底，于姐和曹胖子就合计把不远一连三间底层的房子租下来。那房子原是个药铺，挺火，后来几个穿制服的药检人员进去一查，一多半是假药，这就把人带走，里边的东西也掏净了。房子一直空着没用，房主就是楼上的住户。

于姐对曹胖子说："我已经和房主拉上关系了。前天还给他们送去一个欢喜锅呢。拿下这房子保证没问题。"

日子一天天阳光多起来，闪闪发亮，使人神往；但日子后边的阴气也愈聚愈浓，只不过这仨人都不知觉罢了。

六

天冷时候，露天餐馆变得冷清。这一带有不少大杨树，到了这节气焦黄的落叶到处乱飘，刚扫去一片又落下一片，有时还飘到客人的砂锅里，于姐打算请人用杉篙和塑料编织布支个大棚，有个棚子还能避风。不远一家卖衣服的小贩说，他们也想这么干，要不衣服摊上也都是干叶子，不像样。他们说西郊区董家台子一家建材店就卖这种杉篙，又直又挺，价钱比毛竹竿子还低。他们已经订了十根，今晚去车拉。于姐叫老闷儿晚上跟车去一趟，问问买五十根能打多少折。傍晚时车来了，是辆带槽的东风120，又老又破。马达一响，车子乱响；马达停了，车子还响。

卖衣服的小贩叫老闷儿坐在车楼子里，自己披块毯子要到车槽上去，老闷儿不肯。老闷儿决不会去占好地方，他争着爬上了车槽。老闷儿走时，于姐在家里给孩子做饭。于姐来时，听说老闷儿跟车走了，心里一动，也不知哪里不对劲儿。是不是没必要叫老闷儿去？老闷儿即使去也没多大用处，他根本不会讨价还价，那么自己为什么叫老闷儿去呢？一时说不清楚是担心是后悔还是犯嘀咕，后脊梁止不住一阵阵发凉发瘆，打激灵子。她只当是自己有点儿风寒感冒。

这天挺冷挺黑，收摊后远远近近的灯显得异样地亮，白得刺眼。于姐、曹胖子和那个帮厨正在把最后几个砂锅洗干净，嘴里念叨着老闷儿该回来了，忽然天大的祸事临到头上。洋货街一家卖箱包的小贩上气不接下气地跑来报信，说老闷儿他们的车在通往西郊的立交桥上和一辆迎面开来的长途大巴迎头撞上，并一起栽到桥下！

于姐立时站不住了，瘫下来。曹胖子赶紧叫来一辆出租车，把她拉到车里。赶到出事的地方，两辆汽车硬撞成一堆烂铁，分不出哪是哪辆车。场面之惨烈就没法细说了，血淋淋的和屠宰场一样，横七竖八的根本认不出人。曹胖子灵机一动，用手机拨通老闷儿小灵通的号码，居然不远处的一堆黑乎乎的血肉里响起铃声。于姐拔腿奔去，曹胖子一把拉住，说嘛也不叫于姐去看，又劝又喊又拦又拽，用了九牛二虎的力气，又找人帮忙才强把她拉回来。看着她这披头散发、直蒙瞪眼的样子，怕她吓着孩子，将她先弄到洋货街上。谁料她一看到欢喜餐厅的牌子，发疯一样冲进去把所有砂锅全扔出来，摔得粉粉碎。她嘶哑地叫着：

“是我毁了老闷儿呀，是我毁了你呀！”

她的喊叫撕心裂肺，灌满了深夜里漆黑空洞的整条洋货街。

曹胖子忽然跑到厨房把炖肉的大铁锅也端出来，“叭”地摔成八瓣。

欢喜餐厅的门板又紧紧关上。照洋货街上的人的看法，于姐一定会带着儿子嫁给光棍曹胖子，和他一起把这人气十足的饭馆重新开张干起来。但是，事违人愿，一个月后，于姐人没露面，却叫曹胖子来把那块牌匾摘下来扔了，剩下的炊具什物全给了曹胖子。

又过些日子来了一高一矮两个生脸的人，把小屋的门打开，门口挂几个自行车的瓦圈和轮胎，榔头改锥活扳子扔了一地，变成修车铺了。矮个子的修车匠说这房子花两万块钱买的。这才知道香喷喷的欢喜锅和那个勤快又热情的女人不会再出现了。

有人说，她没嫁给曹胖子，是因为曹胖子有老婆，人家还有个十三岁的闺女呢；也有人说，欢喜锅搬到大胡同那边去了，为了离开这块伤心之地，也为了避人耳目。

真正能见证于姐实情的还是平安街的老街坊们。于姐又回到袜子厂。据说不是她硬要回去的，而是厂里的人有人情，拉她回厂。她回厂后不再做那办公室主任，改做统计。倒不是因为办公室主任的位置已经有人，而是她不愿意像从前那样整天跑来跑去，抛头露面。

此事过去，她变了一个人。平安街的老街坊们惊奇地看到，从眼前走过的于姐不再像从前那样抬着下巴，目光四射，不时和熟人大声地打招呼。她垂下头来，手领着儿子默默而行。人们说，她这样反倒更有些女人味儿。

开始都以为她死了丈夫，打击太重，一时缓不过劲儿来。后来竟发现，先前那股子阳刚气已经从她身上褪去。难道她那种昂首挺胸的样子并非与生俱来？难道是老闷儿的儒弱与衰萎，才迫使她雄赳赳地站到前台来？

这些话问得好，却无人能答；若问她本人，则更难说清。人最说不好的，其实就是自己。

老夫老妻

“为我们唱一支暮年的歌儿吧！”

他俩又吵架了。年近七十的老夫老妻，相依为命地共同生活了四十多年，也吵吵打打地一起度过了四十多年。一辈子里，大大小小的架，谁也记不得打了多少次。但是不管打得如何热闹，最多不过两个小时就能恢复和好，好得像从没吵过架一样。他俩仿佛两杯水倒在一起，怎么也分不开。吵架就像在这水面上划道儿，无论划得多深，转眼连条痕迹也不会留下。

可是今天的架打得空前厉害，起因却很平常——就像大多数夫妻日常吵架那样，往往是从不值一提的小事上开始的——不过是老婆儿把晚饭烧好了，老头儿还趴在桌上通烟嘴，弄得纸块呀，碎布条呀，粘着烟油子的纸捻子呀，满桌子都是。老婆儿催他收拾桌子，老头儿偏偏不肯动。老婆儿便像一般老太太们那样叨叨起来。老婆儿们的唠唠叨叨是通向老头儿们肝脏里的导火线，不一会儿就把老头儿的肝火引着了。两人互相顶嘴，翻起对方多年来一系列过失的老账，话愈说愈狠。老婆儿气得上来一把夺去烟嘴塞在自己的衣兜里，惹得老头儿一怒之下，把烟盒扔在地上，还嫌不解气，手一撩，又将烟灰缸子打落地上。老婆儿则更不肯罢休，用那嘶哑、干巴巴的声音说：

“你摔呀！把茶壶也摔了才算有本事呢！”

老头儿听了，竟像海豚那样从座椅上直蹿起来，还真的抓起桌上沏满热茶的大瓷壶，用力“叭”地摔在地上，老婆儿吓得一声尖叫，看着满地碎瓷片和溅在四处的水渍，直气得她那年老而松垂下来的两颊的肉猛烈抖颤起来，冲着老头大叫：

“离婚！马上离婚！”

这是他俩还都年轻时，每次吵架吵到高潮，她必喊出来的一句话。这句话头几次曾把对方的火气压下去，后来由于总不兑现便失效了；但她还是这么喊，不知是一时为了表示自己盛怒已极，还是迷信这句话最具有威胁性。六十岁以后她就不知不觉地不再喊这句话了。今天又喊出来，可见她已到了怒不可遏的地步。

同样的怒火也在老头儿的心里撞着，就像被斗牛士手中的红布刺激得发狂的牛，在看池里胡闯乱撞。只见他嘴里一边像火车喷气那样不断发出呼呼的声音，一边急速而无目的地在屋子中间转着圈。转了两圈，站住，转过身又反方向地转了两圈，然后冲到门口，猛拉开门跑出去，还使劲儿“叭”的一声带上门。好似从此一去就再不回来。

老婆儿火气未消，站在原处，面对空空的屋子，还在不住地出声骂他。骂了一阵子，她累了，歪在床上，一种伤心和委屈爬上心头。她想，要不是自己年轻时候得了肠结核那场病，她会有孩子的。有了孩子，她可以同孩子住去，何必跟这愈老愈执拗、愈急躁、愈混账的老东西生气？可是现在只得整天和他在一起，待见他，给他做饭，连饭碗、茶水、烟缸都要送到他跟前，还得看着他对自己耍脾气……她想得心里酸不溜丢，几滴老泪从布满一圈细皱的眼眶里溢出来。

过了很长时间，墙上的挂钟当当响起来，已经八点钟了。他们这场架正好打过了两个小时。不知为什么，他们每次打架过后两个小时，心情就非常准时地发生变化，好像大自然的节气一进“七九”，封冻河面的冰片就要化开那样。刚刚掀起大波大澜的心情渐渐平息下来，变成浅浅的水纹一般。她耳边又响起刚才打架时自己朝老头儿喊的话:“离婚！马上离婚！”她忽然觉得这话又荒唐又可笑。哪有快七十的老夫老妻还打离婚的？她不禁“扑哧”一下笑出声来。这一笑，她心里一点儿皱褶也没了，连一点点儿怒意、埋怨和委屈的心情也都没了。她开始感到屋里空荡荡的，还有一种如同激战过后的战地那样出奇的安静，静得叫人别扭、空虚、没着没落的。于是，悔意便悄悄浸进她的心中。她想，俩人一辈子什么危险急难的事都经受过来了，像刚才那么点儿小事还值得吵闹吗？——她每次吵过架冷静下来时都要想到这句话。可是……老头儿总该回来了；他们以前吵架，他也跑出去过，但总是一个小时左右就悄悄回来了。但现在已经两个小时仍没回来。他又没吃晚饭，会跑到哪儿去呢？外边正下大雪，老头儿没戴帽子、没围围巾就跑了，外边地又滑，瞧他临出门时气冲冲的样子，别不留神滑倒摔坏吧？想到这儿，她竟在屋里待不住了，用手背揉揉泪水干后皱巴巴的眼皮，起身穿上外衣，从门后的挂衣钩儿上摘下老头儿的围巾、棉帽，走出房子去了。

雪下得正紧，积雪没过脚面。她左右看看，便向东边走去。因为每天早上他俩散步就先向东走，绕一圈儿，再从西边慢慢走回家。

夜色并不太暗，雪是夜的对比色，好像有人用一支大笔蘸足了白颜色把所有树枝都复勾一遍，使婆娑的树影在夜幕上白绒绒、远远近近、重重叠叠地显现出来。雪还使路面变厚了，变软了，变美了；在路灯的辉映下，繁密的大片大片的雪花纷纷而落，晶晶莹莹地闪着光，悄无声息地加浓它对世间万物的渲染。它还有种潮湿而又清洌的气息，有种踏上去清晰悦耳的"咯吱咯吱"声；特别是当湿雪蹭过脸颊时，别有一种又痒、又凉、又舒服的感觉。于是这普普通通、早已看惯了的世界，顷刻变得雄浑、静穆、高洁，充满活鲜鲜的生气了。

她一看这雪景，突然想到她和老头儿的一件遥远的往事。

五十年前，她和他都是不到二十岁的欢蹦乱跳的青年，在同一个大学读书。老头儿那时可是个有魅力、精力又充沛的小伙子，喜欢打排球、唱歌、演戏，在学生中属于"新派"，思想很激进。她不知是因为喜欢他、接近他，自己的思想也变得激进起来，还是由于他俩的思想常常发生共鸣才接近他、喜欢他的。他们在一个学生剧团。她的舞跳得十分出众。每次排戏回家晚些，他都顺路送她回家。他俩一向说得来，渐渐却感到在大庭广众中间有说有笑，在两人回家的路上反而没话可说了。两人默默地走，路显得分外长，只有脚步声，那是一种甜蜜的尴尬呀！

她记得那天也是下着大雪，两人踩着雪走，也是晚上八点来钟，她从多少天对他的种种感觉中，已经又担心又期待地预感到他这天要表示些什么了。在沿着河边的那段宁静的路上，他突然仿佛抑制不住地把她拉到怀里去。她猛地推开他，气得大把大把抓起地上的雪朝他扔去。他呢？竟然像傻子一样一动不动，任她用雪打在身上，直打得他浑身上下像一个雪人。她打着打着，忽然停住了，呆呆看了他片刻，忽然扑向他身上。她感到，他有种火烫般的激情透过身上厚厚的雪传到她身上。他们的恋爱就这样开始了——从一场奇特的战斗开始的。

多少年来，这桩事就像一张画儿那样，分外清楚而又分外美丽地收存在她心底。每逢下雪天，她就不免想起这桩醉心的往事。年轻时，她几乎一见到雪就想到这事；中年之后，她只是偶然想到，并对他提起，他听了都要会意地一笑，随即两人都沉默片刻，好像都在重温旧梦。自从他们步入风烛残年，即使下雪天气也很少再想起这桩事。是不是一生中经历的事太多了，积累起来就过于沉重，把这桩事压在底下拿不出来了？但为什么今天它却一下子又跑到眼前，分外新鲜而又有力地来撞她的心……

现在她老了，与那个时代相隔半个世纪了。时光虽然依旧带着他们往前走，却也把他们的精力消耗得快要枯竭了。她那一双曾经蹦蹦跳跳、多么有劲儿的腿，如今僵硬而无力。常年的风湿病使她的膝头总往前屈着，雨雪天气里就隐隐发疼；此刻在雪地里，每一步踩下去都是颤巍巍的，每一步抬起来都费力难拔。一不小心，她滑倒了，多亏地上是又厚又软的雪。她把手插进雪里，撑住地面，艰难地爬起来，就在这一瞬间，她又想起另一桩往事——

啊！那时他俩刚刚结婚，一天晚上去平安影院看卓别林的《摩登时代》。他们走进影院时，天空阴沉沉的。散场出来时一片皆白，雪还下着。那时他们正陶醉在新婚的快乐里，内心的幸福使他们把贫穷的日子过得充满诗意。瞧那风里飞舞的雪花，也好像在给他们助兴；满地的白雪如同他们的心境那样纯净明快。他们走着走着，又说又笑，跟着高兴地跑起来。但她脚下一滑，跌在雪地里。他跑过来伸给她一只手，要拉她起来。她却一打他的手：

“去，谁要你来拉！”

她的性格和他一样，有股倔劲儿。

她一跃就站了起来。那时是多么轻快啊，像小鹿一般；而现在她又是多么艰难呀，像衰弱的老马一般。她多么希望身边有一只手，希望老头儿在她身边！虽然老头儿也老而无力了，一只手拉不动她，要用一双手才能把她拉起来。那也好！总比孤孤单单一个人好。她想到楼上邻居李老头，老伴死了。尽管有个女儿，婚后还同他住在一起，但平时女儿、女婿都上班，家里只剩李老头一人；星期天女儿、女婿带着孩子出去玩，家里依旧剩李老头一人——年轻人和老年人总是有距离的。年轻人应该和年轻人在一起玩，老人得有老人为伴。

真幸运呢！她这么老，还有个老伴。四十多年如同形影，紧紧相随。尽管老头儿爱急躁，又固执，不大讲卫生，心也不细，等等，却不失为一个正派人，一辈子没做过一件亏心的、损人利己的、不光彩的事。在那道德沦丧的岁月里，他也没丢弃过自己奉行的做人的原则。他迷恋自己的电气传动专业，不大顾及家里的事。如今年老退休，还不时跑到原先那研究所去问问、看看、说说，好像那里有什么事与他永远也无法了结。她还喜欢老头儿的性格，真正的男子气派，一副直肠子，不懂得与人记仇记恨；粗心不是缺陷，粗线条才使他更富有男子气……她愈想，老头儿似乎就愈可爱了。两个小时前能够一样样指出来、几乎无法忍受的老头儿的可恨之处，也不知都跑到哪儿去了。此刻她只担心老头儿雪夜外出，会遇到什么事情。她找不着老头儿，这担心就渐渐加重。如果她的生活里真丢了老头儿，会变成什么样子？多少年来，尽管老头儿夜里如雷一般的鼾声常常把她吵醒，但只要老头儿出差去外地，身边没有鼾声，她反而睡不着觉，仿佛世界空了一大半……

想到这里，她就有一种马上把老头儿找到身边的急渴的心情。

她在雪地里走了一个多小时，大概快有十点钟了，街上没什么人了，老头儿仍不见，雪却稀稀落落下小了。她两脚在雪里冻得生疼，膝头更疼，步子都迈不动了，只有先回去了，看看老头儿是否已经回家了。

她往家里走。快到家时，她远远看见自己家的灯亮着，灯光射出，有两块橘黄色窗形的光投落在屋外的雪地上。她心里“怦”地一跳：

“是不是老头儿回来了？”

她又想，是她刚才临出家门时慌慌张张忘记关灯了，还是老头儿回家后打开的灯？

走到家门口，她发现有一串清晰的脚印从西边而来，一直拐向她楼前的台阶。这是老头儿的吧？跟着她又疑惑这是楼上邻居的脚印。

她走到这脚印前弯下腰仔细地看，这脚印不大不小，留在踏得深深的雪窝里。她却怎么也辨认不出是不是老头儿的脚印。

“天呀！”她想，“我真糊涂，跟他生活一辈子，怎么连他的脚印都认不出来呢？”

她摇摇头，走上台阶打开楼门。当将要推开屋门时，心里默默地念叨着：“愿我的老头儿就在屋里！”这心情只有在他们五十年前约会时才有过。初春时曾经撩拨人心的劲儿，深秋里竟又感受到了。

屋门推开了，啊！老头儿正坐在桌前抽烟。地上的瓷片都扫净了。炉火显然给老头儿通过，呼呼烧得正旺。顿时有股甜美而温暖的气息，把她冻得发僵的身子一下子紧紧地攫住。她还看见，桌上放着两杯茶，一杯放在老头儿跟前，一杯放在桌子另一边，自然是斟给她的……老头儿见她进来，抬起眼看她一下，跟着又温顺地垂下眼皮。在这眼皮一抬一垂之间，闪出一种羞涩的、发窘、歉意的目光。每次他俩闹过一场之后，老头儿眼里都会流露出这目光。在夫妻之间，打过架又言归于好，来得分外快活的时刻里，这目光给她一种说不出的安慰。

她站着，好像忽然想到什么，伸手从衣兜里摸出刚才夺走的烟嘴，走过去，放在老头儿跟前。一时她鼻子一酸，想掉泪，但她给自己的倔劲儿抑制住了。什么话也没说，赶紧去给空着肚子的老头儿热菜热饭，还煎上两个鸡蛋……

图书在版编目（CIP）数据

能人 / 冯骥才著 .— 天津：天津人民出版社，
2020.11
ISBN 978-7-201-16371-0

Ⅰ .①能… Ⅱ .①冯… Ⅲ .①短篇小说—小说集—中国—当代 Ⅳ .① I247.7

中国版本图书馆CIP数据核字（2020）第155979号

能人
NENGREN

出　　版　天津人民出版社
出 版 人　刘　庆
地　　址　天津市和平区西康路 35 号康岳大厦
邮　　编　300051
邮购电话　（022）23332469
电子信箱　reader@tjrmcbs.com

责任编辑　赵子源
特约编辑　罗　元　程　斌　刘　雷
装帧设计　所以设计馆

制版印刷　河北鹏润印刷有限公司
经　　销　新华书店
开　　本　840 毫米 ×1194 毫米　1/32
印　　张　13.25
字　　数　254 千字
版次印次　2020 年 11 月第 1 版　2020 年 11 月第 1 次印刷
定　　价　55.00 元